山嵐之鐘

鍾秉睿／著

謹以此書獻給我的父親母親大人

鍾家大女起四川
聯姻結緣歷萬苦
芳流千古在異鄉
陳家美女出台灣
麗緻嬌好為愛情
出嫁一世渡滄桑

鍾聲
2021. 初秋 台北

推薦序

閱讀生活，似有改變命運之神奇力量？

「每個輕鬆的笑容背後，都是一個曾經咬緊牙關的靈魂。」——（柴靜）山林因緣而認識百力兄，進而共同創立一個全國性之登山社團，也一起走過許多山林印痕，期間、其間感受良深，知道這位「外省第二代」在無援無助的情況下，立足台灣的這兩代人咬緊牙關，如何撐過那段「月落烏啼霜滿天，江楓漁火對愁眠」的艱困歲月？正因為生活的試煉，加上不懈的努力，也闖出屬於個人的一片小天地！心曲千萬端，悲來卻難說，這一路走來，點滴在心，化行腳印記為文字，篇篇生活感悟及山林紀遊，都是自寫胸襟，動靜相襯，讀人生這百滋味篇章，頗能動人真情！

鐘聲響起處，正是百力說書時，淺顯流暢字句，多出新意，當中有人生哲理之內涵，有修身養性及處事應物之智慧，這是一位身經百戰的體會之聲，更是肺腑之言，深情味重，味美情長。「情隨境變，字逐情生。」深入文義與作者同遊，娓娓動聽，雖似隨筆之作，卻也能顧及統整性，細細品來，會產生心靈上的共鳴，以及情感上的激盪！

「讀書就是隨著作者的腳印去看沿途風景。（尼采）」在字裡行間顯現千萬風情，集結成怡然自得的山水文章。循著若有似無的夜半鐘聲來處，靜靜地傾聽百力黃鐘般的滔滔之言，霎那間你深蟄的心靈將豁然開朗，有種江河奔騰的暢快，閒情理趣，久久縈懷！百力兄出書前夕，來函索序，故有此不像序的序？最後引此言以作結，「這世界的書／並不是都會給你帶來幸福／但是，它們會悄悄地／教你回到自己的內部。」（赫曼·赫塞）

百岳老查 20210420

六十自序

長久以來，我一直想為父母立傳。

一個在四川成都高中畢業的富家長子，因著戰爭被國民黨拉伕，不敢說驍勇善戰，至少在逃難的時候幸運地活著來到台灣，還當上了上尉連長。

228 時候，由於這位連長管教嚴格，動手打阿兵哥，於是被誣指為匪諜！

命運從此 180 度轉變。

營長、旅長、師長都知道連長是清白的，但是在「寧可錯殺一百」的時代，長官們私下勸連長：「你辦自願退伍吧！不退的話只好送軍法。」

可憐的連長，除了傲人的高中畢業（在 1940 年代高中畢業，相當於現在的博碩士吧！），沒有其他任何一技之長，剩下的一張嘴，講的是那種沒人聽得懂的鄉音。

帶著「愛著卡慘死」的台灣太太和三個嗷嗷待哺的孩子，開始流浪全台灣。

變成老百姓的連長，憑著高中畢業，考公職可說是「用左腳喇喇地」。但是不論是經濟部、內政部、中華電信、台電⋯任職都未滿三個月，人五人六就告知連長：

「你有匪諜的案底，還是自動離職吧！」

無親無故，沒有退休金沒有存款，只有兩個在部隊打架而認識的小芋仔。

到處打零工，做著不用講話的工作：水泥工、海山煤礦的礦工（這已經是後來的事了）。

每個地方租屋都不會超過三個月，因為積欠房租就只能一延再延。三個孩子都是半夜被叫起床，匆忙偷偷地搬家。就這樣，從台灣頭一路搬遷到屏東尾，最後才又搬回北部的樹林。這個時候，三個孩子都已經讀小學了，連長說教育是最重要的，不要一直轉學會影響課業。

終於，在樹林長住了十年，不過也搬了十一次家。

最小的妹妹，直到五年前，還以為半夜搬家是台灣人的習俗。這也好，不傷小小孩子的心靈，否則一開始就知道隨時在「跑路」，課業成績不知道是否受影響？

家裡雖一貧如洗，但好裡家在，三兄妹的好成績讓家裡三面牆都被獎狀貼滿了。每每鄰居到來，連長和媽媽總是一一介紹，高興得嘴都合不攏。

在台灣打拼了一世人，三兄妹算是他們最大的資產吧！

住在樹林的日子，是我完全懂事的開始，所以許多的印象都彷如昨日。

例如：每當媽媽煮飯的時候，總是叫我和弟弟去野地摘採「豬菜葉仔」，也就是今天的地瓜葉，但是品種不太一樣。當年的豬菜，有個腥味，那個味道到現在我依然記得。飯裡，地瓜多於白米，媽媽說白米飯要留給爸爸，因為爸爸要做工才有力氣，因此我們三兄妹恨死了地瓜。現在，到古早味餐廳吃飯，卻是翻找著地瓜來吃！

有天，海山煤礦發生大爆炸，死了很多人。媽媽聽到消息，拉著三兄妹跟著一群人到坑口哭了一整天。很多遺體被台車送出來時，全部都是煤灰，經過沖洗後，認出親人的遺族，哭成一團，沒認出的心想還有機會，但沒一會兒，又繼續嚎啕大哭了。我們一家四口從白天等到黑夜，這樣來來回回像是洗三溫暖一樣，折騰了一天。直到連長從背後出現，叫著媽媽的名字，把我們嚇得全部跌坐在地，頭七都還沒到，這麼快就回來了。連長居然還問：

「你們跑來這裡做甚麼？」原來，連長翹班，偷偷跑去打麻將了。

為了證明連長是極有能力的，於是開起了樹林當時最大的「金石大飯店」。不到一年就因為周轉不靈，開始了另一種「以債養債」的模式。

最後，因為「票據法」，連長坐牢一年，媽媽被通緝一年，跑去躲起來了。每個周六晚上，媽媽偷偷跑回家煮「面會菜」，隔天我帶著弟妹和菜餚從樹林搭火車到桃園，然後沿著鐵軌走去龜山監獄探監。這樣的日子三兄妹一年五十二個周日風雨無阻，很快就過去了。等連長放出來了，換媽媽進去坐牢。再一次五十二個周日，連長帶著三兄妹去探監。這是我國一國二的記憶。

到了國三，乾媽（我阿姨）讓出了板橋的二樓美容院一個房間給我們五口住。

在一次因緣際會，我和連長吵架，痛罵了他一頓（現在想起來，也不知是哪來的勇氣！），於是連長擺了個麵攤子：「鍾家牛肉麵」。從湯麵 15 元、牛肉麵 50 元開始。

猶記得開張第一天收攤時，全家忙到半夜，總共收入約 1,000 多元，一家五口蹲在那邊刷洗時的情景，大家有說有笑。那是連長家十五年來第一筆靠自己能力賺的錢，也是這個家庭十五年來第一個笑聲滿人間的美好時光。

而今，我來改變一下視角，就用五歲到六十歲的成長歷程，用我看到的、想到的、親身經歷到的，寫下這些文字。或許再過十年，已沒人會記得這些你我曾經歷過的往事吧！

就當，我為父母親留下的雪泥鴻爪與那個年代台灣社會底層的人們，做個忠實地記錄。也算是了結了多年的心願，與其說是我的童年記趣，不如就說是父母輩的辛酸史吧！

記於 2021/04/08 鍾聲

幼時。

幼時

福
2018.02.02 15:06:15

目錄

參、大地謠

壹、鐘之聲

五指山

新竹縣的竹東在往大霸尖山的路上，附近的山勢多皺摺，其中較有名氣的就是五指山了。在初春的季節裡，山頭多半雲霧繚繞，顯得鍾靈毓秀。尤其是山麓的開山堂，更是莊嚴靜謐，真可謂是有仙則靈了！

每年春節的時候，我們全家大小都會來此地過年，因為黃叔叔住在這裡。

老媽說，認識黃叔叔是在民國五十二年（1963年）的時候。那時住台中后里，家中開洗衣店，我才三歲，還不會講話，整天只是坐在桌上流眼淚，不哭不鬧。爸媽因為忙也不大理我。過了兩個禮拜我依然如此，爸媽才慌了起來，趕緊送我到台中的一家醫院檢查，護士說：

「是白喉！為什麼拖到現在才來？趕快辦住院手續！」

「要辦什麼手續？」老媽焦急地問著。

「先繳保證金1000元。」護士的口氣依然不好。

「我們沒有那麼多錢，可不可以先看再說？」老爸哀求地問。

「不行，醫院有規定，你們趕快去想辦法吧！記住，三個小時內要回來醫治，否則會來不及！」說完頭也不回地逕自走了，留下一對相擁而泣的母子和破口大罵的老爸。

老媽那時已是悲痛欲絕，舉步維艱，幾乎是爬著出醫院的。我不曉得老爸老媽那三個小時是如何渡過的？後來他們拖著疲憊的身軀和一絲絲希望回去懇求護士：

「護士小姐，拜託一下，這個小孩已經快不行了，請你先救救他，我們一定會湊出醫藥費的！」老媽嗚咽著說道。

「我說不行就是不行，而且醫生已經回去了，你們換另外一家吧！」大概是看過太多的生離死別，護士可一點也沒心軟。

這時老爸可發火了，四川人慣有的辣椒脾氣，立刻爆發：

「狗日的王八蛋！簡直勢利眼，我兒子要是死了，非要你們賠命！」老爸濃濃的鄉音和特大的嗓子，立刻引來其他民眾的圍觀。大家紛紛指責護士的不對，要求趕快醫治。那護士也不甘示弱，反駁說：

「沒錢怎麼醫？你們要幫她出嗎？！」

人群頓時安靜了下來，只聽到老媽的啜泣聲；不一會兒，竄出一個人，指著護士的鼻子頤使氣指：

「狗日的王八蛋！立刻叫醫生來，把這小孩治好，否則我就放一把火把你們醫院全給燒了！」聽口音便知又是一個四川人。

「那麼大聲幹甚麼！你不要恐嚇我，我可不怕！錢你出嗎？」

「我出就我出，要是你們治不好，我非找你們算帳不可！」那個四川人拍著胸脯大聲回應。他，叫黃鶴雯，我們都叫他黃叔叔！

從此以後，他的一生和我們鍾家便再也分不開了。

黃叔叔退伍的早。十幾歲的孩子在家鄉遊蕩，抗戰時被拉伕輾轉來到台灣，單身一個人也沒甚麼地方可去，便常常到我們家作客，每回到我們家，總是帶了好多吃的用的，尤其是給我們兄妹的零用錢！黃叔叔沒有甚麼專長，於是便將積蓄已久、準備回大陸的錢，在台中的梨山，買了塊山坡地，開始學著種植水果。

隔了幾年，黃叔叔到台北找我們，興沖沖的向大家宣布：

「我討了一門好媳婦，再過兩個月我就要當爸爸了！」

黃叔叔笑起來，眼睛幾乎看不到，裂開的嘴露出一口大黃牙，加上黝黑壯碩的身軀，似乎把山上的陽光也帶了來。但他的樣子實在滑稽，當時我不太懂事卻也跟著哈哈大笑。黃叔叔看見了興奮地把我抱了起來說：

「大哥大嫂你們看，連鐘聲都替我高興呢！」說完又狠狠地親了我一下，他那滿臉的鬍子，刺得我哇哇大叫！

「鶴雯啊！成家不容易，又願意跟你在山上吃苦，你可得好好對待人家啊！」老媽特別叮嚀著。

又隔了大約半年左右，黃叔叔背著大包小包，手中抱著一個嬰兒，向老爸老媽哭訴著：

「我媳婦生下她兩個月後，再也忍受不了山上的日子，跟人跑了。」

「怎麼會這樣呢！是不是你對人家不好？」老爸用責備的語氣問著。

「沒有的事啊！」黃叔叔無辜地說著。

「來，孩子我看看。」老媽把嬰兒接了過去。

我也趕快跑過去湊熱鬧。結果嚇了我一跳，老媽更是拉高了嗓門：

「鶴雯，這孩子你到底是怎麼帶的？又黑又乾又瘦的啊！」

「我也不曉得。白天我背著到果園做事，晚上蚊蟲多也沒辦法，山上又沒水沒電的，泡牛奶都是用冷水⋯⋯」

我感覺得出黃叔叔痛苦的樣子。老媽接著說：

「唉！這也難怪，一個大男人，怎麼帶好這麼小的嬰兒呢！」

「所以我才來找大哥大嫂幫忙！」

「這是小事。你自己以後怎麼辦？」老爸問著。

「山上的水果快收成了，沒人照顧不行，我得趕緊回去。」

黃叔叔把衣物交代完又看了小嬰兒一眼，即匆匆趕回去了。臨走，老媽又吩咐道：

「把山上賣了，搬來和我們一起住。」

過了一年，黃叔叔又來了，帶了一大堆水果，笑嘻嘻的說：

「這是我們那兒最好吃的水果，最後一批了，我把山上賣了。」

黃叔叔邊說邊拿了一顆好大的蘋果，在他那條泛黃的卡其褲上來回擦著：

「來，鐘聲，這個給你，保證好吃！」黃叔叔拿給我後接著問：

「大哥大嫂，我那娃兒還好吧？」

「好，只是常常生病。現在正在睡覺呢！」老媽回答著。

「真是太麻煩大哥大嫂了，有你們照顧我就放心了！」黃叔叔說完才又露出那口大黃牙，愉快地笑著。

黃叔叔加入了榮工處，隨著各地的建設，跑遍全台灣。他是伙伕，工作還算輕鬆，逢年過節總是帶來一大堆好吃的。當然，也負擔不少我們家用。後來，因為台北新店直潭建壩，黃叔叔那兒待得最久；但是反而無法來家裡過節，黃叔叔說：

「有些榮民弟兄沒地方去，我得煮飯給他們吃。」

於是，往後的新年裡，我們全家總是到他的工寮和他的一大群榮民伯伯共度春節。

有次，黃叔叔喝了不少酒，突然跪在地上，把酒杯高高舉起，對著老天爺吶喊：「爹娘啊！又過年了，我在台灣向你們請安哪！」黃叔叔的話才剛說完，一旁的榮民伯伯也跟著全部跪倒在地，舉杯遙敬向天際，然後十幾個大男人哭成一團！

這一幕，幾十年過去了，我永遠忘不了。這樣的場景，我每年都會經歷一次，直到黃叔叔六十二歲那年，因為腦中風猝死……。這一生，他都沒回過老家沒再見過爹娘！

老爸說，五指山的風景好又安靜，很像他們四川老家，黃叔叔的骨灰奉在這裡最好不過了！燃燒的香，裊裊上升，和山上降下來的雲氣混在一起……。

這裡的空氣真好，清涼又有點濕冷，尤其和黃叔叔在這裡過年，他一定高興極了！

兒子從停車場跑過來，我一把把他抱住，用我的鬍子刷他的面頰，兒子的叫聲，可沒輸給當年的我！我彷彿又聽到黃叔叔那慣有的笑聲，迴盪在整個五指山麓，向那雲霧一般，四處飄散！

作於民國八十三年（1994年）台北

五指山的祈福法會

恆春

2020/09/29

四十五年前，傍晚，
在昏暗的街燈下，我們三兄妹流浪至此⋯
往事固然歷歷，未來亦且茫茫。
漂泊在小鎮的小旅社，老闆娘熱心地幫妹妹燒洗澡水⋯
就算艱難的歲月，依舊澎湃雋永！

白雲悠悠幾時休？
綠水潺潺何處留，
問君年少飄泊否？
白髮蒼蒼望沙鷗！
古昔明月照今久，

入耳蟲鳥一片秋；
客來憶往皆春色，
琴韻茶香溢滿樓。

蕭老師

從有記憶開始，我的家就一直不停的搬，可以用顛沛流離來形容！

父親隨著政府轉戰來台，沒多久便退伍了。那個時候謀生非常困難，由於語言、生活習慣大不相同，父親的脾氣也很硬。於是，便不停的換工作、不停的搬家。全台灣省除了東部以外，幾乎全住遍了。不過台北縣的樹林鎮（現已升格為新北市樹林區）倒是住得最久，大約住了十年之譜。但，其間也搬了十一次家。這次可不是為了老爸的工作，也不是師法孟母三遷，而是每次都因為積欠房租，不是落跑就是被房東趕了出來！

沒有搬離樹林是因為我們三兄妹就學的關係。那時，我已經國中二年級，弟弟剛讀國一，老妹國小六年級。

雖然家境不好，但老爸堅持我們三兄妹一定要上學，也一定要參加補習。所以，我們認識了蕭老師。

蕭老師據說畢業於台北工專。白天在樹林酒廠工作，下了班六點回到家，一邊吃飯一邊改我們學生前一天的考卷。然後六點半開始上課直到午夜時分。蕭老師一個人包了所有課目：國、英、數、理、化、自然、生物。同學們都想不通蕭老師怎麼那麼厲害，幾乎無所不知！

不過，蕭老師非常嚴格，每天考試，然後根據每個學生的程度，來決定應該要考幾分，只要低於他的標準，每差一分就用竹掃把的枝條打手心一下！想想看，每天至少考六科，要挨多少打？盡管如此，但是效果還不錯，且學費每月才三百元，所以學生越來越多。

讀國三那年，老爸老媽經商失敗，到處躲避債主的追討。我也感念家境艱困，於是託了同學帶了封信給蕭老師，告知我們三兄妹都無法再參加補習了。沒多久，樓下傳來一大群腳踏車的煞車聲，原來是補習班的二十幾位同學，奉蕭老師之命，要我回去上課！蕭老師因為擔心叫不動我，於是發動所有同學硬把我拖回去。

回到教室，我非常緊張，低著頭k書，等待蕭老師進教室發考卷。沒多久，蕭老師進來了。他看了看我，然後向同學說道：

「鐘聲的家裡，出了點問題，大家更要幫助他、鼓勵他，而你也不要以此當藉口，要更加油才是！補習費的事你不要擔心，專心上課就好。」

接著，蕭老師開始發考卷，同學們一個個上去領「賞」，輪到我時，更加忐忑不安。蕭老師念道：

「七十四分。來，六下！」

我以為蕭老師會處罰輕一點，想不到和往常一樣，令人痛得無法忍受。我知道他要我和別人一樣，在現實的環境中競爭，是沒有權力要求別人憐憫的！

之後的日子裡，我們兄妹三人陸續從國中畢業，蕭老師再也沒有收取我們任何費用！

上大學之後，我們三兄妹去看蕭老師，他滿意地笑著鼓勵我們，親切話家常，問著家裡經濟的情況是否改善？我們默不作聲，蕭老師安慰說沒關係，你們鍾家以後就靠你們三兄妹了。

我們把助學貸款的錢取出一部份要還給蕭老師，老師堅持不收，我們只好作罷！

多年後，我們兄妹聚首，都已經成家立業，聊到這段因緣，紛紛都說私下有去看望蕭老師，得知蕭老師身體狀況不是很好，我們趕緊再去看他。

此時的他，已經風燭殘年，不太認得我們兄妹了。與師母閒聊，蕭老師患有輕微失智，只依稀記得我們是他的學生，在他失智前還常常惦記著我們三人的發展。

臨走，我們把準備好了的補習費要給師母，師母堅持不收，最後一陣推託，弟弟乾脆把錢放在椅子上拉著我們往外衝。一路回頭喊著，跟蕭老師和師母道別。

再見了，蕭老師！

人間四月天

上海，一個美麗的名字。既是燈紅酒綠的代名詞，更是十里洋場的薈萃之地。

初秋之際，降下雲雨，卻也是涼爽的開始。

諾美爾醫院今天終於試辦營運開幕，就像電影般的情節，高潮起伏，令人捏把冷汗，最後也總算喜劇收場，化解危機。

不喜歡這裡的人，因為熟悉台灣的人情世故，我們永遠是過客。

不喜歡這裡的規則，因為裁判太多。好比一場籃球賽，上場球員十名，裁判卻有一打，抓的大家雞飛狗跳。

但是，鄉下的樸民，卻維持慣有的笑容。

還是有留下來的理由吧！

在台灣，從事醫療資訊工作多年，除了中牙醫的系統沒有發展外，其餘的科別在門診、掛號、醫事管理、藥品進銷存管理、健保申報等等方面，我們公司也算是小有成就。

2004年有幸，與一群耳鼻喉科醫師共同努力，在上海成立第一家台商門診醫院。從社區居民委員會的同意書開始，一直到勞動人事、消防、廢棄物、衛生機關的審查，整整耗費了我們半年時光，期間的規則幾乎都是跟著人走的。

記得有天上午，衛生機關臨時來稽核，因為電梯的樓層按鈕面板未清潔乾淨，開立了一張紅單，要求改善及繳交罰款。當晚，剛好有個台商朋友引薦的餐會，來了據說許多有來頭的台商前輩，其中一位台商整晚聽他吹噓他關係多好，不只上海連中央都人脈暢通，沒有他擺不平的事情，大家頻頻跟他敬酒，他更顯得志得意滿、意氣風發。我和我弟互望了幾眼，露出些許苦笑，實在不想理會這種人，逕自和身旁的醫師朋友自顧自地喝著。正當大家酒酣耳熱之際，突然有人介紹我兄弟倆示意要向那位台商敬酒，我弟二話不說，起身走到對面那位台商身邊，從口袋中掏出早上被開立的紅單，慢條斯理地攤開放在他的桌前，四周立刻鴉雀無聲，我弟輕輕地說：

『如果你把這張單子處理掉了，我以後醫院所有對外的事務全權交給你辦，你要多少費用隨你開！』頓時，現場靜謐得連根針掉在地上都聽得見。

我弟走回座位，若無其事，拿起酒杯跟大家敬酒：

『沒事沒事，我們繼續喝酒，我敬大家！』

從此到散會二個小時裡，君不見那位台商完全無聲，彷彿世界上沒有這號人物存在。

我們招募一位從安徽安慶鄉下來的年輕人，非常勤快，反應也好，算是得力的助手，上海的公司部份的業務要交付到他手中。待一些庶務工作差不多完成時，我向他提出去他老家走走的建議。畢竟，當時無從查證真偽，只好走一趟他家去探探虛實，是否值得成為長期信賴的夥伴。

從上海搭下午的特快硬座火車，隔天中午才到安徽安慶，下了車換了公交車才到市中心，再轉換三輪車才在他家院子前停下。四周全是農地，就幾戶人家彼臨著，幾顆黃楊樹隨風發出沙沙的聲響，路上偶有機車經過，遠處幾個農人也在田裡忙著。

他母親臨時知道我們要來，趕緊下田去抓野黃鱔，並且殺了一隻土雞，很熱情地招待我這個遠從台灣來的長官。他父母務農多年，一直住在鄉下，算是非常純樸的安徽人，兩人臉頰佈滿風霜，笑容可掬，讓我想起黃叔叔。現在兩老就把希望都寄放在這個兒子身上了，也不免俗的千拜託萬拜託我這個不速之客，從此可以讓兒子飛黃騰達。

這個人間四月的寒冷季節裡，一樣的國度，從城市到鄉間，人情世故總是驚奇連連，你不會知道劇本是如何寫的，但總有新鮮事讓我沉浸與享受，不論順意或不順，對我來說都是種挑戰與經歷，是種成長智慧的泉源！

我喜歡也接受，只有潛規則的城市運作，也接受傳統樸素鐵律不變的熱情！

那一天我們在基隆

2007/1/13（六）陰雨

早上十點，所有同學都已準時抵達基隆長庚醫院六樓，準備聆聽資訊中心特助何國豪先生的專題演講。

沒想到，他的第一句話竟是：對不起，早上有點忙亂，一位昨夜在此作CS（Caresser Section，剖腹生產）的媽媽，往生了，許多家屬來到醫院，記者也過來了，所以等下要召開記者會……

當下，同學們各個臉色沉重！

我們這一班同學，有來自長庚醫院體系的高階主管、榮總、馬偕、國泰、恩主公醫院等等，對於生老病死的輪迴，早是習以為常了，但是，對於一個剛剛出世的小baby就見不到親生母親、而一個母親懷胎十月，卻只能見一面心愛的小孩，就必須離開人間，是何等的不忍？

婦產科醫師最懼怕的就是產婦遇到兩大殺手—血崩和血栓！

一種產後大量出血的病症，往往快速奪去母親的生命，而另一種則是血液離開血管在體內到處流竄，尤其是逆流到肺部的超級致命殺手！會造成整個肺細胞充滿血液而無法呼吸的血栓症狀，同樣在一、二分鐘內可以讓產婦不治！

這位不幸的媽媽就是因為肺部血栓！課堂上，每人心中都難掩悲痛，雖然我們與那位媽媽未曾謀面！

午後，另一位黃同學是長庚小兒科醫師，她替我們安排了野柳海洋世界的參訪活動。接待我們的是該中心的主任陳先生，一個有些許白髮、身材瘦長的中年學者模樣。在看完海豚海獅及真人的表演後，他特地為我們做了一場簡報。

他說：我與長庚的淵源很深，尤其是黃醫師，我要在此表達我深深的謝意！因為我的小孩在五歲時診斷出【神經內細胞癌】，在長達九年的治療中，都是黃醫師親自照護，不論深夜還是白天假日。雖然，我的小兒在去年過世了！

陳先生的話音嘎然而止了，不知是哽咽，還是讓記憶回到從前，此刻全場靜默！同學們淚流滿面，不斷頻頻拂袖拭淚。

約莫二十秒鐘吧，或者更長吧？沒人去計算。時間安靜地流逝，慢慢地，陳先生話峰一轉，開始了今天的主題：海洋生物的保育。

在這一個小時的專題中，讓我們見識到一位歷盡滄桑的專家學者對保育海洋生物的執著與堅持！從一位慈父痛失愛子轉換到大自然生物的奉獻，那樣的心境，真是令人敬佩！

回程的車上，同學黃醫師向大家補充陳先生小孩的案例。她看過很多喪子的家屬，大部分都會把自己與世隔絕、自責，整日痛哭無法自已，不敢接觸醫院、醫師、護理人員，深怕觸摸到最深沉的痛！但是，這位信奉天主教的陳先生，事情發生後非常堅強，不到一年的時間就已經站出來了，可以坦然面對一切！談到小孩子的事也不再失控。我同學又說，陳先生多年無子，本想放棄了，不料卻在中年後欣聞老婆懷孕。但是，老天爺還是開了個大玩笑，難怪陳先生會說：上帝給的，我們都要，上帝要的，我們只好都給！

一位是喜獲麟兒的媽媽，來不及參與小孩茁壯成人！
一位是中年盼子的慈父，見不到愛子的美好未來！

同樣發生在你我週遭的人間，同樣的令人唏噓不已！
除了惜福，我們還能企求什麼呢？
基隆校外教學的這一天，您能說不豐富嗎？

哀悼早逝美麗的靈魂

一個來匆匆去匆匆的天使，在人間灑下一片記憶！
山上，妳燦爛的笑聲，仍在深谷中迴盪！
海邊，妳的足跡，仍隨波逐流！
記得當年同學們的許諾嗎？
一起闖蕩台灣的山川溪谷、一起完成百岳的壯舉！
如今，伊甸園中妳已就座。人世間，妳將永遠缺席！
別了，同甘苦共患難的朋友啊！
願你安息，離開了凡塵的精靈！
從此，無拘無束！

（2007）

彎彎的生命

那條溪，彎啊彎的才慢條斯理的流入大海！
那條小路，彎啊彎的才漫長逶迤的邁向山頂！
在年少不經事的時候，永遠不會覺得生命會像沙漏般的減少！
那時只是急著想要長大，急著踏入社會，急著趕快成人。
現在，無論如何踩煞車，時間也不會永遠的延長了。
慢慢的，終於知道，生命的終點將離我不遠！
而，我只能做的，就是擴寬生命的廣度！所以，
我登山，投入曾孕育我的土地，我撫觸每一顆草木，
有些地方，我知道今生再也不會去拜訪了！
我騎車，跨向更遠的天際，那湛藍的山與水，縱是驚鴻一撇，也要深深印入腦海
有些地方，我知道今生再也不會相見了！
我到博物館擔任志工。原來，這塊土地的歷史，

是由偉大的先民血淚寫下的。
我的空間，由此寬廣！
生命的速度相對緩慢了！
於是，繽紛的人生，重新活了起來。
過去五十年的點滴，如今五年灌溉而成！
過日子，蛻變成享受生活！

我終於知道，
彎彎的河流，不急著奔流入海，是眷戀著土地！
彎彎的山路，不急著衝刺登頂，是眷戀著山林！
彎彎的生命，不急著走向終點，是真正享受生命！
各位兄弟姐妹們，
關掉冷氣，打開房門吧！
不論走入哪裡，都可以豐富你自己！
不論何種運動，也不論是到哪裡！
不需要準備，除非現在就要到終點！

更不需要金錢，除非現在就要選擇羽化之處！
讓生命
彎啊彎的，彎啊彎的，
彎不到終點！
出來吧！投入你不曾經歷過的領域，
嚐試你年少夢想的事！
讓生命
彎啊彎的，彎到天邊！
就像那條河，就像那條小路，
彎啊彎的，
彎到蒼穹處！

我的志願

Apr 24 Fri 2009

那天，當我完成九十九座百岳，從新康橫斷出瓦拉米時，心中激動萬分百感交集。

小時候，剛剛懂事，有點思想的時候，大人就開始不斷的問著我：『將來長大了要做甚麼？有甚麼願望？』我總是捎捎腦，摸不著頭緒地回答：「我要當老師！」。

每個人的童年，幾乎都經歷過這樣的歷程，而那時我們所能想的，便是把父母親、師長的職業當成我們的夢想。畢竟，這些人與我們最親，也是小時候第一個所崇拜的偶像。

慢慢長大了，大人們再也不會把當年所許的願望，拿來刺激我們。慢慢長大了，也就慢慢發現，離我們的夢想越來越遠！慢慢長大了，所有的人包含我們自己，都忘了當年幼小的心靈，所許的願望到底是否可以實現？慢慢長大了，柴米油鹽的生活，讓我們慢慢遠離我們當年的志願，再也不敢奢談！

我的中年，似乎是人生的交叉點，因緣際會認識了北岳（註），然後認識了一群「壞朋友」。然後，他們帶你上山、下海、飛岩、走壁，做那些當年父母眼中極度危險又絕對禁止的事。不要說令父母意外，就連我們自己回顧起來，都覺得不可思議！

當年，這些事絕對絕對不會出現在我們的「志願」中！

現在，幹這些勾當，似乎天經地義、理所當然！

慢慢長大了，你爬得山越來越多、越來越高，發現去走完這些個山頭甚麼的，好像不是件挺困難的事！

於是，反過頭來變成你去找這些「壞朋友」，拜託他們帶你去完成「我的志願」。慢慢長大了，你慢慢變成別人眼中的「壞朋友」。

慢慢長大了，你可以發現，原來，這輩子所立下的志願，不計其數。當然，壓根兒也沒有一個記得！慢慢長大了，你可以發現，那些個志願，與歲月成正比：歲月越來越長，志願越來越遠、越來越消逝無蹤！

慢慢長大了，你可以發現，唯有這個「志願」與歲月成反比：歲月越來越長，志願越來越近！這個「志願」似乎能力所及，似乎可以利用歲月的增長，來完成「志願」。

我想，「完成百岳」這大概是我這輩子，唯一有機會去當成「我的志願」去完成的這檔事。

最近參加一個好朋友的告別式，他平日因為工作的關係，都無法完成長天數的縱走行程。去年初，他告訴我他要好好一展身手，決定開始長程縱走，準備要完成百岳。想不到年中發現肝癌，今年春天就走了。他，若有遺憾，莫過於此吧！

人生事，大部分無法自己做主。家庭、工作皆是如此，但對於登山運動這件事，倒是可以試試由自己掌握。有人說，百力啊！我不爬百岳，那就沒「志願」囉？不是的，百岳只是眾多我們可完成的事之一。想想看，騎個單車環島，再不然就騎個花東，再不然就是騎機車環島，再不然就是開車環島，都可以當成「志願」來看待，只要你許願、然後出門，就那麼簡單。

想想看，哪些壯舉是你夢寐以求的？哪些事是你說等你有空了就會去做的？哪些事是你答應親朋好友要去做的？哪些事又是你說等你有錢了就放手一搏的？

等不到的人生！這，大家都知道，但是不是我們現在就來整理一下思緒，是不是在虛擲光陰的同時，可以順便享受人生？可以順便完成一件值得終身回憶的「志願」？

中年，仍有夢想，不簡單！能把夢想實現更不簡單！

是這樣的嗎？真的那麼困難嗎？

不是，絕對不是！只要你打個電話、發個伊眉兒、發個 Line，去吆喝一下、去認識一下「壞朋友」。你會發現，我們不僅可以重新立下「志願」，甚至，還有機會可以實現呢！

記得『彎彎的生命』嗎？生命的長度，我們不能決定，但是生命的寬度卻可以做主。我那位朋友，雖未能完成百岳，但他這些年對生活體驗的寬度，早就超越我們的長度了，這個寬度，我們無人能及，也無人能超越！

完成百岳了不起嗎？一點都不，比我兒子參加聯考還簡單！我們只要背著背包出門，只要走出去，回來就完成了。我兒子不一樣，他補習、上輔導課、自修、上何嘉仁、開夜車、挑燈夜戰、參加研討會、還要練鋼琴，沒有一個漏掉的，聯考卻一樣不如人意。我修理我兒子，念他考不好，他說：『我們來交換，看誰比較容易？』我想想，這個交易我肯定輸！你看，完成百岳是不是輕鬆多了！

不管想要完成甚麼，現在就去做！那句運動用品的廣告名言，適用在生活的每件事。

所以，你的「志願」呢？

註：北岳，係指「新北市山岳協會」。

明燈與鞭子

道德是自我提升的明燈，不該是苛斥別人的鞭子——摘自《證嚴法師語錄》

Jul 13 M〇n 2009

今天中午到三重的清水排骨麵用餐，門口的斗大標語，一眼就吸引了我的注意！

讓我想起，近來某個山會，為了制定管理嚮導的法規時，引發了一些爭議來。尤其是對於私下登山的行為，有的人建議嚮導要有高一點的道德標準，就算私自行為，也不應違法！有的人則說，嚮導們的私領域，根本不用管。

論戰尚未結束，山也還在那裏！

但，許多人受到的震撼，恐怕也不是一時三刻能了。

很多人未嘗不是如此！用道德標準的框框去看世界，卻鮮少可以框住自己！

當我們開車，看到別的車插隊闖紅燈，嘴裡免不了碎碎念，卻到了下一個路口，換成自己違規了！

我想說的是，違規；這個規到底合不合理！?

我們用以指責別人的，是用甚麼樣的標準？是道德的標準，還是法律的標準？

那天，在陽明山志工上課中，其中一位老師說的好：任何東西都可以清楚表達，例如：請你畫個圓的圖形，大致上八九不離十，彼此相差不大。但是，請你說說「美」這檔事，卻是沒有一個準則！

法律的東西我們不懂，但道德的標準卻存乎一心！

公眾領域的事，大家默守那一絲絲分寸。但私下的行為，本就自作自受。若我們還去規範了，那是不是代表我們要去替他負責呢？

所以，以後切莫拿著道德的標準去約束他人吧！

那是內在的修為，而非指摘他人的工具！

真朋友

Oct 27 Tue 2009

前些日子，到友人家作客，慶祝遷入新居。酒酣耳熱之際，拿起電話，霹靂嘩啦的找出幾位朋友開始嘰哩呱啦地通起電話來，也顧不得已是凌晨一點多了。

事後，朋友發個電子郵件來抱怨，要享樂也不及早通知，酒喝完了，七分醉了，卻在三更半夜才來叨擾清夢，實在不夠朋友！

這樣的指責好像也沒錯啊！

但是，各位可曾想過，在您最瘋狂的時候，在最夜深的時刻，您有幾位朋友是可以這樣大辣辣地打電話去吵他？可以不管他死活、不管他身在何處、不管他正在做何事、不管他是否正與周公對奕，而毫不猶豫的闖進去？

如果，您找不到一兩位的話，那麼實在要好好思量了。那大概只是一群泛泛之交、普普通通的朋友吧！

反過來，如果您常常接到這樣的電話，您可別高興太早啊！要不，半夜跟您調頭寸，就是找您飲酒作樂的。依我看，這朋友可稱之損友了。

若是打來噓寒問暖一番，閒話家常。那可是真朋友了！

所以囉！當您在午夜不是被那種「夜半鐘聲到客船」清悠的音韻喚醒，或是被急促的手機鈴聲（而這種嚇人的鈴聲，通常還是自作孽自己設定的）吵醒，在我看來，都是值得慶幸的。

那麼，就註定半夜要被吵醒？還不能發火？！那倒也不是。

試想想，當遠方有那麼一位朋友，急著要分享他當下的快樂時，而您只要做個傾聽者，甚至聊到一半打起盹來，我想您的朋友應該不會怪您、也絕對不會察覺，前提是只要偶而還可以應答上兩腔，最重要是您不打呼就好。就算打呼了，也不打緊，他都不顧您死活了，您還擔心打呼給他聽！哈哈……

以上，純屬狡辯，博取看倌一笑，秋意涼而讓您心頭熱。

台語諺語輯匯

孝道：

一、善孝為先

二、在生一粒豆，恰贏死了拜豬頭

三、在生無人認，死了歸大陣

四、飼子不論飯，飼父母就算頓

五、尪親，某親，老婆子拋車轔（滾）

六、十子十新婦，剩一個老寡婦

七、飼某飼到肥滋滋，飼老母飼到剩一支骨

八、欠債怨債主，不孝怨父母

九、飼子是義務，吃子看媳婦

十、查甫子得田園，查某子得嫁妝

十一、三代累積，一代傾空

十二、第一代油鹽醬醋，第二代長衫拖土，第三代當田賣租，第四代賣公媽賣烘爐
十三、一支草，一點露
十四、子孫自有子孫福
十五、細漢煩惱伊未大，大漢煩惱伊未娶

人倫：

一、家和萬世興
二、論輩無論歲
三、一代親，二代表，三代不識了了
四、一人一家代，公嬤隨人栽
五、銅鑼恰打銅鑼聲，後母恰好也後母名
六、前人子，不敢吃後母乳

朋友：

一、師公仔聖杯

二、死忠兼換帖
三、人交陪，是關公劉備，咱交陪，是林投竹刺
四、剃頭剃一平，欠錢不用還

個性：
一、牛牽到北京也是牛
二、猴穿衫也是猴
三、一條腸仔透尻川（屁股）
四、銅牙槽，鐵嘴齒
五、陰陰沉沉，咬人三吋深
六、惦惦吃三碗公半
七、看人吃米粉，伊在喊燒
八、扛轎不扛轎，管新娘要放尿
九、日頭赤炎炎，隨人顧性命
十、別人的子死獪了（嘍）

十一、死，死道友不死貧道
十二、台灣人放尿攪沙𣍐做堆（嘍）
十三、救蟲不救人
十四、各人自掃門前雪，莫管他人瓦上霜
十五、沒血沒目屎
十六、弄狗相咬
十七、站高山看馬相踢
十八、䲓貪鑽雞籠

名聲：

一、上港有名聲，下港有出名
二、名聲透京城
三、虎死留皮，人死留名
四、樹有樹皮，人有面皮

人情：

一、情份留一線，日後好相看

二、人情世事陪到到，沒鼎和沒灶

三、有來有往，沒來清爽

四、人情卡大過腳桶

五、人在人情在，人亡人情無

六、惜花連盆

七、見面三分情

情理：

一、有理走遍天下，無理寸步難行

二、樹頭站乎在，不驚樹尾作風颱

三、是不是，罵自己（反求諸己）

四、人吃一口氣

五、道理不平，氣死閒人

六、人若沒照天理，天就沒照甲子
七、惡馬惡人騎，胭脂馬遇到關老爺
八、吃人一口，還人一斗

禮數：

一、殺豬沒相請，嫁查某子挺大餅
二、隔壁親家，禮數原在
三、無三不成禮
四、熟識人行生份禮
五、有禮無體
六、沒米毋通留人客

過分：

一、有毛吃到剩棕蓑，沒毛吃到剩秤錘，兩腳吃到剩樓梯，四腳吃到剩桌櫃，有肉吃到剩肉躁，沒肉吃到剩垃圾。

二、黑卒仔吃過河
三、軟土深掘
四、乞食趕廟公
五、人掠厝拆，雞仔鴨殺到沒半隻
六、近廟欺神
七、打人又喊救人
八、吃米不知影米價

選舉：
一、選舉免師父，用錢買就有
二、會當沒錢定米，　當沒錢選舉
三、未開唬唬叫，見開沒半票
四、第一憨，種甘蔗給會社秤，第二憨抽菸吹風，第三憨替人選舉跑運動忘恩背義：

一、吃碗內，看碗外

二、飼老鼠咬布袋

三、內神通外鬼

四、吃家己的米，煩惱別人的代誌

五、劈柴連砧也劈

澎風：

一、一粒田螺九碗湯

二、乞食下大願

三、死豬肉吊高價

四、人說一個影，伊生一個子

五、未肥假喘，未有錢假好額人款

六、澎風水雞殺無肉

七、喝水會堅動〔堅動：結凍〕

八、會飛天，會鑽地
九、放尿做水災，放屁做風颱

虛有其表：
一、豬頭皮榨沒油
二、大厝大海海，餓死沒人知
三、泰山的體格，阿婆的身體
四、西裝現領，厝內吊鼎
五、有聽聲，沒看影
六、好頭好面爛尻川（屁股）
七、水是水，醜佇那隻腳腿
八、一面光光，一面生毛

世事：
一、一更報喜，二更報死

二、好心好行，沒衫通穿
三、輸人毋輸陣，輸陣就歹看面
四、人在江湖，身不由己
五、人沒害虎心，虎有傷人意

做事：

一、空氣在人結，規矩在人設
二、暗路行濟，總會遇到鬼
三、凡事起頭難
四、頭過身就過
五、頂司管下司，鋤頭管畚箕
六、偷掠雞，也著了一把米（也著：也得要）
七、殺雞教猴
八、叫豬叫狗，不如家己跑
九、家己種一叢，恰贏看別人

十、未想贏，先想輸

十一、一皮天下沒難事

十二、孤木難做樑，孤磚難做牆

十三、快火蒸沒好糕，快嫁找無好婆家

十四、人要教示，牛要貫鼻

十五、安分守己心頭開，清心自在福相隨

十六、若是心中無掛累，食菜飲水嘛會肥

十七、上山莫乎惹虎，入門莫乎惹到恰查某

十八、買厝看厝樑，娶某看爹娘

十九、買田看田底，娶媳婦看娘類

二十、乞食神，孝男面，早睏卡有眠

見機行事：

一、時到時擔當，沒米煮蕃薯湯

二、兵來將擋，水來土掩

三、看事辦事
四、緊事緩辦
五、緊事三分輸
六、西瓜倚大平
七、有樣學樣，沒樣家己想
八、識時務為英雄，知進退為俊傑
九、打鐵趁燒
十、驚人會，笑人嘜
十一、樟仔會號，苳仔會跑，芭樂材打死狗
十二、抹壁雙面光

不可能：
一、日頭從西平出來（西平：西邊）
二、天落紅雨，馬發角
三、海水會乾，石頭會爛

四、尼姑生子
五、鐵樹開花
六、鴨寮內沒隔暝蚯蚓
七、海龍王辭水

沒采工：

一、狗吠火車
二、尻川（屁股）後罵皇帝
三、好心去乎雷親

差不多：

一、一個半斤，一個八兩
二、龜笑鱉沒尾，鱉笑龜粗皮
三、三腳貓笑一目狗
四、你看我普普，我看你霧霧

五、一個滲屎的換一個泄尿的

自找麻煩：
一、拿石頭損家己的腳
二、做好沒賞，打破就賠
三、拿頭毛試火
四、拿林投菜拭尻川（屁股）
五、保字人呆呆
六、看人吃肉，毋通看人劈柴

順煞（也通「順續」，順便）
一、順續打彰化
二、一摸二顧摸蜊仔兼洗褲
三、順風推倒牆
四、校長兼損鐘

五、魚鰍巡便孔

不對：

一、一丈差九尺
二、豬母牽對牛墟去
三、仙人打鼓有時錯，腳步踏錯誰人沒
四、豬不肥，肥佇狗
五、豬頭不顧，顧鴨母卵
六、請鬼拿藥單
七、天公生在迎媽祖
八、人來掃地，人去泡茶
九、賣後生招子婿（後生：兒子）
十、癢的毋扒，沒癢的扒到破皮
十一、橫柴夯入灶
十二、三歲教五歲

自不量力：

一、關老爺面前弄大刀

二、食無三把蕹菜，就想要上西天

三、沒那種屄川，𢯭使食那種瀉藥

四、脫褲圍海

五、家己褒恰臭腥

摘茶：

一、透早摘茶沒差工

二、中午摘茶請無工

三、下午摘茶做𢯭香

生命的無常？

Sep 04 Sun 2011

我們的好朋友水龍長官，現正和生命拔河中……

昨日凌晨，長官起身廁所，回到床上後不久，睡夢中驚叫後昏迷……心律不整！

緊急送醫，經過一個多小時搶救，終於恢復心跳⋯

但，由於缺氧過久，仍深陷昏迷中，彷彿一個熟睡的大孩子般⋯

昏迷指數的指標：一是仍可聽到人們的呼喚，二是深度無意識，到了三就等於是植物人的程度了。

我們的長官現在是二，醫護人員和家人正努力不要降到三，今早確定無法排尿，已經實施血液透析了（洗腎）。

昨晚，我在他耳邊狠狠地臭罵他一頓：

正要享受退休生活的他，怎可如此沉睡？！

下周還有金門的單車、下下周北一段、新康布拉克……

自己不起來負責，誰要接手啊？

平日，我只要稍微念他一下，他肯定要極力辯解的……

可是現在的他……

只是靠著呼吸器，很有規律地任我獨自破口……

眼角隱隱汩汩流出的水，是否知道我在罵他……

人生真要如此無常嗎？

生命真要如此不預警的跳脫世俗嗎？

長官

Sep 07 Wed 2011

認識水龍長官的時間並不長，也就是我開始登山沒多久，知道他是警察身分，官位好像還不小。你知道，我對警察沒甚麼好感，通常跟他們打交道，不是被追著跑開罰單，就是自己有了麻煩需要他們幫助，反正啊！就是沒好事來著！

直到2003年我受完嚮導訓練後，遇到他，才慢慢看到警察可愛的一面。

吳水龍，身材魁武壯碩，估計一米八，體重應該破百有吧！見到他的時候總是笑嘻嘻，訴說著以前登小山時，走沒兩步就氣喘吁吁，如今跟牛一樣可以健步如飛。他也總是討論要去哪些山頭，要去哪旅行！後來，居然參加了嚮導訓練，成了我的學弟。哈哈，有個警察學弟，各位，你就知道很好用了！不說別的，就拿罰單這檔事。

有次，超速被開了罰單，找他幫忙關說。他居然說，現在不行了，每張編號都列管，絕對不能漏號，所以囉！只能乖乖去繳納。靠！這哪門子理論，好不容易認識個高官警察且還是學弟，卻兩手一攤，無解！

後來又遇到幾次，都沒甚麼鳥用。對於這位高官警察學弟就不抱任何希望了！

和長官真正有了交集是在2004年11月的那次縱走。那年，我們都是以隊員身分參加秋姐（姥姥）的北二段四天行程。活動到了第三天一早，有個女隊員滑倒腳踝扭傷嚴重，秋姐決定分隊，也就是留下必要的幫手，其餘隊伍繼續前進。原本大家你看我我看你，因為假期都很緊，留下來不知何時可以下山，所以面面相覷，當然啦！也是擔心自己功力不夠幫不上忙。沒多久，長官第一個志願留下，我也只好跟進，加上洪兄秋姐傷患編成五人小組。無明西峰的腹地實在太小，直升機來了兩架次，都無法達成任務，長官建議把營地四周箭竹除盡，好讓吊籃可以下來。這甚麼鳥建議，把剩下的三人搞得人仰馬翻，長官只好一馬當先，幾乎把方圓三十公尺範圍的箭竹幹光，果真隔天直升機一來，一次就搞定，把傷患運走。經過這番折騰，我也差不多快掛了，在兼程趕路兩步併一步下，根本追不上長官秋姐和洪兄，好在長官看出來了，便把我身上的公裝通通背去！

每次，我說我當年在東北打越戰，長官就會提起他在金門打共匪！明明我在吹牛，他也當真地與我抬槓，說他小時候差點被砲彈擊中的驚險場面，至今頭上留有斗大的疤，更說我那個場面怎能跟他比！當然，他是真的，我是吹牛的囉！

還有次他在荒郊野外獨自陪著往生的鄉民過夜的經歷。因為發生溺水事件，他是菜鳥警察，原本陪他的兩位前輩先後藉故離去，他只好一邊跟往生者念念有詞，一邊等待天亮。

2009年春節，秋姐在台東紅葉的桃林溫泉墜崖受傷，我得知消息，立刻通知長官協助，那時他正回鄉金門過年。長官就是這樣子，二話不說，立即展開聯絡與協調，沒多久直升機便把秋姐載出來了。

今年我帶隊走南二段，其中兩位隊員不適，輾轉通知到長官，他深怕手機電力不夠，立刻搭計程車趕回家裡，坐鎮聯繫協調，讓險事化為無夷。

慢慢地，我們的交流互動就越來越多，才慢慢發現這個人高馬大的長官，還蠻好相處的，其熱心助人的程度也超乎我的想像！

我的許多百岳日子他都有份，他不只腳程快，負重能力更是可以與原住民相提。每每隊伍中有人背不動，他總是把裝備搶過去背，然後一溜煙地不見人影。我每次念他，不到最後關頭，不要幫隊員背裝備，長官只是靦腆地笑笑說沒關係。

他對朋友的意氣之重，也非常人所及。

他的生命早已散播到每個人的心中，他的熱情早已感染了每個與他接觸的人。不需要用長久的歲月，只要一次的登山活動，你就會發現這位長官沒長官樣、嗓門大得離譜、不管如何與他開玩笑，就是不慍不怒笑嘻嘻以對。找他幫忙任何事，總是先答應了再說，然後把自己搞慘了也要完成別人拜託的事，就是除了罰單這件事，這我肯定永遠記得！

現在，他正無助地與老天爺拔河。三總心臟科加護病房的一隅，規律的吸呼器撐起他的胸膛，好似山上熟睡的他。那天去了好多好多的人，每個人都進去呼喚他，用我們滿腔的熱情一如他對我們那樣，用我們早已乾涸的淚水，只求長官一絲絲的回應，就那麼抽搐一下也行，卻怎麼也叫不醒沉重的眼皮！加油⋯

長官，你真的要好好加油，生命不就是一連串的挑戰摸索！趕快起來，我還是惦記著我的罰單，你現在是老百姓了，應該可以去幫我關說了吧！

快起來⋯⋯

我們等你⋯永遠⋯⋯

後記：從 2011 年罹病起，長官一直沒有再醒來，直到 2014 年仙逝。

再見了，Wilson

2013/10/15

由 Tom Hanks 主演的「浩劫重生（Cast Away）」電影，那顆 Wilson 排球成了 Tom Hanks 最大的精神支柱。而我過去這週，陪伴我最多的就是這支點滴架。

每次，我醒來，第一眼總是看著似沙漏般的點滴仍在盡職地工作，讓我知道生命仍在脈動著！

我在想，這沙漏終止的一天，連接著的人不是移民天國便是平安出院！我的 Wilson 該是期待我出院吧！

曾經我們自以為波瀾壯闊的生命，竟是繫在這一點一滴之中？沒錯，生命正是由這一點一滴慢慢累積，慢慢匯集。不論我到哪裡，廁所浴室，睡覺散步，我的 Wilson 總是與我形影不離，對著鏡中的自己，又彷彿是一隻被拴著的猴子，繞著 Wilson 一米方圓打轉，不知誰才是主人了！

在這個象牙塔內，作息未曾停過，醫師護士 Wilson，都與我成為新的生命共同體。

明天，醫師說明天可以出院了，剩下的腫塊過陣子再來門診手術即可。

但，對於外面，我似乎陌生起來……

我感覺不到秋風，直到我看到飛起的落葉！
我感覺不到秋意，直到我看到人們添加的衣裳！

儘管如此，我還是慶幸，我還是得跟我的 Wilson 說再見了！

生命中暫停的休止符

「辛苦拼命了六十年，然後就為了住進養老院……」

這句電影上對白的道理，我想人人皆知吧！但是，似乎都要到真的住進養老院了，才能徹底覺悟：我們這一生到底活了些什麼？

現在，有個機會，許是老天爺刻意安排，在我壯年之際，可以暫停前進，讓我好好休息，我想，這便是生命中臨時的休止符吧！

我離家，住到山明水秀的半山腰別墅，風光秀麗。白天，可以望見對面青翠山巒，山下火車時而交錯，高速公路川流不息。夜裡，城市燈火通明，與天上繁星輝映，熱鬧非凡！在這樣的地方享受生命的暫停，高檔的單人房每晚要價兩千五百元，不算過分！而且三餐都 Room Service，當然這 Room Service 費用外加。二十四小時專人服務照顧起居，有點像是專屬管家的樣子。不只這樣，還會定時幫你量量血壓，虛寒問暖一番，可謂無微不至！甚至電視惟我獨享，沒人搶遙控器。嘿嘿，羨慕嗎？

就只差在，我的手上多了根管子，上端連接的是怎麼打也打不完的點滴和抗生素，可以說是「免費吃到飽」！

窗外的世界，一刻未曾停過，窗內的方丈間，卻似停止的寂靜。僅僅5mm的窗，兩個世界兩個世代。外面是一個五十歲不曾停過的我，而裡頭，卻可能是七、八十歲的老頭，可能是一個生命無法重來的老頭兒……。

慶幸的是，目前為止，生命的裡外還算一致，也許我還可以選擇個二、三十年。

事情的演變是這樣的，前幾天，大腿忽然痛到無法行走，診斷是「肌筋膜炎」。經過三天的調理，雖感覺狀況好轉，但藥已用罄，只好複診，沒想到換來「轉住院」的結果。

這下可好，從前賣了十多年保險，也買了近三十年保險，從未用過。終於可以知道當年是否騙人或者被騙！

三天了，情況似乎未見好轉，抗生素已經用了所謂好幾代了…或者說一線二線已經無解吧！三天了，什麼都沒變。窗外，天晴天雨，日起日落，沒變！窗內，護士送藥量血壓，打針打掃送飯包，沒變！唯一變的是打針的位置從手背，轉移到手臂……。這大概是我退伍後，在近三十年歲月中，最最規律的日子吧！

病痛呢？當然會，但與之獲得相比，我把它當成是種享受……

何時可以脫離這 5mm 之窗呢？說不準，想出去，不要說 5mm，就是 5m 也關不住吧！不想走，門開著也無用。

生命若可以真的從新來過，所謂莫過於一場大病之後吧！我想，普世經歷過的人都曉得，但是，一旦重返人間不久，又會回到老樣子囉！就像學生時代一樣，每次期中考後，總是痛定思痛，列下密密麻麻的溫習表，但過不了兩周，一切打回原形，直到期末考前一天才再挑燈夜戰！人類智慧的成長，總是由悲劇中學得。

那怎辦？每二、三年來給他住個幾天院？到時我們還沒悟化，保險公司可要先倒了。

沒事，到我的「非死不可」逛逛，聽聽我厥詞，也許等同再出院，又是「一尾活龍」，哈哈……

病中，多有豁免權，大家就多包涵囉！

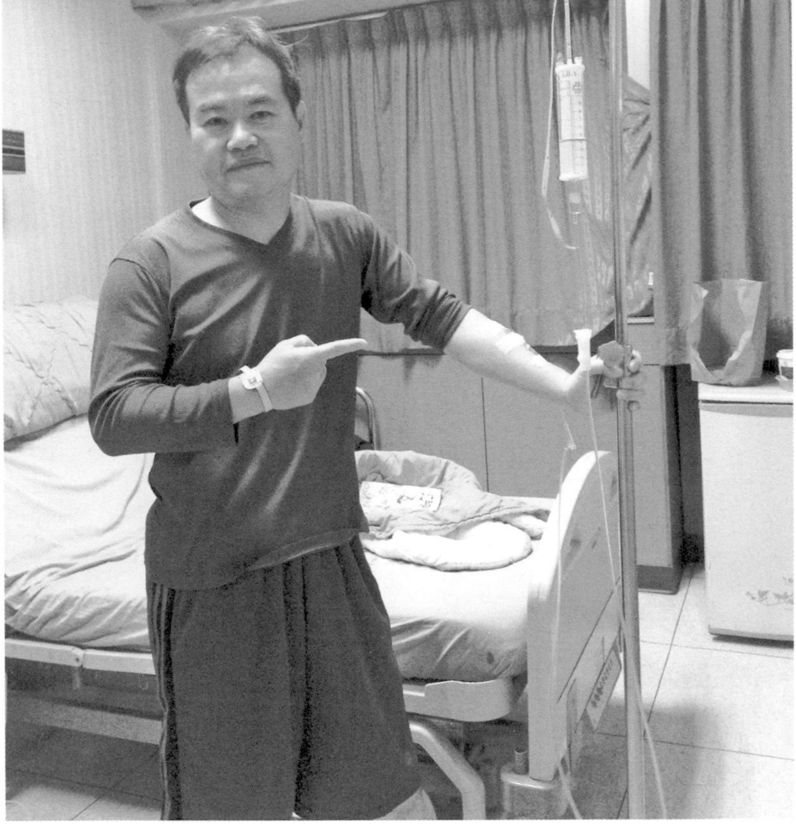

再見了 Wilson

以前日子用年算，現在日子用天算

2014/08/31 老爸九十歲生日

記得小時候，每天盼望著過年，只有在過年的期間，有得吃有得穿有得花，每天都是快樂的日子，是小孩子最最期盼的，那時總覺得一年才過一次新年，要等好久啊！現在，年紀長了，怎麼一轉眼好幾年就不見了，尤其許多老朋友的見面，寒暄第一句話：我們幾年沒見了？我們上次見面是在哪一年？

悲傷的匆匆見面，還是快樂的餐會？

以前的應酬是參加同學同事的婚禮，然後是子姪輩的婚禮，然後是長輩的告別式，然後是同輩的……。我們似乎脫離不了在這樣的循環中！最近幾次的老友相見，總是在告別式的場合，大家默默點頭示意，上完香匆匆離去……。想多聊兩句好像場合不對，想要續攤更是奇怪。老爸九十歲了，說要辦個慶生餐會！我想，想要六十多年仍健在的老友們見見面，與其悲傷送別，不如大家快樂的吃吃飯。今天來了好多親戚和朋友，席開十二桌。除了幾位牌友外，這些賓客全部是老媽的姐妹淘，我的舅舅阿姨們，街坊鄰居們，大家不是幾年沒見，就是當年搬家後再也沒來往！現在，當我們聚在一起，每人談論　以前生活中不論是恩怨情仇抑或瑣碎軼趣，如今都轉變成笑聲盈盈的甜美記憶了。

一支草一點露，串起豐富的世界

六十多年前，老爸隻身從四川來到台灣，當年一起出生入死的老芋仔，如今一個不剩，唯獨老爸還可以綿延出這族繁不及備載的一百多人，其實啊！就是老媽的功勞。老媽來自基隆望族，兄弟姐妹十三人，個個有來頭，除了老媽嫁給老爸以外！跟了個老芋仔，變成親族拒絕往來，老爸語言不通，只能做些不用講話的工作，例如礦工，水泥工，也因為這樣打零工的關係，我們從基隆頭住到屏東尾，也因為這樣的關係，我們認識了當年台灣社會很底層很底層的朋友們，這些人有些個特性，就是大家都沒錢都很窮，但卻很講義氣，畢竟窮得只剩下朋友！尤其老爸老媽對親友的交情，更是用心所愛！所以雖然我們全省搬透透，老友們卻都還是偶有往來。如今，靠著這些熱情，我們快樂地吃飯喝酒，串起台灣六十年來的滄桑縮影。

與其慶生會，感恩餐會更為恰當

這六十多年來，不論我們搬到哪裡，沒有鄰居因為隔壁搬來了老芋仔而排擠我們！不論我們多麼困頓，沒有朋友因為我們的經濟到底線了而離棄我們！這些親戚朋友們，始終如一地對待我們父母，以及他們所生所養的小孩們！我知道，老爸老媽終究步入晚年了，他們無法向過去六十多年來照顧我們一家的恩人們一一道謝！他們更怕我們做子女的不知去感恩這些恩人們！真的，我要好好感謝這些曾經伴隨我成長的親友們。我依然記得，當年幾個寒冬深夜裡，走投無路的父母親帶著子女們，去敲你們的家門借錢時，你們雖然無助，卻也送上熱茶的情景……。我也依然記得，在學校開學註冊期限最後一天裡，我不敢進學校而在校門口癡癡等待父親送錢時，親友們陪著老爸送錢到學校給我的情景……。其實，這六十多年，陪伴著父母親留下最多回憶的，不是我們這些做子女的，而是你們這些親友們，他們的生活因你們而豐富多彩，因你們而快樂地活到現在。所以我在台上，對你們真誠深深地三鞠躬，深深地感謝……。也請大家以我父親九十歲為標竿，好好地快樂地活到這麼老！請大家務必一起活到這麼老，讓我一直可以從你們的身上，看到我永遠的父母……。

爸媽年輕時合照　父（1920-2015）母（1935-2021）

2014 老爸 90 歲生日 -- 親友合照

你可不要死去

一八八〇年代明治維新後，日本走向強盛。一八九四中日甲午戰爭，一九〇四日俄戰爭，一九一四山東青島日德戰爭，一九一七第一次世界大戰，一九三一滿州戰爭、上海戰爭，一九四一太平洋戰爭，大東亞戰爭等等，與各國交戰皆捷，引起很大的震撼和回響，史家無不認為這是明治維新最成功的表徵。尤其，明治三十七年的日俄戰爭，所創下的輝煌紀錄，到現在仍有大批日本人深入研究出書和讚嘆當時的偉人。

但是，底層下的日本老百姓呢？根據日本松山神社的記載，日俄戰爭期間，松山連隊戰死的有二八一三人，而松山故鄉編成的聯隊也不過三〇〇〇人，將近九十四％的人陣亡！旅順包圍戰後統計，日軍死傷陣亡五五六五五人，俄軍損傷三一四三五人。這樣輝煌成就的反面，是多少心碎的父母妻兒子女，要背負幾世的哀傷啊！

我最近讀到一篇詩作，恰好來反映這個反面。

越回頭讀史，越覺得人類自我的殘暴性，沒有一種生物會如此的自我毀滅，而主導這些浩劫的，卻是我們用雙手一票票選出來的。崇拜政治人物的後果代價往往很大，為政者莫不以此為戒啊！

一九〇四日俄戰爭，日本作家謝野晶子為弟弟出征旅順，寫下了反戰詩。在當時，引起很大的回響，也因此遭到當局嚴重警告。

你不要死去
啊！弟弟，我為你哀嚎
你可不要死去
因為你生為末男　雙親比誰都倍加疼惜你　雙親何曾教你握刀？
何曾教你去殺人？　又為了殺人而死去　因此把你養到二十四歲？
你是堺町的商人　是值得自豪的老商號主人　而你，是要繼承父業的人
你可不要死去
攻下旅順要塞　攻不破旅順要塞與你何干
你可能不知道　商人的家訓沒有這樣的規定
你可不要死去
這個國家的神聖君主　並沒有御駕親征
而是派他的國民去流血　說要像野獸一樣死去

還說死是人的至高光榮　如果他是真心深思愛民　就不應該有這樣的想法
啊！弟弟，在這樣的戰爭中
你可不要死去
去秋過往的父親　如今獨居的母親　總為你悲嘆的身影，真可憐
即使我兒因戰爭被徵召，還是守著家
在國勢聲稱安泰的情況下　母親卻因擔心而白髮漸增
躲在暖簾後悲泣的　你那被留守在家的妻子　至今仍沒有忘記你
雖然一起生活僅僅十個月　請替她的少女情懷想想
在這世上，你是她唯一的依靠
啊！還能去拜託誰？
所以，你可不要死去

（2015）

傳言與真實

貝多芬的生日將至，由於很難考究到底是哪一天？所以樂界普遍把他 12/17 受洗的前一天，也就是今天當成生日。一個命運多舛的絕世創作天才，讓我想到另一位音樂神童莫札特。

莫札特成名不久，常常受到樂評家的殘酷批評，為此小小年紀的莫札特把這樣的苦惱告訴父親，父親溫柔地對他說：不用理會那些人，這個世界只會幫真正的音樂家立塑像而從不會有人為他們做這件事，你的名字將永被後人記住，而那些尖酸刻薄的評論家則無一留存！

有人傳言，百力有財務危機，欠人一屁股債，公司即將倒閉，還忘恩負義毀約背信……

我是不是要學學小莫札特一笑置之呢！哈哈哈……

（2019/12/16）

六十是個什麼樣的意涵？

以前成績的合格，最低標就是六十分，但是你考六十分還是會挨老師的罵、父母的打！
現在考六十分，老師父母說不定還會獎勵肯定與安慰。
以前，父親六十歲大壽時，合唱團的同學們合力送了一個編織的中國結大壽字。
那時，總覺得人生第一道關卡便是六十歲吧！
現在，自己來到這個關卡了⋯

六十的意涵似乎都沒變過，倒是心境時代都變了！
以前，總覺得自己還是年輕小伙子，
也覺得自己什麼夢想的事，都可以完成！
聽到長輩們的心願，都是什麼健康啊、快樂啊、安寧啊⋯⋯
真是抽象的名詞啊！
現在，終於體會出這六十年的打拼，

最終，竟也是若長輩般而已！
就是多一分也不敢奢求！

昨天，與蓮花公主同年同月同日生，一起連同三十九人，從巴陵直直給它衝到福山，二十一多公里啊！真是一個爆肝的生日之旅！
也讓許久未出江湖的頭燈，重啟山林。
感謝鈴唯美眉的貼心，準備了生日帽、巧克力派、蠟燭，硬是揹上山來！
感謝眾多美女帥哥的祝福，讓我們在山上一起走到上頭燈！
感謝山下的眾多親朋好友們的祝福，讓我幸福滿滿！
是啊，六十歲了，是學會許多事情必須放棄的。
就只剩下健康、快樂、安寧啊！
就把這僅有的願望，送給我最可愛的朋友你們吧！
真的要健康快樂喔！

（2020/07/15）

松濤第三期合唱研習會

如果有一天

如果有一天，
我突然倒下，移民天國，請不要為我悲傷，因為我帶走的是滿滿回憶，卻沒有任何病痛！
如果有一天，
我突然倒下，拖著殘軀病體無為地活著，請為我擊掌歡慶，因為我仍眷念這片土地！
道別，
只是過場，有與沒有，都不影響你我過往的印痕！
再見，
既是期待也是終場，都不改變你我的擁抱！
行事曆不會有這樣的計畫，但隨時隨處都在發生！
生命不會終止，你仍存我心，就是永恆！
金錢權位不會陪著你，只有我！
好好享受活著的感覺，尋覓一個陪你到天涯的盡頭！

只有我！
如果，我曾經傷害過你，那麼我已經得到教訓，因為我比你先走！
如果，我曾經有施於你，有機會就回報給我的親友！
想起一位驟世的朋友，
也宣告未來的雪泥鴻爪……

（2020/10/11）

老情人

今天，來會會六十年前的老情人！

這個原本出生貴族世家的嬌嬌女，為了愛上一個來自四川的老芋仔，忍受被家族斷絕關係的惡果，開始了超過半個世紀的飄泊生涯⋯

跟著老芋仔全省做水泥工、礦工、裁縫手工，一輩子都在逃難式的搬家，一個地方只住了三個月，因積欠房租而連夜逃離，就這樣從基隆頭一直搬啊搬到屏東尾⋯

我老妹當年年紀小，還以為半夜搬家是台灣人的習俗！

歷歷往事，在媽媽的皺紋裡壓積了六十年⋯

我也曾看過爸媽的笑容，但臉上堆疊的愁雲始終充滿兒時記憶！

現在她幾乎喪失記憶，我倒覺得是一種快樂的解脫吧！

逗逗老情人，讓她偶爾回憶起一些快樂的片段，是我現在僅存可以為她做的事。通常，她迷惘的眼神透露出不解的一樣子，然後瞇著眼望我：

「阿景煌素華咧？」每次，跟我聊到一半，總是插話問著弟弟妹妹下落。

以前老爸在世時，不論他喊我們三兄妹誰，總是把所有人名都叫完了，最後才會叫到他要找的人，如今媽媽好像也是這樣，是不是老了都得把所有的孩子都點名一次？

有時，她也會自顧自地哭了起來，說她找不到老爸，不知老爸去哪了！

「老爸一定翹班去打牌了啦！」我說。

民國六十幾年，有一次，樹林海山煤礦大爆炸，聽說好多人還在裡面沒出來，媽媽拉著我們三兄妹到礦坑口哭了一整天，偶有遺體被抬出來，家屬們立刻衝上前去，等水把臉沖乾淨，看清楚是誰時，認出來的家屬哭天喊地，剩下的家屬透出喜悅，但沒一分鐘，仍陷入愁雲慘霧之中。就這樣到了黃昏，許多家屬漸漸離去了，剩下老爸仍不知生死。

『麗麗啊！你們怎麼在這兒？』背後突然傳來老爸叫著媽媽的聲音，我們四人立馬彈起來，心想著：那麼快，老爸的鬼魂就回來了啊！

原來，老爸那天翹班去打麻將，逃過一劫！

這件事，被老媽罵了幾十年。也還好沒去挖礦，否則老爸不會直到九十五歲才移民天國。

所以囉，只要老媽問起老爸去哪兒，我們兄妹總是回說去打麻將了，媽媽就放心地說：

『按呢就好！』然後，開心地與我們牛頭不對馬嘴地聊天。

看著她風霜的白髮，知道她真的老了。小學時，媽媽去學校參加母姊會，所有老師家長的目光總是圍繞著媽媽，那時的她風姿綽約，不論穿著旗袍或洋裝，絕對是個萬人迷，而且這些服裝全是出自她一手剪裁縫製，市面上可是獨一無二啊！我們三兄妹包辦了三個年級的模範生，更讓她昂首闊步。

窮困人家，唯一可以炫耀的便是小孩子學校的成績，我們三兄弟不論功課、演講比賽、朗誦比賽、書法比賽，總是名列前茅，家裡的牆壁上，貼滿了獎狀。只要那些叔叔伯伯過來，老媽總是從第一張獎狀說起，這一說，通常把午餐都延誤了。

今天天氣不錯，我用輪椅把老媽推到社區的中庭，讓她曬曬溫暖的陽光，感受涼風從髮梢吹過，許多老年人都過來和她打招呼，大家親切地問候老媽，她也愉快地點點頭、用手指指著人家，跟我說這是誰那是誰，其實她人名全說錯了，但是這不減她的興緻。

她還會跟別人介紹我是她的兒子，嘴角還揚起淺淺的笑呢！

至少，她還認得我！

（2020/08/29）

老媽延伸子孫親友

耆老的故事、老兵的鄉音

最輕鬆的一次，陪老阿公慢慢走，
前面的水濂洞就讓年輕人去衝刺吧！
聽他說日治時代躲空襲的日子，美國飛機對他們掃射，子彈亮晶晶的插在田裡，跟我媽媽描述的一樣！

我應該來遍訪耆老們的故事，
把他們曾經的歲月，
用這一代的角度，串連三個世代！

花蓮太魯閣的長春祠，
供奉者二二六位因公殉職的工程人員，這些幾乎都是從大陸過來的小芋仔，沒有親人在台灣。
每年春節大年初一，當年的總工程師林則彬一定會來上香祭拜，他說：
「他們都是我弟兄，我不來，沒人會記得他們了。」一直持續直到他九十多歲過世為止，四十多年從未間斷。

還有，一位白髮蒼蒼的老芋仔，每天騎著破摩托車，從花蓮市花五十分鐘過來，只要看到陸客團從遊覽車下來，便急著靠上前去，用著山西的老話，詢問著客從何處來？

我想，是尋找鄉音吧！

原來，國共內戰時，他是國民黨部隊的，一九四九年來不及跟著撤退，一直到了韓戰，這些國民黨投降的軍人，通通送去前線當炮灰。

戰後，投降的部隊有兩個選擇，一個是到美國去，一個是到台灣。

老芋仔選擇到台灣，身上刺滿了青，甚麼韓戰勇士、反共抗俄之類的口號，甚至還用鮮血灑在國旗上以示效忠。目的就是標示出是從韓國過來的，因為當時的國民政府，也無法分辨是否是匪諜夾雜其間，於是通通刺青，以資識別。

我每次帶團到此，總是跟他攀談一下，用著我熟悉的四川話跟他說幾句，語音雖不中但亦不遠了，聊藉老伯伯的鄉愁吧！

耆老，總是掛滿了一身的故事。
從我和我爸的一生開始，到老爸的牌友為止，每個人前背後，充滿了酸甜苦辣麻五味雜陳。
大時代，沒有小人物的舞台。
從古至今皆如此啊！

（2020/07/25）

長庚同學會

九五級的長庚醫管所同學會。
好久不見了，大家都沒變，一眼就認出來，真好！
交換彼此的生涯後，發現許多人仍在醫界奮鬥，有些人早已退休享受人生，也有人隨著外交官老公遠赴比利時⋯。
時間的長度沒有增加，不會因為經過歲月的淬煉，而每分鐘變成七十秒！
朋友的積蓄也沒有變多，不會因為生命豐富了，而增加更多的知己！
記得小學畢業時，好多同學因為分離而哭的難分難解，到了國中認識新同學後，就漸漸疏離了以前的麻吉⋯。
250 定律真是如此嗎？
或許吧！一生的朋友來來去去，就 250 個人的容量而已吧！
若真如此，何不好好珍惜現在身邊的朋友呢！
莫要等到宴席散了，才後悔沒有好好把握！

朋友就如同那好吃的蘋果，既酸酸也甜甜。不要在世時，惦記著缺點，等到離去時，卻又想起萬般好！

以前參加朋友的告別式，許多人訴說著朋友種種優點，也不見有人說他不好，亡者為大啊！

難道活著的朋友不是更大嗎？在那種場合無論如何緬懷，亡者永遠都聽不到了！

何不在此時，遇見朋友時都親口告訴對方他的好？一起想著美好的回憶，不管手中捧著的是咖啡、茶或是烈酒！不要忘了手機裡的電話簿，去翻翻吧！

一定有你可以立即打電話的朋友。打個電話給他吧！

就算是 30 秒的問候，也會變成雋永的回憶！

我們的社會就多了許許多多的溫暖！

（2019/11/03）

長庚同學會

喵星人來襲，全副武裝！

巷子裡的喵星人至今已繁衍三代，族繁不及備載，而且個個武功高強！

自從堪稱教主的第一代，找到了磨爪子的好所在──我們家冷氣冷凝管的保冷泡棉塞。從此，二、三樓變成喵星人武學訓練中心。

我用了許多武林絕技反制，喵星人依然來去自如，且順利養成三代高手！如今，是動用絕招的時候到了。

買來洗衣機的排水管，剪開、包覆、固定…把盡世的兵器全搬出來，準備來個生死鬥！

只見喵星人趴在對面，用著咪咪眼慵懶地喵我：你那個什麼三腳貓功夫敢在此下係下敬？我們都是四隻腳的啦！

牠還三不五時用喵吼功挑釁，看著我這個胖子又是施展乾坤大挪移、又是鍾式輕功的，結果是寸步難移。

喵星人叫了三聲。喔不，我非常肯定不是叫聲，那是恥笑：嘿嘿嘿！然後牠乾脆縱身跳下丈餘、使出草上飛，再一躍上三尺，輕鬆轉移陣地，再度趴下，用爪子刷了刷牠的鬍子，繼續瞇著眼還打了個大呵欠……

各位看倌，只要是人，怎能忍受這般侮辱！

你說，

要不是我腰上綁著確保繩！要不是我年過六十！

要不是我少小不經學！要不是我功未成名未就！

要不是那把戰功彪炳的山刀不在身邊！

要不是……

我肯定一步衝天，就算是飛蛾撲火、玉石俱焚，也得躍上前去，閃身給牠兩個耳光、打得牠日月無光不知民國幾年，是不是？

對於一個練武之人、走踏江湖的蓋世英雄，這口氣怎麼嚥的下去！

看看牠，飛簷走壁、跳躍翻身、馬步扎實，落地時穩若泰山，一下子不見蹤影！

好了，有怕就好，吾乃溫文儒雅的大俠，更不是非逼得讓人走頭無路不可，何況還只是喵星人而已，繼續我的工作吧！

過了約莫一盞茶功夫，喵星人居然找了二代過來一起趴在哪兒，難不成是帶來看我笑話？

士可殺不可辱，你猜怎麼著？

識時務者為俊傑，我走為上策，收工走人！

喵星人來襲

（2020/04/11）

陽明山上看雨

誰言下雨不是有情天？
雲霧飄上民居若帆點。
遠處山嵐渺渺似薄紗，
有如閨女待嫁初羞見！
（2020/05/29）

陽明山上看雨

貳、山之歌

遙想當年奇萊路（上）

Jul 06 Fri 2007

這是第一次登山就參加奇萊連峰與能高越嶺的心路，時序於 2000 年，也寫於 2000 年！

奇萊大山與能高越嶺的故事

一、

這一天，當我氣喘如牛地從成功堡爬上奇萊大山的稜線時，我才發現我是倒數第三個走完今天的行程。第二位是楊兄，我看他走的比我痛苦，沒走幾步便要休息，一路上，腳步是用拖的。最後一位是一路陪著我們上來的押隊嚮導---蔡爸。這段落差大約 900 多公尺，幾乎是垂直爬升的路程。按照

遙想當年奇萊路

登山手冊上來說，只要 120 分鐘即可，可是我卻花了大約三個多小時才完成。雖然沿途盡是中海拔山區的杉木林，在平時，我可會坐下來靜靜的欣賞這片大好河山。

而現在，已經耗去我全部的精力。只要有機會停下來休息，我便不斷地大口吸氣、吐氣、吸氣，並且彎著腰，把背包的重量調整到背部，讓肩膀少受點力。此時此刻，根本無視於週遭的美景了。我真懷疑我是否能安然無恙地走完五天的行程？想回頭，可是想想剛剛走過的路，要再往回走，我看我還是咬著牙繼續前進了。況且，還沒真正開始，就打退堂鼓，豈不笑掉大牙？

稜線上風大霧濃，到處都只是玉山矮箭竹，迷迷濛濛的，根本不辨方向，幸好見先到的隊友熱情地問我：

『嗨！你是第幾組的？』

『我是第二組的。』

『第二組的營地在下方一點，你順著路徑往下走即可，小心一點。』

道過謝，只得頂著零度的風寒與肩上二十二公斤的背包，心不甘情不願地再度向著迷霧中前進。終於見到奇萊山屋了，旁邊搭著兩頂帳棚。天啊！風這麼大，現在已是零度了，夜裡的溫度豈不更低？難道沒有其他更適合的地方了嗎？正當我心裡嘀咕時，看到彼德蹲在山屋旁與隊友們煮著熱騰騰的開水，熱情地招呼我：

『百力，快過來喝一口熱茶。』

『彼德，你上北峰了嗎？』我一邊卸下沉重的背包，一邊問他。

『沒有，太累了。』

『你腳程不是很快嗎？』

『不行，我的肩膀好痛。而且，我到這裡時已經是下午二點了，嚮導不讓我們上去。』

聽他這麼說，我心寬慰了不少，不只是我不行，原來跑在前面的彼德，也和我差不多。記得中午在成功堡休息時，我累得喘不過氣來，彼德邀我立刻出發，趕在中午一點前上稜線然後攻北峰，我自知不行，便放棄了。看著他先一步手腳並用的往上爬，我只能默默地看著他的背影離我越來越遠，最後消失在陡峭的山壁上。

山坳裡見不著陽光，雖是正中午，卻也有幾分涼意，我獨自坐在山溝的大石上，看著寶哥和小馬在二號堡門前愉快地煮水吃麵，我卻完全沒有食慾，只能勉強口乾舌燥的慢慢吃著平日我最愛的巧克力餅乾，此時卻也食不知味，心情低落到極點，感覺前途茫然無助。山風吹來，心有戚戚焉，竟有幾分悽涼！

奇萊山屋旁的冷風颼颼的響，靠北面的矮箭竹有些都結了霜，那種在三千公尺的高山上的冷，實在很難形容，因為空氣稀薄，穿得又厚重，動沒兩下，氣喘如牛，我連走到彼德那裡喝水都老大不願意，彼德看出了我的心意，便端了杯熱水過來給我，問我說：
『你睡哪裡？』
『我不知道，你呢？』
『我睡這五人的小山屋。』
『好小子，你沒替我佔一個位子？』我有點怪他。
『大家先到先選，而且亂成一團。不過，我那個小山屋可以擠六個人，你先不要說，晚上搬過來就是了。』彼德小聲地說著。
剛才錯怪他了。彼德設想真周到，幸好我和他一起來，不然我可慘了。
沒多久，另一個嚮導寶哥過來安排床位：
『哈羅！百力，你今晚睡哪裡？』
『可能睡上面一點的六人帳吧！』我先得這麼說。
『這間睡幾個人？』寶哥指著小屋問著。彼德說：
『已經睡五個人了。』
『百力你要不要跟他們擠一擠。』寶哥問我。這可是求之不得的事！
『那酷龍，你睡哪裡？』寶哥又去安排別人了。

短短的一天相處下來，走在山林裡沒什麼交談，大夥兒彼此也不熟，但是卻可以感受到台北縣山岳協會的每個嚮導，都非常的熱心又負責任，記得今天中午在黑水塘休息，和彩貞姊閒聊時，她問我：

『你以前爬過什麼山？』

『我第一次爬山。』我有點不好意思。

『第一次就爬奇萊山啊！』彩貞姊滿臉驚訝。

『我本來是要參加能高越嶺的路線，沒想到北岳又加上奇萊連峰縱走。』說到此，真後悔報名參加此路線。我接著說：

『其實大約十年前輕裝爬過中雪山。』

『不過，雖然你是第一次爬大山，幸好你參加了北岳，這裡的嚮導人都非常好，我以前曾經參加過別的登山隊，有些態度就不是很好，會一直催人趕路！』

真的，我今天走在最後，蔡爸從來沒有趕我，我休息他也跟著休息，他只是說，我應該要調節呼吸，配合腳步慢慢來。

現在，住的沒問題，晚餐有王老大和幫幫忙師傅（賴厚詮，幫幫忙師傅）在料理，我才鬆懈下來，癱在石頭上喘著大氣告訴自己，已經完成這要命的第一天行程了。現在，我環顧四週，奇萊山屋有大小兩棟，成L形排列。大的山屋可以睡十二個人左右，小的可以擠六個人。旁邊可以搭一頂四人帳，上邊的小山丘可以搭六人帳。營地還真小，幾坪大的空地，塞了二十多人，起身拿個東西，彼此都要閃躲，真可謂摩肩接踵，幸好第一組的人營地紮在上方，否則豈不比台北西門町更擁擠！

二、

天色已漸漸昏暗，北風刮得更大，霧也更濃了，望著疲憊的身軀，竟有點傷感起來，後悔自己為什麼要來走這一段路？大好假期應該在家陪老婆小孩的，卻來這裡受罪？正當我發呆的時候，彼德靠了過來：

『喂！百力，你在想什麼？』

『太累了，體力負荷不了。』我沉重地回著。

『我也很累，不過，比起其他人上北峰，我想我們算不了什麼。』

『有多少人上北峰啊？』我心想除了我們兩個吧。

『大部分都上去了。』彼德似乎有點遺憾。

『不過霧這麼大，能見度應該不好。』我望了望天空。

『幫幫忙師傅，北峰能見度怎麼樣？』彼德對正在煮飯的幫幫忙師傅問著。

『看不清楚，偶而有雲洞可以看見四周。不過，很累人，尤其上北峰前的碎石坡。我沒待多久，因為天氣變壞了。喂！等等，你要做什麼？』幫幫忙師傅一邊回答一邊看著酷龍準備攪動大鍋飯，趕緊制止。接著說：

『山上煮飯，不可以翻動。』

『那會不會下面結鍋巴了，上面還沒熟？』彼德問道。我也很懷疑，用個大臉盆煮飯，我還是第一次看到，若不翻動，上面的豈不半生不熟？

『這個，你們看我表演。』幫幫忙師傅自信滿滿地說。這會兒，第二組的人都圍了過來。接著，他熟練地把整盆飯搬到地上，口中念念有詞地說：

『這個當鍋蓋的臉盆，不可以隨意打開，汽跑掉了，飯就很難熟。所以，飯煮到七分熟時，會開始冒煙，這時，絕對不可以攪動，

遙想當年奇萊路

要像我這樣！』說時遲那時快，幫幫忙師傅一個動作，便把上下臉盆顛倒置放，並且用力的放在地上震動，以便把原本鍋底朝天的飯粒震下來，然後再把整個臉盆放回火爐上，以慢火加溫燜煮。此時，咱們幫幫忙師傅，拍拍手輕鬆地說：

『飯如果煮的不好，請大家多多包涵。』

真是酷！整個過程不出幾秒鐘，又加上這個結語，好像江湖賣膏藥的，照例，贏得滿堂彩！各種讚美聲不絕於耳：

『幫幫忙師傅真是厲害。』

『好！第二組的飯最香了。』

『我一定多吃兩碗。』

『家裡的飯都沒這好吃。』

『誰說的？』雪姑娘出聲了。

話語一出，大夥兒笑成一團。原來是蔣大人讚美溜了嘴，老婆有意見了。

在這氣溫只有零下二度、標高三千公尺的高山上，誰敢嫌飯不好吃，肯定立刻就地正法，鞭數十驅之斷崖！說著說著，負責炒菜的王大廚師和廚師娘大聲喊著：

『第二組開飯了。』

這個聲音在荒山野外、歷盡千辛萬苦後飄開來，顯得格外悅耳。在往後的幾天裡，除了倒數第二天以外，第二組總是第一個開飯，令其他隊友羨慕不已！

沒想到，不太愛吃白米飯的我，此刻也大口大口扒著熱騰騰的飯菜，實在美味。記得大家長蔡爸說過，能喝就喝、能吃就吃，才能避免高山症，我仗著碗比別人大，裝了比平常多一倍的量，到頭來卻塞不下，畢竟還是有些高山症的現象。

我跟彼德說我有點頭痛，彼德說：

『你這算輕微的了。廚師娘剛才上稜線來到營地以後，背包來不及放下就昏倒在地了。』

『有這麼嚴重？看不出來。』我滿懷疑的。

『他老公立刻一個箭步衝上去抱住。』彼德手勢還滿大的。

『後來呢？』

『人家現在不是好好的。』彼德若無其事地說。

『我看他們夫妻感情真好，尤其是王老大，對他老婆真是無微不至。』我偶而撇見王老大對大嫂的細心。

一想到從成功堡上來的路，我不禁懷疑這些女生是如何爬上來的？我問彼德說：

『我上來時，許多地方都要用跪的才爬得上來，因為跨距太大了，有些地方甚至一手拉樹根一手攀繩索，如果只有自己也就罷了，背上還有一個大背包呢！彼德，我真的懷疑她們是如何辦到的？』

『我實在佩服她們，居然走得那麼快，甚至還上北峰呢！』彼德邊說邊指著蔣嫂。

『其實習慣就好，我才佩服你們，第一次登山就來奇萊。』蔣嫂不忘幫我們打氣。

『我們是報錯團體了，我們應該參加精緻旅遊的。』我和彼德異口同聲說道。一說完，我們兩人都莞爾一笑。

上週，公司到新加坡舉辦年度主管訓練，為了省錢，請旅行社代辦最便宜的機票和住宿，當大夥兒在機場辦理登機手續時，聽到別團的領隊喊說：

『參加精緻旅遊的人請到這裡集合。』

『那我們就是粗糙旅遊了？』彼德問我。

『當然，人家什麼身分和地位！』結果，我們一行人居然全坐在飛機的最後一排，一路顛陂到新加坡，連喝個咖啡都無法放在餐桌上，因為顛的太厲害了，只能一手拿餐具一手端著飲料，有時吃的東西還對不準嘴巴，可以想像震動得多大了。記得我還跟彼德抱怨：

『我最討厭吃飯時，有人搖我椅子。』

『沒辦法，我們參加的是粗糙旅遊！』彼德補我一槍。

三、

用完餐，七點不到，氣溫更低了。大部分的人都躲進山屋或帳篷，準備睡覺，我和彼德也不例外，好不容易把睡墊舖好睡袋攤開，終於到了可以擺平的時間。聽到外面喊到：

『有人需要裝熱水嗎？我們要來燒開水，準備明天用。』原來是蔣公夫婦和王老大夫婦，在寒風中燒水。

『他們真是太優秀了。我看明天晚上該我們為大家服務了。』我轉向彼德說。

『好啊！應該的，今天都虧他們幫助，才有飯吃和水喝。』彼德深表贊同。

『我感覺我們兩個好像是大家的累贅。』我說。

『對啊！』彼德附和著。

『不會啦！以前我們也是被人照顧，一回生二回熟。』酷哥在旁答腔。

『酷哥，你會累嗎？』彼德問他。

『當然會啦！不過習慣就好。』酷哥翻了個身面向我，繼續說：

『明天才刺激，今天只是牛刀小試。』

『怎麼說？』我有點緊張。

『明天路長又不好走，尤其是卡羅樓斷崖！』

『嗨！你們在聊什麼？』龍頭靠在門口上問：

『龍頭大哥，明天的路況如何？』我問著。

『不用擔心，你們的體力都可以，只要小心一點，不會有問題的。』龍頭安慰我們。彩貞姊睡在最角落，她說：

『放心，只要有龍頭，一切搞定。』

『龍頭，說說你的歷史吧？』我央求道。

『沒什麼！』龍頭有點不好意思。彩貞姊又說了：

『只要龍頭在，沒路變有路、危險變安全，這次我也是看龍頭參加，我才報名的。』

『沒有啦！大家不嫌棄。』龍頭搖搖頭回說。

『龍頭可是北岳的靈魂人物，上山下海全都經歷過，跟著他準沒錯。』彩貞姊又補充說。

『那明天我們跟定你了。』我說。

『就怕跟不上。』彼德說。的確，一語中的。

『大家今天早點休息吧，昨天沒睡好，今天當然比較累，睡飽飽好出操，明天就習慣山路了。大家晚安！』龍頭說完，把門拉到只剩一點縫，便走了。

一下子，四周靜了下來，山風似乎更強了，我睡在門口，風從門縫灌進來，腳底的部分有點冷，可是又不能把門全關上，我看今夜又慘了。

我翻來覆去一時無法入睡，原本睡五人的山屋這時擠了六個人，顯然很難過。我的頭好像有點發燒，於是問彼德：

『你不是有類固醇或頭痛的藥？』我記得他跟醫師要過。

『有啊！我拿兩顆給你。』

『我這裡有頭痛的藥，最好不要吃類固醇。』蔣公夫人從外頭拿水進來時，聽到我們的對話，立刻伸手從口袋拿了兩顆藥片給我。

『謝謝你。說的也是，不過記得醫師說過，一年不可以超過多少劑量，是沒關係的。』我說。

『吃一點美國仙丹，明天才不會那麼痛苦。』彼德吞了兩顆。我也跟著吞了兩顆，又加上蔣嫂的兩顆藥。心想，應該一覺到天明了吧！

『百力，不要打呼好不好？』我才剛閉眼，就聽到彼德叫我。

『不會吧，我還沒睡著。』我有點迷濛。

『天啊，還沒睡著就這樣，那你睡著大夥兒都不用睡了。』彼德快瘋了。

『沒辦法，我只要太累了，就容易打呼。』

『人家也不是故意的。』酷哥替我辯解。

『睡覺都來不及了，怎會有時間聽我打呼。』我說。

『你的呼聲實在太大了，不想聽都難。』彼德說。

『你昨天有睡飽？』我反問他。

『昨天晚上？不要開玩笑了，凌晨三點多才到合歡山，躲在破工寮裡，好冷啊，怎會睡飽？』

『昨天最低的溫度只有零下四度左右，一開始還蠻暖和的，半夜突然起風，我也冷得要命，都被凍醒了。』我回答說。

回想昨夜裡，司機老馬一路從台北飆車上來，到松雪樓已經是凌晨三點了，蔡爸叫大家趕緊找地方睡覺，六點準時起床，才有體力上山。

我看每個人就地一鋪，躺下便睡了，非常熟練，我和彼德魯了半天，快四點還沒闔眼。現在，已經有點昏昏欲睡，哪有體力聽別人打呼？

『所以，彼德，趕快睡吧！』

遙想當年奇萊路（下）

四、

『把自己置身在極度危險之中，然後再花錢來保護自己！』這是我這次登山前的座右銘。一星期之前，我和彼德到登山用品社去採購裝備，當老闆拿出一雙 Gore-Tex 的登山鞋時，4800 元的價格讓我目瞪口呆，加上羽毛睡袋 3000 多元，Gore-Tex 外套 9000 多元，其他諸如高山瓦斯爐、高山瓦斯、登山杖等等，當場盤算一下，這簡直比出國旅遊消費更高！彼德說：

『喂！你到底懂不懂？這些東西在高山上可是保命的啊！』

『人很奇怪，花錢把自己置身在極度危險之中，然後再花錢來保護自己！』我淡淡地說。

『都是你害的，當初我只是和你去北岳看看，沒想到我也參加了。』彼德對於這件事，我看肯定是念一輩子了。

『你少來了。你原本的裝備就比我齊全。』我不干示弱地說：

『你有六人營帳、登山鞋、外鋁架式大背包。我才只有一個四十公升左右的背包。』

『那是多年以前我想登玉山的。只是一直都沒有機會。』聽彼德的語氣似乎遺憾仍在。

『所以囉！你要感謝我，才有這機會來爬大山。』

『謝謝你。』彼德悻悻然地回答。

『你今天曾經和家裡通電話嗎？』彼德翻過身問我，我想他大概是一時睡不著吧！

『有。從松雪樓旁邊的小徑下來，爬過第一個黑森林後。』我記得那時，陽光普照，奇萊大山橫亙在半空中，從北邊連綿到南方，近處矮箭竹叢生，斜坡則是緩緩降到深邃的山谷，在遠處是中橫公路，風景真的美。而我，正上氣不接下氣，累得不成人形，我心裡想：

『天啊！才第一天前一個小時而已，我已經這樣了，那往後的五天怎麼辦？』

後來當我和兒子接通大哥大時，那種心情百感交集，立刻熱淚盈框，激動得幾乎說不出話，只一直說我很好不用擔心，當我叫兒子把電話拿給老婆聽時，還聽到兒子跟老婆說：

『媽，是爸爸，他沒說什麼，只是聽到很大聲的喘氣聲。』

『喂！老公啊，你那邊天氣怎樣？』老婆問我。因為出發前這一星期，天氣一直不好，整天雨霧瀰漫，氣溫又持續下降，老婆還說天氣這麼差，應該會延期才對。

『天氣很好，出大太陽。只是好累人，下次不要參加了。』我邊說邊噙著淚水。

『你小心一點，聖誕節這幾天我會回三重，如果電話可以通的話，你打那邊。』老婆關心地說。

『沒問題，我會小心。』聽聲音，近在咫尺，可是卻遠在天邊。想想平時要吃什麼、喝什麼都是隨手可得，到哪裡玩只要把車開到就可以了。現在，什麼都缺，還得重裝二十二公斤在這前不著村後不著店的山徑上獨自奮鬥。

『喂！百力，你快睡著了？』彼德問我。

『還沒，什麼事？』

『我看，以後去郊外，一定是車子可以到的地方，然後露露營，煮煮東西吃，看看風景就好了。』

我看彼德大概和我有同感，必須承認年紀已不小，不適合這種玩法。我跟他說：

『其實，我們這邊看過去，昆陽武嶺公路就在對面，一樣是矮箭竹、一樣看過來是奇萊大山。兩邊看來看去不是都一樣？所以，下回彼德你來爬奇萊時，我在對岸等你。』說完大家都笑了。

『以後再也不會來爬山了。』彼德已經下了結論。

『我贊成。』我回應著。

『睡了吧，明天還有一場硬仗呢！』我看彼德是累了。

五、

夜裡，天寒地凍，居然想要小便！

現在才半夜十一點多，到天亮還遙遙無期，我已經忍了半個多小時，仍然無法打消念頭，只好勉強起來。要從擁擠的睡袋中爬去解放，談何容易？首先，因為太擠了，無法大縱身翻下床，只得慢慢從睡袋中鑽出來，好像成蛹要化蝶一番，拼命掙扎才能坐起，然後，摸黑找出手電筒、手套、眼鏡，最重要是外套，好不容易移到門口，坐下來穿鞋，此時又得把手套拿下才能綁鞋帶。雖是簡陋山屋，室內外溫度相差了至少五度，我望了望溫度計，此時山上是零下四度左右，真是冷。當我爬上小山丘時，才發現全身痠痛，行止困難萬分。

我環顧四週，因為霧大風大，能見度很低，很想趕緊就地解放，但又不能離營地太近，實在傷腦筋，更怕在這漆黑的深夜遇到什麼靈異事件，偏偏這尿又臭又長，似乎天長地久。好在，順利完成任務。當我要爬回睡袋時，又是一個頭兩個大！情形要比爬出來還難。把人塞進去時，底下的睡袋會擠成一團，必須一邊把身體往下塞、一邊彈起來，一隻手拉住睡袋上層，一隻手拉住睡袋下層，這樣週而復始，直到身體完全放整齊為止。好不容易安頓OK，你才發現，厚重的外套忘了脫，一切又得重來一次。此時只有以淚洗面了！

經過這番折騰，睡意全消。現在，得用僅剩的一點點體溫，先把睡袋加熱，再把呼吸調節好，讓自己的情緒慢慢穩定下來，然後培養睡意。可就你快要進入夢鄉時，該隔壁的夥伴起身要去解放。此時，我才知道，我剛才有多麼吵人！

撕開睡袋拉鍊的聲音、睡袋尼龍磨擦的聲音、厚重外套磨擦的聲音、不小心踩到你那可愛小腳的聲音、吸鼻涕的聲音、開門的聲音、風灌進來的聲音、把身體塞進睡袋掙扎的聲音、身體彈起來又落在地板的聲音……。幸好，龍頭有先見之明，要大夥兒到遠一點的地方上廁所，否則，又多了個曼妙的水聲。

尤其我睡門邊，幾乎每個上廁所的人，我全知道。

六、

清晨，見不著陽光。

寒氣依舊逼人，還沒穿好衣服，就聽到幫幫忙師傅在吆喝了：

『第二組吃稀飯了。』

『動作太快了吧！』酷哥說。

『他什麼時候起來煮的？』我問彼德。

『我也不曉得，我起來他已經快煮好了。』

『大家吃一吃，裝備趕快打包。』幫幫忙師傅提醒大家。

我沒什麼胃口，隨便吃了一點應付了事。霧好像散了些，抓起相機，好留下一些雪泥鴻爪。不過能見度實在不好，也只能近處照照。曾聽登山用品社的老奶奶，對奇萊連峰這一帶的風景讚不絕口，可如今什麼也沒瞧著，心裡有點失望。彼德走過來問我：

『這種情況照的起來嗎？』

『很難。』我回答著。『重點在於，以後沒機會了，因為就算打死我，我也不會再來這裡了。』

『我只是想，沒有照片，回去要向別人形容這裡有多驚險、咱們受多大的苦難，都不相信、更體會不出，我們是如何出生入死。』彼德擔心得蠻有幾分道理的。

『不用怕，這趟路走下來，保證讓你講二十年了。』我回說。

『背包上肩，準備出發！』蔡爸喊道。『準備好的人先上稜線。』

『百力，拉我一把。』彼德坐在地上叫我。他使用的是二十年前最流行的外架式背包，如果力量不夠，很難一次上肩。理想的方法是先坐在地上，把背帶套好再站起來，但是這樣容易傷了腰。於是，找人拉一把是最安全的了。酷龍靠過來：

『彼德，現在已經沒有這種背包了。』

『我不小心透露年齡了嗎？』彼德問著。大夥兒又笑了。龍頭走過來說：

『現在都是內架式背包，比較安全。走在山崖上，外架容易碰到山壁。所以你要小心一點。』

『彼德，你背了個古董上山。』我取笑他。

『用完這次就丟了。』彼德說。結果這個背包被我們嘲笑了三天，直到第四天才發揮另外一種重要的功能。

稜線上靠西北的一面，幾乎是垂直陡落、深不見谷的斷崖，經過北風的吹襲，玉山杜鵑和虎杖早已結了一層厚厚的冰霜。而東南邊則是大約四十五度的緩坡，長滿玉山矮箭竹。雲霧仍未化去，只期望今天不要下雨，否則綿延五千公尺的卡羅樓斷崖，真不知要如何通過？

一行四十多人默默無聲地前進，只有呼吸聲和強大的風聲伴著我們走向無垠的天際。陽光偶而穿過雲洞下來眷顧我們，可以撇見遠處的合歡山莊，走了一天多的路，仍然見得著出發點，好像孫悟空永遠逃不出如來的手掌。

然而，不一會兒，一陣陣雲塊立刻就撲了上來，遮天閉日，寒風冷冽。尤其是站在斷崖的稜線上，更是令人心驚膽顫，深怕一個不小心，滑到了谷底，那就精采了。約莫走了兩個小時，來到了主峰登山口，一大群人卸下了重裝，爭先恐後地往上爬。

『百力，你不上去啊？』彼德看我靠在崖邊休息，似乎沒有上去的打算。

『不了，留一點體力應付卡樓羅斷崖。還有後幾天的路程。你要上去嗎？』我問他。

『我看我也不要上去。你說的沒錯，保留體力。就像蔡爸說的對：『有些人是來攻山頭的，有些人是來爬趣味的。所以，我們不是來攻山頭的。』彼德終於為我們找到了最好的註解。接著，就聽到蔡爸喊道：

『不攻山頭的人，和我一起先出發，尤其是腳程慢的人。免得到了卡羅樓斷崖會塞車而浪費時間。』

所以，這批殘兵的成員至少包括我們三人：楊兄、彼德和我。好在有楊兄墊底，不管我們走得多慢，楊兄總是落後，我和彼德壓力減輕不小。從今而後，只要走累了便放心大膽的休息，直到看到遠遠的身影緩慢的靠近，我們才再趕路。

從主峰登山口開始一直到卡羅樓斷崖前的路途，已經可以漸漸體會奇萊的險峻了。原本是長滿矮箭竹的緩坡，也陡峭起來。望著遠處的山頭，山勢不再溫和，開始一幕幕的崢嶸的面孔。此時，還不是看的很清楚，你只能揣測，那可能就是名聞遐邇的卡羅樓大斷崖了。

那種越來越接近的心情，既緊張又期待又害怕，實在很難形容。好像，好像是坐雲霄飛車。當車子慢慢拉到半空中時，齒輪發出卡噠卡噠的巨響聲，配合心跳撲通撲通的跳。你看得到即將下滑的軌道，但卻無法想像等下會如何的尖叫！

卡羅樓斷崖的聲名遠播，我早已在各種書籍或期刊看過不下多少回，從來不曾想過自己會來親身體驗。如今，我即將要面對她了。

沿路，因風化的岩片佈滿整個山頭稜線，雖然艱險的山路阻絕了人類大量的活動，但是，依然有其他的植物征服了惡山。大自然的鐵律，在此得到最好的驗證：

『人外有人、天外有天。』

經過一段斜斜的崩塌地，算是小小的試刀吧！前面的山頭幾乎垂直，懾人的山影讓西邊的林木全變成黑色。

終於，來到了最大的惡地：卡羅樓斷崖！

由於山容惡劣，許多的斷崖路段無法以繩索固定確保，你必須依著自己的平衡點去試每一步路，對於時而上攀、時而陡下的超困難地形，心中暗暗叫苦。不過還好的是，一段極驚險的路後，就有小許的平台讓我們這些菜鳥得以喘息。

每次，我和彼德都在這種地方賴著不走，心中只想著：

『天啊，我何時可以解脫啊！』

陽光由東邊慢慢移到正上方，又慢慢移到西邊下，風和雲也漸漸掩上來。龍頭耐心地陪著我們慢慢推進，這段約五公里的卡羅樓之路，可以說是耗盡我們兩人精力，待下到山腰箭竹林路段時，天色已暗必須要使用頭燈了。

上周，買裝備時，老奶奶建議的頭燈要價800元，實在買不下去，到底走完這趟路是否還能繼續爬都沒把握，於是選了個最便宜的頭燈，只要50元。

現在知道苦頭了，頭燈一下亮一下滅，等再度亮起時，我已經看不到前人身影，全程不時都聽到我在喊著：

『彼德，你在哪裡？』

就這樣，一步一耽擱，花了二個多小時才離開箭竹林。在昏暗山脊裡，望見遠方一排頭燈魚貫而行，真有大漠的雄壯感覺，可是心情卻極度低落，我和彼德不再交談，我們一前一後默默像行屍走肉，只想早點到營地。

我們早上07:30出發，到達奇萊南峰下營地，過了21:30才收場。這一仗，把所有豪情壯志、面子問題通通拋腦後，晚餐就更不用說了，根本沒有食慾。

由於帳篷在我們身上，早到的人沒有帳篷可用，有些人便裹著睡袋睡在路旁，實在驚嚇與佩服，他們怎麼做到的！

原來，用露宿袋包著睡袋，就可以在山上露宿不用帳篷，這還是頭一次看到，讓我倆嘖嘖稱奇，詢問價格後，當場倒彈三步，一個袋子要價9,000元，豈是我們這等身手可以擁有！

昨晚入睡還有能力聊天與哀哀叫。今夜，全身痠痛連聲音都發不出了。儘管好多山友出去欣賞這柔和的夜光與星河，彼德和我早已不省人事了。

清晨，天氣好到爆表，清澈的藍配著一絲白雲，清風徐徐掠過矮箭竹，純淨的難以置信。蔡爸吆喝著大家上南峰，回頭問我倆：

『兩位要上去還是爬趣味的？』

我和彼德互相看了三秒鐘沒出聲，蔡爸就下了註解：

『爬趣味的，就陪我留在此地，幫忙收拾帳篷，下溪溝取水，等下泡茶迎接他們回來。』

我們欣喜若狂，彷彿得到解脫。因為我們早已決定，以後再也不爬山了，是不是登頂百岳對我們一點也不重要。

於是，忙完後，我索性躺在矮箭竹上，讓和洵的陽光灑在我們身上、讓清風拂面，這是這三天以來最清閒的時刻！

『好幸福喔，山上真美！』我跟身旁的彼德說。

『真的很享受，但是代價太高了。』彼德回想前兩天艱辛的路程。

真奇怪，才一個小小的確幸，就讓我忘記吃過的苦！

大隊回來後，我倆依舊殿後，這片天池的大草原真是美又壯觀。天地造物真是神奇，與卡羅樓斷崖也不過相差 1-2 公里，一個是令人望之卻步的極惡之地，一個確又是溫柔婉約的草原。

『蔡爸，怎麼又要爬坡了？』我們才享受不到 30 分鐘平整的路，怎麼又要上坡了？

『這是上南華山的路，一小段！』蔡爸輕描淡寫。

『可以走平平的路，不要上去南華山嗎？』彼德著急了。

『沒有喔，只有一條路，很容易的，上吧！』蔡爸用他的標準當然容易啊！

我們只能摸著鼻子，慢慢跟著上去。雖是緩坡，依然氣喘吁吁，走得滿頭大汗。

終於，聽見前面的人聲沸騰，大家興奮輪流拍照。原來，登頂是這個模樣啊！第一次見到拿著牌子一個個照相，好像是犯人在拍大頭照啊！

我們當然不能免俗，也去照了幾張，周圍的人為我們歡呼：

『此行第一顆百岳啊！』

我們笑得很燦爛，陽光從背後照來，連我們的影子都入了鏡，跟著大家開懷盡情，頓時覺得完成了一生的創舉。

後來，才知道走奇萊連峰只完成南華山的人，實在不是件光彩的事，這些朋友真是超有佛心啊！哈哈……

下山，遠遠的立柱慢慢靠近，原來到了「光被八表」。這裡可是故事很多，往南就是我學生時代夢寐以求的「能高安東軍縱走」，望著望著出神，蔡爸說：

『怎麼樣，下次來挑戰吧？』

『哈哈，我不會再上當了，一次教訓就夠了！』我輕鬆地回著。

『彼德，你可以的，你的裝備那麼好！』我轉身對彼德說。

『不了，我不會再上高山了！』彼德不知是覺悟還是絕望地回答。

好了，接上了能高越嶺道，聽說日治時代，這條路是出了名氣的，當年建設越嶺道時，發生了一些衝突，還埋下了日後霧社事件的遠因。路線呈之字型緩緩下坡，偶有吊橋跨越溪谷，山谷蜿蜒向遠方，山嵐受到日光照射，漸漸升起。這美景平日可沒見過，感嘆這麼美的仙境，為何生在這麼難到達的地方？

終於，我們在黃昏前抵達檜林保線所，與前兩天的營地比起來，這裡溫暖多了。前輩們張羅著外帳與晚餐，小馬忙著幫楊兄按摩，我和彼德在旁打屁聊天，發誓著說再也不爬山了，把我倆這三天的苦楚與大家分享，每個人聽到我們的經歷，都開懷大笑！

山裡，沒有彼此、沒有男女，沒有事業、沒有大小。大家皆平等，無論公侯將相販夫小卒，總是要揹負著自己的家當，一步步前進，只有快慢沒有優勝劣敗。今天，我們才體會到一點點登山的樂趣，雖是如此，仍然打動不了我倆的決心，就是

『再也不爬山了。』大家又笑成一團，小馬說：

『我們就等你應驗這句話。』大家居然都鼓掌叫好。

堂堂進入第四天了，已經習慣這樣的節奏：起床、收睡袋、整理裝備、吃早餐、領隊集合大家簡述今天的行程，今天向東行，風和日麗好風光，一路緩下坡，路大又寬廣，可以說是康莊大道，我和彼德已經計畫下山後要去哪裡吃牛肉麵了！

『我要吃雙倍牛肉！』蔡爸在後面補充。

『我要一堆青菜！』小馬也附和著。

『啊！有人掉下去了！』前面慘叫的好大聲。

頓時，蔡爸、小馬、龍頭立即衝上前去，我們也加快腳步往前跟上。

原來，廚師娘一腳踩在邊坡一塊滑動的石板上，整個人摔下深約 20 公尺的山谷。龍頭立即放下背包，繞過山壁。約莫過了 30 分鐘，只見龍頭把廚師娘揹了上來，好強大喔！

初步斷定，可能骨盆腔破裂，無法行走但意識清楚，沒有立即生命危險。

於是，幫幫忙師傅開始鋸樹枝做擔架，我帶的兩條十元童軍繩終於派上用場，彼德的外架式揹包，正式登場囉！

龍頭很快地拆去彼德的背包，把他的裝備分散給其他壯丁幫忙揹負，只剩下骨架的部分接上幫幫忙師傅修剪好的樹枝。很快地，一個簡易型像原住民娶親的揹架完成了，並熟練地把廚師娘揹起。

寶哥用無線電對外緊急通聯，希望可以申請直升機救援。

看著大家不到1小時就搞定這些所有流程，實在是佩服之至。

這個大家，當然還包含湊熱鬧的我們倆個人，我問：

『需要我們幫忙揹嗎？』

『不用，你們走慢的人趕緊先走。我們幾個人輪流揹即可。』龍頭回著。

我和彼德默默趕緊跟上前隊，心想也是啦，我們自己都顧不了還想幫人？！

沒多久，一個狠狠陡上的五甲崩山，就把我和彼德遠遠地甩在後頭。當我們在一個稍稍平緩的空地上喘息時，沒想到幫幫忙師傅已經把廚師娘揹過來了！

這景，看得我們倆傻眼，完全說不出話來，立馬收拾了裝備幾乎是用衝刺的速度往山下跑。

這些人真是太厲害了，四個人輪流揹負，行走的速度居然比我們還快，可謂是奇人異士。

等我們到達奇萊保線所沒多久，他們也到了，真是超快的腳程與揹負能力，這輩子我大概望塵莫及了。

廚師娘勇敢異常，完全沒有任何叫痛的聲音，看她的表情我知道相當痛苦，但卻忍著讓大家把她抬上抬下。

這群人，不只是救援、嚮導領隊是強人，就連傷者也是強人，這到底是甚麼團體啊？

由於幫幫忙師傅投入救援，今天的晚餐，我們終於是最後一個開飯的小組。大家安靜地吃著好像沒有甚麼味道的餐食，心頭籠罩著的陰影，久久無法散去。

雖然我們進入了保線所內部休息，但為了不要破壞陳設，只有受傷的廚師娘睡在柔軟的床上，其餘所有的人都是打地鋪睡地板，沒有擾動其他房間，這樣的紀律，在很多年後，仍然深深地影響著我的行為。

隔天，聽說無線電攔截到花蓮的一位計程師司機，他幫忙通報了119，直升機即將起飛過來，大家聽了都鬆了一口氣，也就加緊收拾行囊，留下寶哥和龍頭準備協助傷患，我們快馬加鞭往銅門推進。

從奇萊保線所到天長隧道的路徑，受颱風影響，可以說是柔腸寸斷，其驚險程度絕不下於卡羅樓斷崖，我和彼德一直跟小馬抱怨：

『怎麼回家的路這麼難啊？感覺比山上更難！』

『慢慢走不要急，等下出去可以搭接駁車了。』小馬只好一路安慰我們。

天長隧道居然被泥漿淹沒及胸，根本無法通行。

我長嘆一聲：

『才剛剛下了那個刀山，現在又要進這個油鍋！』老天爺對我們的考驗還不夠嗎？我和彼德的咒罵聲，天地皆知。

沒多久，聽到了轟轟的直升機過來了，好熟悉的聲音。我在龍潭陸軍航空多年，每天被隆隆震耳的飛機引擎聲音吵到受不了，恨死了這種高中低頻都有的震天巨響。

現在，這個聲音真是宛如天籟之音，所有人鼓掌又揮手，向飛行員致敬，我們的廚師娘得救了。

20分鐘後，直升機回頭向花蓮飛去。不久，寶哥龍頭趕上我們隊伍，我猜他們應該是用飛的吧！高繞過隧道上方臨時開闢的通道，崎嶇不平的山徑再度考驗我們的耐性，終於，接回平坦的林道了。

一趟五天不可能的任務，被我完成了。

來到磐石保線所，看到中型巴士那刻，我激動地淚流不止！那種被凌虐糟蹋五天的所有苦楚，仿佛看到母親般，有著太多的辛酸苦楚想要一口訴盡！車上，只要一闔眼，斷崖上的種種險境，立刻浮現，感覺靈魂還在上面遊蕩，我時而抽搐著雙手、時而眨眼，弄得旁邊的彼德坐立難安，頻頻推著我：

『百力，你還好吧？』

『還好，只是我還以為我還在山上。』

『我們的小命算是撿回來了。』彼德詼諧地回應著。

『你以後還要參加嗎？』

『不了，真的不要這樣玩了。』他倒是斬釘截鐵。

『我也覺得。』我幫忙下註解。

車窗外的風景真美，銅門電廠、慕谷慕魚、小錐麓，青山綠水一幕幕排開，著實令人陶醉。

真的此景只應山上有?真的只有在山上才能找到人與人真切的相處?真的只有在那危急之時，才能發現純真的友善?

五天下來，讓我對人生人性產生新的體驗，現在還說不上來有何改變，但我知道，這樣的化學反應已經在內心產生漣漪。但我相信，生命之歌將會重譜，至於是否是更好的樂章，我無法預知；是否從此引我走向不同際遇，我也不敢斷定。但我確信的是，這些與我出生入死的夥伴，將會陪著我一路下去，直到很遠很遠的未來！

後記：

隔了兩年，彼德和我又參加了南橫三星（關山嶺山、塔關山）+栗松溫泉的三天活動，當然是看到蔡爸當領隊，非常放心的報名，也覺得似乎可以再試試看。

也許是小時候流浪靈魂的牽引，也許是內心野性的奔放，也許是交到壞朋友，而這群壞朋友就會慫恿，描述著山上那些美景，一直來誘惑你。

到了，二〇〇三年我毅然決然報名了登山嚮導訓練。那一年，我咬牙完成了：初級山岳嚮導、初級攀岩溯溪、中級山岳嚮導、中級攀岩溯溪等等各種訓練。

到了二〇〇九年，我終於完成台灣百岳攀登，至二〇二〇年十一月，第二輪的百岳也已完成八十多座。

更甚於，二〇一六年遠赴四川四姑娘山接受為期一周的攀冰訓練。

然後，然後變成我去「騙人」爬山。我當了山岳嚮導、當了嚮導訓練的總教官，最後還成立新的登山協會。

這一路，根本不在我的夢想或是計畫，完全是誤打誤撞出來的。

但卻因為如此，我認識了一群一生一世的摯友，陪著我上山下海環遊世界。

我知道，因為一次的驚險奇萊路，重新定義我的軌跡。

我也知道，因為一個溫暖的社團，翻轉了我對善惡是非的定義。

我更知道，因為一群損友，讓我認識台灣與世界。

至於彼德呢？

他真的也實現了他的諾言，除了玉山、雪山、嘉明湖，從此不再上山。當然，至今仍是我公司重要的夥伴。

遙想當年奇萊路

2003新北市山岳協會初級嚮導訓練心得報告

是一個什麼樣的團體，可以在短短的1天內，讓二個完全陌生的人，變成終生生死相許的夥伴？是一個什麼樣的活動，可以在短短的相處後，讓你可以把自己的生命安心的付託給他們？

這是我在二〇〇〇年一個偶然的情形下參加了『北縣山岳協會』的活動之後，心中存在著最大的問號！

當年，看到『能高越嶺』的行程，立刻報名參加，管他什麼社團主辦，一心只想圓了二十年前未了之心願。沒想到，自己沒看清楚活動內容，居然在『能高越嶺』之前還有四個字：『奇萊連峰』！這下，可想而知，那些日子是如何渡過的！自己的第一次高山活動，竟然置身於最痛苦的深淵。但看到蔡爸、阿德、寶哥、龍頭、小馬、幫幫忙師傅（賴厚銓大哥）、彩貞姊等人，對我們的呵護，衝擊實在太大。換是別人，肯定封山了，而我卻熱情越來越高！我想，不是我與眾不同，便是這些人有問題！回來後，對於山上的種種過程，久久無法釋懷。當然，心中更升起太多的問號。

現在，我終於鼓起勇氣，報名了初級嚮導訓練。我嘗試著從這裡開始，一步一步找尋我想要知道的答案！

在一連串的錯誤選擇之後，你才會發覺，其實，一開始便是對的。

如同爬山，當沉重的背包上肩，踏上如天梯般的陡坡，真後悔為什麼如此折磨自己。但是，一旦縱攬群山萬豁、日出夕照後，才又次證明自己的正確選擇。

在北岳的日子裡，便是這樣的感覺。

尤其是初級嚮導的訓練，感觸更深。

對於這些無怨無悔、毫無保留地付出的教練群們，我不知如何表達我的愛恨情仇！?

我恨，在那連汽車都得用一檔才上得去的山路跑上一個小時。可以想像，每邁開一步、每個呼吸，都在忍受極大的苦楚。而我們的啟光總教頭和宏龍教練，卻可以和我們談笑、對我們吆喝！我真懷疑他們是不是有二個呼吸道四個肺！但是，我現在卻能輕易地跑完一萬公尺而面不改色。

我恨，他們在寒流來襲的夜晚，把我們關在沒有睡袋、沒有睡墊的山中，孤冷冷地度過漫漫長夜！那種冷，撲天蓋地而來，是我不曾有過的經驗，直冷到心裡去，連腦袋都快要結冰了！你就是闔眼一下，上眼皮都會冰到下眼皮！不論用何種姿勢，就是無法入睡！但是，現在我卻知道將來我可以在惡劣的環境中活過來。

我恨，他們把我們騙上罕無人跡的山區，隨便告訴我們六個數字，便要在茫茫無邊無際的林海中，找到一絲他們預藏的線索。在蕨類植物比人都要高大的密林中，尋找蛛絲馬跡，這個困難程度，實在不亞於簽中樂透彩！但是，現在只要給我一個指北針和地圖，我可以很自豪地說：『我不會迷路了。』

我恨，他們要求要在潮濕如雨林般的荒蕪山中，升起可以維生的營火！儘管當時吹漲了臉、耗盡了最後一絲絲的氣力！但是，我卻知道要如何保護我自己。

我更恨，阿德、鏡澄、金榮和龍頭幾位大哥。在星期天的下午，收到我們的訊息後，能如此快速地來到山中與我們會合，甚至連我們都還沒有下山！這樣的動員速度，怕是我們一輩子也追不上的！但是，心底升起的感激之情，至今歷歷在目，怕是永遠也忘不了！

終於，我慢慢了解，四十歲的我，一如常人，我沒有任何一個地方與眾不同，我之所以沒有封山，我之所以還熱情依舊，最大的不同就是這個團體裡面的人。原來，『智者樂山，仁者樂水』，我要為這些無私無悔、全心全力奉獻的教練們加上一句：『勇者樂人』。因為你們的勇氣使你們樂於助人，因為你們的勇氣，使寶貴的經驗得以傳承，因為你們的勇氣，使世界不再冷漠、使山林更添一份『人』的味道。

現在，真正的挑戰才要開始！

征服百岳不是我的夢想。我認知到自己的極限在哪裡。

我知道，以後每踏上一步山徑之旅，我就會想到這些教練們的耳提面命！我就會聽到他們的醇醇教誨！

我知道，以後每遇到一個需要幫助的人，我一定全力以赴的協助，不管他是不是我的親人！

我知道，心中良知的平衡系統，已開始啟動：『對週遭的抱怨越來越少，感恩的心越來越多。』

我要真心誠意的謝謝總教頭吳啟光，沒有你的大小聲，未來就會少一批勇士。要謝謝眾多助教們與我們一起受苦受難，以及下班後風雨無阻地趕來為我們教授室內課的講師們。我無法一一寫出你們的名字。但是，在我的『朋友』檔案中，你們已赫然成為要角！

當然，我尤要感謝這一個半月生死相隨的十一位同學們，因為你們的執著與協助，使我不敢心萌退意，也只好硬撐到底！

還有，理事長阿妙和總幹事阿德，我不知如何表達我的感謝。我想，如果以後有需要的地方，就儘管交代一下吧！我能做的，決不保留。

最後，對於這次的訓練，真要我說出什麼心得的話，我想，有一句話最中肯：『在山上睡覺，一定要用睡袋。』

我的初級嚮導訓練

南湖中央尖巡行記

領隊：吳水龍（水龍）
嚮導：陳青裕（青陳）、徐志鑫（阿鑫）、高銘正（小高）
隊員：男女總計十四人。
紀錄：鍾秉睿（百力）
日期：預定七天—民國93年10月14日—20日
實際六天—民國93年10月14日—19日

南湖，多美的名字！
雲稜，多有詩情畫意的山屋，雲之端、稜之峰！
松風嶺，一個迷漾的山風輕拂處，激起年少的輕狂！
杜鵑，好似灑落各處的精靈，每年五月總是恣意染放！
五岩峰，像是威武巨人般地守護著圈谷！千年來，未曾停歇！

我們用每個喘息、每個汗水，換來每個青春、每個生命！

第0天 10/13（三） 21:00新店捷運站集合出發。免不了宜蘭夜市補給採購一番。抵達登山口午夜12點。

第一天 10/14（四） 天氣：上午晴 下午雲霧雨

07:30 林道口整裝完畢，向山區深處前進。林道優美，陽光從樹間灑下，偶有枯木一株，遺世孤立、伸向天際。大夥兒有說有笑，一邊熱身一邊漸漸感受四周高山靈氣。林道在4.5K前均是平坦大道，感覺常有林務局車輛進入。之後遇二處崩塌處，不必高遶、沒有危險、輕鬆通過。

09:30 6.7K登山口（H2340）。往雲稜山莊5.45K。大樹已用欄杆圍住。空地寬廣，往前一點設有簡易廁所，水源在更入林道處。今天熱鬧了，連同我們14人，還有來自苗栗8人組、桃園中壢14人，還好新雲稜山莊可以容納50多人，大家可以優閒漫步，細細體會山徑之美。大家快樂的合照、補充養分，準備接受陡上松風嶺的挑戰。

10:00 起程囉！由水龍兄領陣打前鋒，大家就辛苦了，因為水龍兄腳程超快，全隊要能趕上它的腳步我看只有青陳兄、阿鑫、小高、Mini高而已。其餘人想要振作，也是乏力。這段路陡雖陡，但是美麗異常。腳下松針鋪路、頭上陽光像魚鱗般點點落落，所以走起來不會覺得痛苦。好像明池上巴博庫魯山一樣的仙境，雖陡但是美！

10:50 松風嶺（H2610）。久聞不如親身拜訪，實在是美美的地方，地上全是松針，沒有一草一石，難怪大家到此必然好生歇著。

11:10 GO。沿著松針瘦稜緩上。視野漸好。

11:30 多加屯山屋（H2710）。視野超好。桃園隊在此午餐，我們的隊約好在水利三角點休息。

11:35 多加屯水利三角點（H2795）。大家陸續到來，有些雲霧，展望不是很好，但是天氣還不錯，午餐休息，今天的苦難已過了一大半，大家心情都很 High。往下一點有個避難營地，搭個 3-4 頂 4 人帳應該沒問題，只是缺水而已。

12:25 GO。此後箭竹漸陝，有時蔽日、有時迎風招展，但是就是不會來干擾你，與奇萊東稜比起來，這是超級康莊大道了。山徑隨著稜線起起伏伏，大致是下坡的，要到木杆鞍部才會止住。

12:45 多加屯山登山口。真正的三角點所在，入口處像極了獸徑狗洞，必須鑽爬才能抵達三角點，還好綁了 2 條路條，否則可是會錯過的。爬了 2 分鐘就到了，四週全是箭竹，三角點方圓 2 公尺被整理出來，方便大家照相，可是要連人帶基點，除非是廣角的，否則無法入鏡。

12:55 再走。

13:05 3K。已經走了 3K，再走。

13:15 黑水塘（H2550）。水太黑了，除非緊急，我看沒人會試試。旁邊可以作為避難營地。再走。

13:20 3.5K。下雨了。

13:45 木杆鞍部（H2520），右下南湖溪山屋 1.5K。取直行雲稜山莊大約 1K。陡上。

14:10 0.45K 至雲稜。繼續陡…上。

14:20 雲稜山莊（H2580）。看到美美全新的山屋了，辛勤一天就等這個時刻，終於可以放鬆了。

沒想到今夜的山屋擠爆了，經過多方協調，還好桃園山友硬是擠出 2 個床位，才夠我們安頓。下舖的床位已被先來山友使用，而且好像是輕裝攻南湖，目前還未回來，雖然看起來很寬敞，但是主人不在還是保持原狀才好。時間尚早，四處溜躂，環境之亂慘不忍睹！到處是地雷、衛生紙，誇張的是連步道上都是，還有山友不小心踩到，叫罵聲響徹雲霄！施志誠（獅子）於是當起志工，把周遭衛生紙全部清空，但是沒想到第二天又回復原狀，髒亂不堪！有些人只是喜歡上山看景，並不是愛山之人，領隊或是嚮導實在應該好好教育隊員，不然再不久，又要步上舊雲稜山莊的後塵了。

第二天 10/15（五） 天氣：一早霧雨，之後全天晴

06:00 出發囉！一早有霧雨，大家全副武裝上雨具。

06:15 舊雲稜山莊上方岔路口。往審馬陣山屋 3.5K。下舊雲稜 0.3K。沒雨了，脫下雨衣，重新整裝一番出發。

06:25 續行。

06:45 6K 指標。

07:10 上寬稜（H2775）。松針鋪地，此刻剛好日照從林間穿透，真可謂：

晨曦林間透　光芒指縫傳

大家直呼人間仙境，趕緊拿起相機利用樹影遮光，期望拍出真正實景的相片。結果，當然是差強人意了！一小段緩徑後，繼續陡上。

07:30 松林間極好的避難營地（H2865）。大約可以搭 6 頂 4 人帳，有人挖了小凹地用塑膠布集水，可惜水很少而且不能用。

07:55 來到碎石巨木拉繩處（H2945）。西北方聖稜在雲海中露出，逶迤千里，難怪早期日本人看到這條山脈要大嘆：好神聖的稜線啊！

08:25 來到透空處（H3040）。美！聖稜、雪霸、桃山、南湖中央尖、合歡主東北統統露臉。水龍兄在此殺了不少底片，大家到此無不見獵心喜：猛拍照。只是，未來 3 天，每天都是群峰陪伴，也就不足為奇了！可謂是：

初視群山喜眉間　雪霸聖稜中央尖　日夜陪伴艱辛路　日久為鄰不新鮮

08:50 一片開闊地。立有標示說明為新審馬陣山屋預定地。5K 至南湖山屋。展望良好，武陵農場上方正上演雲瀑和雲海的劇碼。

08:55 審馬陣山登山口（H3110）。上去▲審馬陣山（H3141）只需 1 分鐘，雖是容易，但一早猛升 700 公尺到此，也該值得慶幸啊！回到登山口補充養分，準備進軍圈谷。

09:45 GO。

10:00 路牌 8.5K。表示從登山口到此已經走了 8.5K。開始進入赫赫有名的審馬陣草原了。這種草原在天氣好的時候實在是種幸福，一望無際的大地，一大片綠色地毯延伸至天際，四周景物與藍天白雲輝映，這種陶醉，會讓人忘了肩上的重裝和腳下的辛勞！但是，如果天公不作美，也往往是奪人生命的元兇。

民國六十七年中華山岳三位前輩遇難於此，還有如三叉山的草原，也同樣讓多人長眠於斯！不可不慎啊！在此巧遇黃鼠狼，距離大約 20 公尺，我和牠大眼瞪小眼，我招手示意牠過來讓我照相，可惜不領情，大約相望了 1 分鐘，牠才匆匆躲入灌叢中。前行不久來到審馬陣山屋岔路口。往下 0.35K 到山屋。

11:00 路牌 10K。四周很美，但是很辛苦爬升。

11:15 北山登山口（H3500）。放下重裝，往上五分鐘抵達南湖北山。

11:20 ▲南湖北山（H3536）。最北的百岳，展望不在話下，四周群山一一報到，東邊的奇萊東稜和南湖中央尖、西面的聖稜、南方的合歡，數數也有幾十棵百岳啊！且是蘭陽溪源頭，景觀壯偉。賞完景照完相，隨即回到登山口午餐，吃飽有氣力好通過五岩峰。12 點左右，正準備午餐時忽然山搖地動，原來遇到 4 級地震，幸好大家都不在危險路段，否則肯定叫聲連連了。

12:20 GO。現在的五岩峰，因為國家公園架設了許多鐵杆和繩索，一來指引路徑，二來確保山旅者安全，所以只要花些力氣攀爬，並沒有危險了。只是重裝上上下下，讓人上氣不接下氣。

13:15 通過五岩峰，來到南湖北峰口。在此遇到板橋登山會的陳瑞哲兄，此後一路受他照顧，特此銘謝也。新建的南湖山屋就在腳下，那是下圈谷所在，旁邊是上圈谷，都有很大的平坦地形。台灣的山脈雖然山高峻嶺，群山萬壑，但是卻處處有這種廣大平坦腹地，除這裏外，像是大水窟、太平谷、能安等等，都是大自然的美麗傑作！現在，又可以鬆口氣了，只要陡下碎石坡，就抵今天的落腳處。

13:40 南湖山屋（H3380）。全新建好可容納大約 60 人的山屋，只是有點納悶，為何不建廁所及太陽能設備？今天又是滿滿一屋子的山友相會，其熱鬧盛況可期。有詩云：

胼手砥足過箭竹　群山萬壑未及書　輕身翻過五岩峰　眾家好手會南湖

第三天 10/16（六）天氣：全日晴。今天的路程稍遠，宜早點出發，可是遇到墮落隊打混班的我們，還是慢慢來！憲義和怡吟今天決定留在圈谷打混（比我還混），所以總共 12 人上攻東峰及馬比杉。

05:00 出發。幾大隊的頭燈依序亮在往上圈谷的山徑上，頗為壯觀。但若跟排雲上玉山的場面比，顯然又小多了。大家都順著上圈谷再上到主東岔路這條路前進，先是乾溪然後碎石坡。

05:30 上到鞍部後（H3550），朝陽已經露出幾縷曙光。沿著山腰岩屑片緩步上升，日出彷彿和我們競速，看誰先抵達東峰頂。

06:00▲南湖東峰（H3632）。好一個佈滿岩石的山頭，遠處陶塞、大濁水溪谷正在甦醒，朝陽照在冷冷岩石上，反射出片片金光，遠處樹梢也漸漸染紅，四周稜線清晰萬里。有云：

聖稜依舊在　只是翻雲海　日已出　風更強　金光閃閃映鐵杉

大夥兒貪戀地照相，才依依不捨轉往馬比杉的山徑。

06:25 GO。山徑大部份延著稜線小小起伏，腳下灌木叢糾纏不清，偶而進入林中山腰，總之不是平坦路，雖然沒有陡升降，也要花不少力氣。

07:10 陶塞峰巨石下（H3410）。休息片刻，補充養分。據說有人從此直上陶塞，挑戰攀岩極限，如果讓我年輕 20 歲，我大概會試一試吧。哈哈！這種馬後砲我最行了。

07:35 陶塞峰登山口岔路。上行上陶塞，右下往馬比杉，大家衡量狀況，決定下次再上陶塞。原來是咱們的領隊水龍兄錯過了登山口。我們這些軟腳蝦直呼賺到！

08:20 來到巨石區。岩隙頗大，有些地方還必須攀爬、跳躍，小心點為上策。

08:30 南湖東南峰（H3462）。白白的巨石，佈滿山頂，像是天地混沌初開，天崩地裂時所生。讓大家嘖嘖稱奇。休息 10 分鐘，續行。不多久出森林，就是矮箭竹草原，陡降。

09:00三岔路口（H3250）。右下往大濁水溪谷，就是稍候我們要回圈谷的回程路。直行還要再下降到H3075的鞍部，才再上升至馬比杉。我們在此休息。由於押隊的關係，才剛到不到5分鐘，又要出發了，只好邊含著麵包，匆匆上路。

09:25最低鞍（H3050）。廖老師有點不行了，我和獅子在後面陪他。開始上坡，拉著箭竹慢慢陡上。看到廖老師的狀況，有點和我去年上圓峰時相同，走沒2步就想要坐下來休息、把頭放低才會舒服、咳嗽等症狀。幸運的是，現在天氣非常好，要是氣壓下降了，肯定更加辛苦且有危險性。

11:00▲馬比杉山（H3211）。好不容易上來了。四周展望真的很好，靠東北邊還可以望見和平溪出海口，奇萊東稜諸峰也排列成嶺，而南湖東南峰的白色巨岩更是熠熠發光。沒多久廖老師即開始嘔吐，其他同學立刻燒黑糖水補充體力，我們也準備下撤。

11:10GO。先衝回三岔路口再說。

12:30終於『爬回』三叉路口了。大家趕緊補充養分，在此午餐。此時風和日麗，實在是野餐的好時光，而廖老師狀況也稍微好轉，令人放心不少。感謝青陳兄即時送上的咖啡，真是美味。接下來由志鑫和小高協助廖老師殿後，我和獅子則到前隊去。

12:45GO。接下來的路就不好走了，不是倒木擋道就是灌叢阻路，而且路跡不是很明顯。

13:10下到溪谷開闊地（H3190）。眼前為之一亮，整個地形豁然開朗，草地遍佈整個山谷，看天池更是佈滿大地，有些已經乾涸、有些水如黑金，無法飲用。萬里白雲相伴，真是如仙境般的靜謐！只可惜一路皆無水源。所謂：

山窮水盡疑無路　海闊天空林木疏　奇緣仙履如夢幻　最是人間仙境處

再前行，就一直沿著寬廣的乾河床緩慢上升，這是一段仙履奇緣如夢境般的境地。我想，會再次來馬比杉山的人，應該不是為了這顆屬末梢神經的百岳，而是為了這仙境吧！上到乾瀑布區，開始要沿著瀑布邊的山徑陡上了！

14:30 來到陶塞山屋遺址（H3240）。杉林中廢棄的山屋，已無法提供住宿了。

14:50 再次進入乾河床。看到一瓶 500cc 寶特瓶水放在明顯的石頭上，地上書有：北岳請用。我猜一定是瑞哲兄所留，真是太感激了。一路缺水的我們遇到這瓶水，有如天降甘霖。每人珍惜地一人一口，算是解饞了。後來回到南湖山屋，再次拜謝瑞哲兄的施捨！

15:25 陡上至馬比杉山與東峰岔路口（H3515）。小休了一會，繼續前行。

16:15 取道上圈谷。地面廣平，至少有 5 個足球場面積般大。來到南湖溪源，大家拼命喝水。

16:20 回到南湖山屋。

第四天10/17（日）全日晴。天氣好得不得了，四周群山全都露！

05:30上頭燈出發往南湖大山前進。循碎石坡緩慢上升。

06:35主峰下鞍部（H3550）。這裡也是往東峰的岔路口。一片寒原的景緻，可惜風非常大，匆匆照完相後，即往主南岔路前進。

06:50來到主南鞍部岔路（H3660）。卸下重裝，換輕裝準備上攻主峰。先是陡上一段岩屑片的惡地，上了第一個山頭，再爬一段巨石區，最後才上到山頭。

07:25▲南湖大山（H3742）。山頂巒寬大的，此刻風大無比，因為風寒效應，溫度很低。往前一點的山頭，可以望見下圈谷中的山屋、審馬陣草原、飛機殘骸。可謂：

南湖中間坐　俯望眾山巒　要拜帝王峰　辛苦數從頭

07:35 GO。

08:00回到主南岔路口。

08:20 GO。陡下的碎石坡，許多路段均有架繩，只是一大片碎石直下千尺，讓人不寒而慄。陡上一小段來到南湖池山屋遺址。

08:35 南湖池山屋（H3520）。松林中美美的遺址，可惜已無法使用，紮營倒是沒有問題。附近的南湖池面結冰。

08:50 繼續前進。接下來的路，就在杉林中陡下。地上鋪滿松針，陽光灑落片片，走來極為舒服。

09:20 大石頭崩壁前（H3250）。足足給它下了300公尺。接著就有苦頭吃了。開始攀爬巨石陡上。

09:35 上到石頭頂處（H3350）。粉辛苦的陡上爬升，天氣非常好，坐在石頭上曬曬太陽，喘口氣，倒也是一種享受。緊接著，再陡上2段碎石岩石區。剛才輕鬆愉快的下降，現在變成苦命的上升。

10:15 終於來到南峰與下中央尖溪的岔路口了（H3400）。此刻早已飢腸轆轆，顧不得要上南峰了，先填飽肚子再說。水龍兄只好順應民意，大夥兒埋鍋造飯。

10:40 換上輕裝，上攻南峰和巴巴山。一開始也是陡上。

11:20 ▲南湖南峰（H3475）。堅挺的山峰，兩側山徑也是陡峭如劍，造型像極了新店的雞心尖。

11:35 上下幾個山頭後進入冷杉林中，來到巴巴山屋遺址。再走。

12:00 終於到了▲巴巴山（H3449）。望見我們一路走來的稜線，真是起起伏伏，玲瓏有緻！請賴姐替我們這些爸爸們在巴巴山合照。當然有幾位冒充在列囉！

12:20 回程。我和 mini 高開始計算，到底有幾個山頭要過，大家猜到了嗎？八個山頭上下呢！

13:00 回到岔路口。整裝，再補充養分。

13:30 提起重裝，下衝中央尖溪營地。先是巨石、碎石的陡…下。然後進入矮箭竹草原，可惜幾處看天池無水，不然也是紮營的好所在。

14:30 林中寬稜處休息。小徑先是在瘦稜上穿梭，偶而進入林中箭竹林下，最後在杉林中陡下。

14:45 再走。

15:30 下了足足 1100 公尺，來到水量充沛的中央尖溪了（H2370）。我們決定紮營，大家用外帳欽點自己喜歡的營地，於是有的在沙灘上、有的在大石中，顯得格外繽紛。

第五天 10/18（一） 上午晴／過午後起霧下雨。

06:00 出發。我們算是打混的了。因為我們計畫今晚繼續留在中央尖溪山屋，所以可以慢慢再走，其他 2 隊預計今天要趕到南湖溪山屋，所以不到 4 點便上攻中央尖山了。真是努力的一群啊！

06:10 垂直拉繩上攀。青陳兄把帶來的新繩用上，多了一條確保繩，好讓大家安心。下到中央尖溪後，河床裡的路並不明顯，時而溪左、時而溪右，仔細找可以看到前人的疊石。

07:30 來到 H2870 處。休息一下，等後面的人上來。再往上點，來到最後水源處。大自然的傑作絕非我輩可以理解，何以涓涓細流，匯到下面變成汪洋大河？再往上，就是著名鼎鼎的中央尖溪碎石坡了。所謂上兩步退一步也。

09:30 陡上至主東鞍部了（H3550）。補充養分，等待後面的人。
09:55 沒等到人，再走。想不到中央尖山的另一面是婉約的草原，又是一個標準的單面斜體的山。
10:30 ▲中央尖山（H3705）。費盡千辛萬苦來造訪，可惜雲霧隨時遮蔽我們的視線，天氣開始變壞了。所謂：

陡峭孤立中央尖　巨岩盤纏枯樹間　凡人朝聖碎石路　高聳入雲上青天

10:40 走吧！下降到草原處午餐，準備衝回山屋了，又是一個陡下 1000 公尺的挑戰。
14:10 回到中央尖溪山屋。下雨了，趕緊將夥伴們的裝備移進中央尖溪山屋。
（註：以上是青陳兄的行程時間，我和獅子則是慢慢晃回山屋，又在最後水源處煮了泡麵，一路晃蕩晃盪的下來，回到山屋時已經是 15:00 了，也感謝眾家夥伴替我們把裝備收好，感激ㄛ！）
是夜，大家商議已定，決定明天不下雲稜山莊，直接殺出去到思源啞口，反正林道摸黑沒有危險性，就算太晚，也沒關係。所謂是：

離群索居樂消遙　塵間凡事拋後腦　山中雖是嚮往處　還是惦記家鄉好

第六天 10/19（二）　上午霧雨／中午過後晴。

06:00 天明即行。中央尖溪摸黑可不是好玩的。若是下雨，建議先穿溯溪鞋，最後上稜處再換回登山鞋。否則水漲跳石而過，具有相當程度危險，同胞們多人滑倒便是一例。先沿著溪邊下行，然後向左邊山徑高遶，現在架有繩索，安全多了。

07:05 三角鐵牌。往南湖溪山屋 5 小時。

07:30 休息五分鐘。補充熱能。

07:35 第一次離開溪谷。從右邊上切。不多久又下降到溪谷。

07:50 第二次離溪。景像優美，彷彿到了仙子的家，原來是香菇寮遺址。並沒有發現香菇寮。不久再回到溪谷。

08:15 最後一次離溪。這次是真的了，拉繩陡上。

08:45 陡…上（H2450）。林中的路開闊好走，可惜陡陡陡。

09:00 陡…上（H2590）。回家的路怎麼這麼辛苦？

09:40 陡…上（H2730）。大樹上釘有鐵牌，往南湖溪山屋 50 分鐘。應該是最高鞍了，因為在林中，看不太出來。

10:15 有一木牌往中央尖溪山屋 6K（H2590）。開始陡…下囉！

10:40 南湖溪山屋（H2275）。美美的環境，被人們破壞殆盡。吃苦耐勞的山友，辛苦的來到這裡，然後又辛苦的破壞環境，想想他們真是辛苦啊！南湖溪山屋內的床一半已經傾斜，只能住個七、八人左右，戶外倒是有許多紮營處。附近的南湖溪更美，平緩的水流過壯麗的山谷，陽光下顯得靜謐異常，好一個人間仙境！

我們在此午餐，準備衝回思源啞口。

12:20 該走了。過溪後，沿著支流陡上，路標不明顯，但是沿著狹隘的溪谷陡升就沒錯了。

13:00 木牌（H2470）。往南湖溪山屋 1K。離開溪谷上瘦稜。繼續陡…上。

13:15 木杆鞍部（H2520）。花了 6 天，繞了一圈。

14:20 多加屯水利三角點。請水龍兄、建成兄先下去開車，其餘人等後面的同胞。

15:30 同胞們到期了。

16:10 打道回府囉！

16:50 下到 6.7K 登山口。

17:10 上頭燈，出發。

18:30 思源啞口。

接下來，照例到礁溪洗溫泉，大家大洗特洗，等下才可以大吃特吃。青陳兄云：

六天不洗澡　一天洗六次　慶功菜上桌　拼命吃通海

馬博橫斷風雨共登頂

2005/05/04－11 共八天

觀高觀自在　萬里無塵埃　唯有有心人　方把群山愛

這是一個適合登高及觀高的日子，我們一行18人，身負8天的重裝，準備橫越玉山國家公園內最艱苦的一條橫段路線：馬博橫斷。

這一天，當我們來到觀高工作站時，由於今年天候的改變，心中期待的法國菊，仍然含苞未放，無視於我們這群遠道而來的山行朝聖者，頗令人失望！但是周圍的群山萬壑，卻爭相來見，算是另一種補償了。遠方的駒盆、馬博、秀姑、郡大林道，右邊的八通關前山，當成畫布，雲霧則是美麗的彩筆，時而下降遮蔽視野，時而盤升空中幻作各種幾何圖形，恣意在我們眾人眼前上演大自然的傑作！誰說早點進駐山屋不好呢？來晚了，就只能跟著鼓掌了！登山不只是因為山在那裡，雲霧、

山雨、晴空、松針、野花、動物都在那裡！只有那樣的場景，才能襯托出我們是出色的演員呀！所以，【觀高，也觀自在！】

艷陽松間落　峰巒比肩鎖　雲起風湧時　照看世間愁

八通關草原及越嶺道，實在是老天爺給人類最美的遺產了。二葉松搖曳生姿，陽光從針葉縫中閃閃灑落，地上的殘紅枝柳，顯得生機盎然，溪澗偶而阻擋人們的去路，似乎要求這群匆匆過客停下來掬一口甘泉！野生動物的排遺比比皆是。這裡，好比諾亞方舟，一個大千世界的縮小。中央金礦山屋和白洋金礦山屋，是國家公園造福山旅者最好的象徵，看到這些美美的山屋，就知道我們已經遠離危險來到安全的境地了。但是從中央金礦到白洋金礦山屋，要在 2 小時內從高度 3000 公尺上到 3400 公尺，可以想像山徑不再平緩，棧道出現的密度加大，就可以知道陡峭的步道，在考驗我們的耐力了。前段路徑既潮濕又陡峭，有時必須四肢使勁，方能上攀，遇到這種路況，真會懷疑當年日治時代，機槍大炮是如何使上來的？中段的路況較為開闊，高山箭竹漸漸呈現，還好此時陽光稍歇，不致讓人曝曬。最後一段咬緊牙根陡上，終於來到白洋金礦山屋了。這裡勉強擠進 15 人，還有 3 人打地鋪呢！幸好取水方便，廢棄礦坑就在水源處，有人跑到對面山尖處欣賞夕陽，真是浪漫呀！

此刻天空上演飛碟雲狀，煞是奇觀，高空氣旋對流旺盛，只擔心明日天氣驟變。

曲曲折折又曲折　春雷寒風雲雨澤　碎石圓柏中間過　路到盡頭方知惡

秀姑坪號稱圓柏歸宿地，再生的與枯死的交錯橫陳，代表新舊之間的循環正在緩慢進行著。不久，來到秀姑與大水窟的鞍部，指示牌標示左轉 3.4K 可以到馬博山屋。接著，沿著秀姑龐大的山腹碎石坡、岩壁、刺柏、圓柏叢中緩慢爬升穿越，不像山路，倒像是獸徑，遠處新康山列雲霧飄渺，看來天氣真的要變了。大家加緊步伐，準備到秀馬山屋前再輕裝上秀姑巒山。往山頂的路，整路都在低矮圓柏叢中鑽進鑽出，不論是腳下或是身體，總是與圓柏枝葉拉扯，還好不是重裝經過，否則免不了一番苦戰。翻過一個低鞍，路條不是很明顯，加上四週大霧，必須小心辨識。陡上一段後，在秀姑的緩稜上下，終於來到這中央山脈最高峰了：秀姑巒山。這裡的視野應該是一級棒的，可惜此刻風大霧濃還飄著細雨，除了三角點及國家公園的木牌外，其餘完全看不見，真是遺憾。接下來，往馬博山區進發，有些地方像是仙境般的恬靜，雖說群花未開，但是草木散發初春的氣息，實在令人流連忘返！無奈山雨欲來，陽光躲進雲裡，狂風乘機大吹，烏雲密佈。最後，上馬博的陡坡中，在雲雨、春雷、寒風夾雜中前進，其間的辛苦，惟有愛山人才知呀！經過一番努力，在風雨中來到這號稱全台最高而優的舊營地。四周人們遺留的垃圾散佈，加上這滂沱大雨，顯得幾許悽涼，只有孤零零的路牌在指示著山旅者正確的方向。幸好國家公園在下方建立了山屋，我想污染的情況應該不會加劇，也許下回再訪時，可以見到生機了。

遠在天邊遠　鑲在天上天　欲取此山峰　一路不埋怨

今天的重頭戲除了馬博拉斯山，就屬駒盆山了。藍天彌補了昨天秀姑的視野，週圍的美景天成。群山壑壑，峰巒相連，登頂前的氣喘吁吁，換成喜悅的歡呼，誰說我們貪心？只要一縷陽光和滿眼的青翠山脈，足矣！望著小小的觀高工作站，仍然默默立在那裡等待疲憊的旅人，幾天前我們才在她的懷裡安睡啊！而另一邊遠方腳下的駒盆山，真是遠呀！駒盆呀駒盆，多少山行者為他瘋狂？往日郡大林道暢通，往返駒盆倒不是難事，現在非得從馬博的 3805 公尺下到 2900 公尺，再上到 3022 公尺，然後再一路爬回馬博！好在沿途景致不差，加上天氣好展望佳，算是不虛此行，否則就會像喀拉業或是布拉克桑一樣被一路來回的碎碎念！本想大飽眼福的欣賞杜鵑，但是除了在 3000-3400 公尺的高度偶有落單的花叢外，其餘仍待字閨中，實在可惜。最後，終於來到這遙遠的地方了。這裡可以通中華電信，所以特殊的景觀是看見眾家好手每人手機一支向家裡報平安，算是馬博唯一的插曲了。看看馬博，遠在天邊，高掛牆上，心裡雖老是不願，但還是秉持走一步就早一步到家的心情，先到最低鞍取水午餐吧！現在，席開 10 多桌（當然是每人一桌囉！），散佈在美麗的草原，在這種陽光下用餐，眼裡望著高高的馬博，真可謂是『先享受、後付款』。

斷崖有路疑無路　稜上無草且無樹　風雨交加橫阻隔　最是危險鬆動處

一夜的雨未曾歇，早上的心情低到最低，大家默默不語，全副雨裝，魚貫鑽入雨縫中，期望順利通過烏拉孟斷崖。幸好在領隊及嚮導們的悉心照料下，全隊安全通過這惡地。再不久來到號稱小黃山的山頭，這是一小小高聳（大約隆起 50 公尺高）、鬆軟岩片構成的山巔，由於陡峭及一小段斷崖，讓人覺得比烏拉孟斷崖更為危險。尤其在狂風驟雨侵襲下，更令人心驚膽顫。通過小黃山後，山路緩緩下降進入草原地形。接著望見孤峰堡壘－馬利加南山橫亙眼前。此時風雨不斷侵蝕我們的意志，馬利加南山似乎不願輕易讓出寶座，大家咬緊牙根，使勁往上衝。好一個岩塊山壘，在如此惡劣天候下，加上碎石、鬆動的岩片、陡直的路徑，在在顯示這是一座值得拜訪的名山百岳。下到山坳處，雨勢稍歇，路徑緩緩降入一片草原區，隔著東峰下的山屋隱約可現，中間還要攀升一座山頭，才能安抵今晚的住宿處，這就是馬博橫斷可敬之處，上上下下的山脈無數，在每一個轉彎、每一個山坳，都有不同景觀，你無法預期，更無法猜透未來以何種面貌來考驗你！這就是馬博。

箭竹松蘿似來春　林下枝柳垂絲寸　臨到深谷無人處　豁然開朗又一村

次日，又是全副雨具上身，繼續投入茫茫霧雨中，開始上東峰。後來雨勢漸小，有些山頭雲洞灑下曙光，看來天氣會好轉了。風雨中來到塔比拉第一段斷崖，斷稜上顯得危顛顛的，而塔比拉第二段斷崖，則先是拉繩垂降約 3 公尺，再接上稜脊，全長大約 50 公尺。有時風大必須避風而行，以確保安全。過了標高 3255 公尺的山頭，下坡之後，有一片空地可供緊急紮營大約 50 人沒問題。行走至此，只有一個體會：走馬博、上坡痛苦萬分，下坡萬分痛苦。真是一點不假。不過，才剛剛碎碎念完，再前行，我倒覺得是馬博橫段最舒服的一段路了。路在中低箭竹中平緩通過，樹梢松蘿處處垂掛，陽光也來林間飄下，有時鳥群也會嘰嘰喳喳，實在是悠閒的康莊大道！

終於來到馬布谷前緣了，加上溫暖的陽光，實在有一種幸福的感覺。下回有機會，應該住個2天，終日無所事是，到處閒晃，也是一種享受啊！馬布谷山屋立在遠遠的草原中。有多美呢？應該您自己來體驗，筆墨難以形容。利用此刻艷陽高照，所有裝備全部搬出曝曬，一掃多日風雨的陰霾！時候還早，我們要上布干山，去看看附近的山峰，一補多日的風雨蔽視野。上了山頭才知不枉此行，南三、南二、新康諸線環列，實在壯觀。唯有真誠的面對這片永恆的土地，才能覺得自己是短暫的過客，才會好好守護這美麗的青山綠水！過度的山林開發與原住民族群的命脈相互糾葛，幾個世紀以來未曾停過。也許，比照日本歐美的高山山屋經營方式，由政府興建山屋與山莊，交由原住民經營管理，對於山林可能不再無限制的破壞，對於原住民是一條經濟出路，對於登山客不再是高風險的活動，更不是苦行僧似的行旅，讓更多人容易親近山，留住較多的經濟活動在台灣，未嘗不是一個可以參考的方法啊！

絕頂欲賞景　風雨來敗興　匆匆鴻影留　紅花開幽靜

昨夜又下雨了，而且風雨延燒到今日。幸好箭竹路已被整理過，好走多了。當我們上馬西山及喀西帕南山時，風雨與雲霧也隨著我們一起登頂，原本期待欣賞花東縱谷的田園風光，此刻只好意會了。從喀西帕南山降到太平溪谷的路徑，其陡無比，好在紅毛杜鵑開遍山坡，使一片灰濛濛的雲雨世界變成五彩繽紛，算是補償吧！終於到太平溪谷了。一條乾涸的萬年森密河床，石上青苔與樹上松蘿輝映，顯得古老而靜謐！我們在溪谷中午餐，雨勢不小，雨水和著麵水下肚，大家靜靜的各自忙碌，為這終日的無情雨發出無言的抗議。身體溫暖後，來到傳說中的太平谷了。的確比馬布谷大，但我喜歡馬布谷，那裡的二葉松、草原、乾溪谷、山屋，所交錯而成的景象，可以媲美歐洲的風景拼圖，也許是沒在太平谷住下，而無法體會另一種風情吧！匆匆走過畢竟是沒有記憶的。明天就要下山了，大家的心情都變的輕鬆，許多人聊的很晚，以珍惜這趟山旅最後一夜。

山高水遠欲留人　藍天晴空美景勝　無奈山情與鄉愁　徒留相思無限深

最後一天，山路尚長，大家儘可能早點出發。先在河中大小石跳來跳去，登山鞋此刻不敵雨鞋，行進速度緩慢。不久，轉入山徑，開始陡降。由於天氣超好，鳥語伴著花香，有如仙境般。可惜路況實在太差、太陡了，下坡也下的滿身大汗。多人滑倒摔落，幸無大礙。要不是這般陡下路徑，四周美景真像是一首安逸的交響詩！路過一小片芒草的開闊地，顯得十分耀眼，心知來到中級山的境地了，沿途倒木、巨木、蕨類植物遍佈。繼續陡下，連下山回家都如此困難呀！來到玉林橋遺址上方，好一大片的崩塌地，非常壯觀。由此可知，地雖大，仍敵不過老天爺。繼續沿著碎砂石連滑帶走陡降到河底，有點像中央尖的碎石坡。右邊有明顯路條和一條破舊雨褲，這裡就是上切點了。上到林道大家開始互相抓螞蝗，因為這條林道是赫赫有名的螞蝗大道呀！

終於回到人間了，憂喜交加。喜的是平安下山歸來，憂的是已遠離山林！

八天的縱走，留下些許的遺憾，許多的山是在風雨中登頂，許多的路在雲霧中穿越，心淒淒的趕路只為早點進入溫暖的山屋，情怯怯的期待陽光終日蒞臨！好在，

入山林不為晴空　出雲海不求登頂

滿滿的收穫自在內心，一場雨雖阻隔了我們與山野的接觸，但是內心的澎湃卻遠達四方。山永遠在那裡，雲霧與風雨也不曾離開過，荒野的動物也欣然接受大自然的變化，凡我人類，卻也當仁不讓呀！一趟馬博橫斷下來，洗滌了身軀，也洗滌了內心，更啟動了深處失去已久的觸感，重新找回自己！這，能說收穫不豐嗎？

馬博橫斷之馬布谷山屋

馬博橫斷之塔比拉斷崖

大霸北稜馬洋記事：連走東霸尖 2006

領隊：張桂秋（佬佬）

隊員：唐豪（唐牛）、聖哲（小發哥）、詹勳成（一休）、王清和（山狗）、王金發（發哥）、陳青裕（青陳）

紀錄：BARRY（百力）

地圖：經建 4 版的喔！

5/24（三） 晚上 20:00 由台北出發，抵達鎮西堡神木群登山口已是午夜 00:30

5/25（四） 晴

06:40 H1640。登山口出發。

06:55 H1690。木牌，直走檜木林右邊有條小稜來會，經佬佬指點確認是基納吉東南稜延伸。

07:25 H1785，木牌 1.5K。

07:50 H1845，第三次過溪。

07:55 H1860，最後水源。此刻陽光普照，透過樹葉隙縫，飄落點點光芒，酷似波光粼粼，浪漫而瀟脫！我們在此取好行動水，準備接受挑戰了。

08:10 H1910，指示牌，直走往神木群，右上馬洋山（這是我們的正路）。

08:45 H2020，小平台。我們在此定位，座標 783153。從此路徑轉為陡上，但由於林蔭蔽日，走來挺為舒服的。畢竟大家都寧願直直陡上，也不要慢慢的腰繞緩上，節省時間嘛！路上不時出現巨大神木群，腳下有著中級山慣有的熱帶蕨類植披，不過，沒遇到螞蝗兄呢！

09:45 H2320，三叉路口。左上馬望海山、右上馬洋山（我們的路），一個林中的寬稜處，偶有箭竹群落，陽光依然故我，但是沒有直接照射之苦，是個休息換檔的好地方。到目前為止，路況明顯好走。

10:00 出發囉！不要賴了。現在真正的考驗才上場。箭竹開始纏人，路徑常常被倒木、箭竹所改道。陡上是難免的，而上上下下的山頭更是折煞人也！剛開始還會去算算幾個山頭，最後乾脆放棄了，只得默默地跟著大家爬上鑽下的。

12:00 H2520。終於接到馬洋山的主稜了。我們在鞍部午餐休息，想想這一路走來，3 天後還要原路回去，腳就軟了。直覺是岳界想從此路上大霸群峰，是有點難度喔！

12:45 出發。沿著主稜龐大山腹腰繞陡上。

13:10 H2625。林下箭竹密佈中的小空地，獵寮遺址。活水源在右邊約 150M。

14:50 H2695。寬稜箭竹密佈中的小營地，約可紮 3 頂 4 人帳。山徑仍然上下，瘦稜上、陡峭的腰繞路、枯枝倒木隨處可見，行來極為艱辛。

15:50 馬洋山。一小片傾斜開闊的矮箭竹空地，要不是有路牌指示，還會錯過呢！基點在上方一點的灌叢中，沒有佬佬的說明，我們可能找不到！路徑隨即陡下進入杉木林中。又翻過幾個山頭，慢慢的我們的銳氣已被磨平，在眾人缺水的狀況下，我們只想迫降，早早休息。佬佬經不起我們苦苦哀求，終於同意找到適當地點，就緊急紮營，不必趕到馬洋池，但先決條件是明天凌晨 3 點出發。嘿嘿，誰管得了明天？今日先享受再說。

16:25 又上到了一個小小開闊地，眼尖的佬佬就是不一樣，發現路旁下方 10 公尺處有看天池。天呀，真是天降喜訊，我們已經顧不得形象了，立即取水煮茶。每人給他狠狠的喝了 1000CC 才罷休！現在，士氣又重新提振，我們決定今天不論多晚，非趕到馬洋池不可！

16:45 繼續衝啊！但是山徑仍然是無數的彎繞上下，不過路況漸寬漸好，顯示已步入雪霸國家公園了。

17:20 H2900，南馬洋山岔路口。這是林中非常寬廣的好營地，緩稜中美景處處，令人有種安祥的感覺。據佬佬表示，南馬洋山的基點在另一邊的危崖邊坡上，還有點距離，今天時間不多，我們就不上去了。

17:30 H2920，來到一處展望台。因為右下路跡明顯，左邊也清楚，但是主稜及方向都是左邊才對，便上去瞧瞧探路，結果發現是斷稜，前已無路。不過，倒是非常好的觀景台，遠處夕陽西下，金黃色的迴光照著腳下不遠處的馬洋池草原景色，已經有高山景觀了，到目前才覺得不虛此行。退回往右下的路出發。

17:50 H2820，指示牌。右邊往基那吉山。箭竹叢中根本看不出有路，難怪路牌說路跡不明。繼續下降，然後又開始上升，穿出瘦稜的林區後，即見到馬洋池與旁邊的平坦營地了。

18:00 H2795，馬洋池。這裡營地平坦，容納 5-60 人沒問題，但是有點不太避風。夜間，我們圍著圈圈，大夥兒輪流帶唱，結果鮮少可以完整唱完一首歌的。現代人都依靠卡拉 OK，沒有這些設備，歌詞沒有一首記的全！連我們歌王——山狗兄都甘拜下風，早早躲入露宿袋了。今天佬佬帶了唐牛與小發哥左右護法，讓我們見識了新一代年輕人的希望。個人認為，體能好壞是一回事，但是服務奉獻的精神才是重點，難得兩位護法，一馬當先，為大家取水煮茶做晚餐的，真是不簡單，在此一定要好好表揚一番呢！

5/26（五）晴

06:30 出發囉！天氣超好，晴空萬里。先上一個小小山頭，便直直緩降到一片草原，終於有高山景緻了，昨日與箭竹奮戰一整天的，什麼也不得見，現在得以舒緩心中壯志。遠處的稜線即是中霸主稜，左邊為東霸的稜線，線條雄壯剛武，一付威鎮天下之勢。想想今日要從 H2795 的高度上到 H3300，然後再下降到 H2800，背水，再上去 H3400 的東霸尖紮營，心中的壓力油然而生，腳步絲毫不敢怠惰！

07:00 H2880。離開視線良好的草原，進入林下箭竹區。

0730 H3000。離開林下箭竹了，開始步入 3000 公尺的杉林區，步道維持良好。林蔭處，盡是松針舖地，陡雖陡，但是淋漓痛快。

08:35 H3185。兩稜交會處。我們沿著大霸北稜直直陡上到此與左邊另一條北西北的稜交會，

08:45 H3195。上到一處開闊小小平台。終於再次見到大霸英姿了，別來無恙？ 25 年前的輕狂少年，與一群不知天高地厚的同學來到此地，除了與別人一同讚嘆之外，竟只是想著早日下山回家！如今，鬢已星星也，世事多滄桑，人間起浮 20 餘年後，多了些歷練，自然激動的淚光盈盈！大霸依舊在，只是朱顏已改！

09:00 H3265。離開森林區了，上到中霸坪的草原範圍了。

09:05 H3275。中霸坪。此刻藍天白雲，聖稜線歷歷在目，近處的大小霸雙耳峰安坐兩旁，中景的穆特勒布山形崢嶸、岩層紋理分明，最是吸引人處。而遠遠的南湖中央尖眾山也不惶多讓，至於桃山山巔小小草原山頭，則顯得秀氣多了。眾人坐躺隨地，有種幸福的感覺。看到東霸五尖依序排列在側，近在咫尺，直線距離不到500公尺，但是卻沒有路可行，我們必須先陡下到H2800左右的塔克金溪支流，再背水陡上到H3400，想來就令人腳軟。

09:40 該走囉！先下降到霸基底座，沿著西南方向往聖稜線的路前進。

10:05 繞過大霸基座，右往小霸，左往大霸及聖稜，我們取左。

10:10 岔路。左上大霸，右下往聖稜。我們取下，沒多久遇到煙囪地形，我們把大背包分別吊下，再下到平坦鞍部。哈哈，鞍部有人用小石子擺了個大心型，還有IOU字樣，看來是有人曾經在此地求婚囉！

11:05 藏完了隔天的公糧，我們開始往東霸尖出發。往聖稜或霸南山屋的路右下，我們則取腰繞路過石塊區，慢慢上到大霸與東霸群峰的鞍部。

11:15 H3215的鞍部。開始要下降囉！眼下的路與中央尖實在相像，先是碎砂石陡下，每下一步就會滑落三步，走來倒是輕鬆，但想到明天回來就瞎了。

11:35 H3000。下到石塊區了，開始有水。右邊的東霸第一尖，危巔巔的籠罩壓頂，壓迫感十足。

12:00 H2850。水質清澈，我們在此埋鍋造飯。

12:45 再走。改右邊高繞路一小段，再回到溪路。

13:35 H2685。來到第一個兩溪匯流口。右邊來匯的是乾溪，我們還要下降。

13:50 H2650。終於到了最低點了。右邊的溪水也不小，每人背包多了4升的水後，各個像蝸牛般往上緩慢移動。

15:30 H2910。有個小瀑布，水量還不小，我們虧大了，太早背水了，佬佬說就當成負重訓練吧！哈

15:50 H3000。碎石坡結束了，進入箭竹石塊區了，有點像玉山前峰的路。山徑依舊陡上。

16:15 H3070。來到另一個瀑布下源了，前方無路可上，改從左邊上稜。

16:40 H3180。終於上到東霸三四尖中間的鞍部了。此刻風大無比，我們躲在另一邊避風等隊員到齊。

17:00 出發。沿途儘是箭竹密佈的陡上路，路跡不明。

17:30 H3365。哈哈，東霸尖，我們來看你囉！寒風凜冽、刺骨異常，大家分工合作在山頂搭建避風港，雖是不太恰當，但也沒別的辦法呀！只得把外帳拉的低低的，結果是徹夜難眠，因為風實

在太大了，吹的外帳劈啪價響，甚至啪打到臉上呢！不過，還好，夜間可以清楚看到新竹地區的夜景，很是壯觀！想不到在深山叢林奮戰了兩天，一抬頭，人間仍在身旁！

05/27（六） 陰轉雨

07:35 出發。原本期望一早醒來，可以遇見聖稜、四秀、大霸群峰的，無奈風大霧濃，喝了香醇的布丁茶後，趕緊下撤。

07:50 回到鞍部。再走。

08:30 H2910。最後水源，再降。

09:20 H2650。到達最低點匯流口了。我們發揮打混的精神，泡茶、補充養分，享受山水的洗禮。

10:20 不能再混了，該起程啦！

10:35 H2685。來到第一匯流口。再上。

11:00 H2850。左邊高繞後，到昨日午餐點，時間尚早，我們繼續上攻。

11:30 H3000。下雨了，雨勢還不小呢！

12:10 H3215。上到鞍部囉！碎砂石區的陡上，實在不是人走的，加上下雨路滑，行進速度緩慢無比。

12:20 躲到腰繞的石塊區搭起外帳午餐，雨越下越大了。

13:10 續行。上到用石子擺成的心型圖案的鞍部，取出昨日藏的公糧，開始陡上煙沖地形，這次各自背著背包上去，需有點小技巧。

13:40 H3365。大小霸岔路口。雨未歇、人未停。

13:55 路牌 11K 的大霸基座。

14:10 中霸坪。風雨交加，與昨日的艷陽高照，不可相比。在此與後面的隊員會合。

14:25 再走。

14:40 中霸山屋。今日的宿營地，稍事整理，安頓我們八人沒問題。是夜，風雨雷電未息。

05/28（日）雨

04:00 黑夜霧雨中，一串頭燈一字排開，讓我想起了龍貓公車…

04:20 中霸坪。此刻夜黑風高雨強如瀟湘，一行人匆匆疾行勉強！

05:30 進入草原區了。水漥處處。

06:00 馬洋池。佬佬下令煮燒仙草。氣溫只有 10°C，風雨又大，大家全身溼透，冷得只打哆嗦，

7個男生只好用外帳緊緊圍成一圈遮風避雨，中間是熱騰騰的火爐，由山狗起音唱起了國歌—當我們同在一起！七個斷臂山的故事，從此在馬洋池傳開。

06:30 補充了熱食後，總算恢復了點元氣，繼續上路。

06:45 H2830 山頭。

07:20 H2820。馬洋山，未停。遠方的山雨、霧嵐、雷電，交織而成的山野怒吼交響曲，正在激烈上演，像極了恐嚇這群山客的魔獸，而我們，更像是夾尾逃竄的鼠輩！哈哈，當然佬佬和左右護法肯定不是囉！

07:55 H2820。又是無數的山頭上下，今日且還要和沾滿雨水的箭竹搏鬥呢！

09:50 H2545。獵寮遺址。有活水源，我們把破帆布拉起，在此午餐。雨勢更大了。

10:40 衝下山吧！

12:30 到達馬望海山的岔路。路陡下也就罷了，加上雨水沖刷，隨時都聽到慘叫的罵聲，然後是滑倒聲，大家狼狽不堪。

13:15 H1925。下到毒龍潭岔路口。

13:45 H1815。神木岔路。進入神木區的步道了，真是好走。

14:25 H1640。終於回到登山口了。雨，仍下著！

後記：

一、從此路上大霸，如果隊員腳程一致的話，其實3天可以來回。第一天到馬洋池，第二天上到中霸，輕裝往返大小霸，再重裝到中霸，午餐後輕裝往返加利伊澤，第三天直接下山。

二、或是連走聖稜出四秀或是出雪山主東北，都是不錯的安排。

三、感謝佬佬和左右護法豐盛的晚餐，溫暖每一個遊子的離情，因為期待晚餐而走，變成我這個軟腳蝦前進的唯一動力！

四、山狗的歌聲的確沒話說，（煙斗仔桑）果然不同凡響，只好拼命鼓掌囉！下回眾山友下山慶功宴的時候，千萬記得請山狗高歌幾曲喔！

五、當然辛苦的一休總幹事，既要陪走陪睡，還要負責開車，感恩啦！

六、青陳與發哥不愧是93新嚮高手，毅力與功力堪稱一流，令人敬佩。

大霸北稜馬洋記事 右一秋姐 (姥姥)、右二山狗、左一青陳、左二作者

大霸北稜馬洋記事

南湖山區搜救事件簿

2006/11/13（一）陰轉雨

19:00 接到總幹事寶哥的電話，是否可以支援南湖山區搜救，原因是一名隊員在木杆鞍部至思源啞口間失蹤。開始緊急打包。

22:00 趕到台北警廣和其他隊員會合，隨即出發。計有：

張順民（張兄）：完成百岳、參與多次搜救任務、北美麥肯尼兩次登頂。

莊友仁（莊爸）：百岳完成 90 多座、南湖山區義務巡山員、參與多次搜救任務。

林文逸（鴨子）：完成百岳、中國大陸博格達峰登頂、冰攀、雪攀教練、參與多次搜救任務。

賴厚銓（幫幫忙師傅）：百岳完成 99 座、水上救生員資格、中級嚮導教練、野外求生專家、參與多次搜救任務

陳青裕（青陳）：百岳完成 99 座、初級嚮導教練、 與多次搜救任務。

施志誠（獅子）：百岳完成 80 多座、初級嚮導教練、南湖山區義務巡山員、參與多次搜救任務。

鍾秉睿（百力）：百岳完成 80 多座、初級嚮導教練、南湖山區義務巡山員、參與多次搜救任務。

2006/11/14（二）

02:00 抵達思源啞口。往裡面走 2 分鐘到工寮與王光祖（老大）會合。聽取老大簡報：失蹤隊員資料：李 X 生（李員）。30 多歲、身高 180cm、第一次登高山。

裝備：外帳、睡袋、睡墊、備有許多乾糧但沒有爐頭、登山杖金屬頭已斷。

當時情形：隊員五名＋領隊嚮導四名，總共九名，天氣良好，風和日麗。

11/13 早上約 07:00 由雲稜山莊出發，準備下到登山口。李員原本走在第二名，後來在木杆鞍部前小山頭上坡時被其他隊員陸續超前。12:00 全隊回到思源啞口清點人數時，發現李員未到。領隊與嚮導立即趕回山上尋找。

第一梯次搜尋人員及路線：領隊＋三名嚮導。由 710 林道—林道盡頭登山口—松風嶺—多加屯水力三角點—木杆鞍部—南湖溪山屋—雲稜山莊（宿營）。沒有結果

第二梯次搜尋人員及路線：台中縣消防隊 3 名人員漏夜上山。由 710 林道循登山步道上至雲稜山莊（沿線搜尋）→沒有結果

03:00 簡報完畢。研判可能失蹤地點：

一、可能在多加屯下松風嶺時，未左轉下山，誤為直走防火巷

二、可能在多加屯雨量計山屋時，未右轉下山，而直走往平岩山稜線方向

三、可能在木杆鞍部，左轉誤往南湖溪方向下溪

四、可能在木杆鞍部附近松林內迷失

五、可能在木杆鞍部至思源啞口間的危險地形墜落

05:00 起床。分配工作及重點：我們先採取 1-2-3 的方案，預計由 710 林道盡頭前二十分鐘路程的防火巷直攻上去。

06:00 準時出發，天氣不是很好，大家加緊腳步往深山內移動。林道前段已被之前的幾個颱風蹂躪的無一完整。幾處崩塌地經過時，我們都目光往深遂的山谷探去，希望可以見到一點蛛絲馬跡。由於今年有暖冬的現象，林道上的楓樹紅黃橙綠，顯得生氣盎然，但是我們的弟兄呢？

07:20 來到 4.5K 大轉彎處。早期的登山車輛可以停放於此，右上的防火巷也是我們搜尋重點，但仍無所獲！

07:30 開始上攀左上的防火巷。剛上去不久，遇到一隻台灣獼猴像是禪定般的坐在山坡上，讓大家嚇了一跳。原來是脖子上繞了鋼索，想必是中了獵人陷阱，下半身已被其他動物啃食。見他栩栩如生的模樣，應該是昨夜裡的事。山勢陡峭如壁，眾人在超過 60 度的斜坡上東找西望。上稜後的箭竹芒草阻斷前進的速度，雨勢時大時小，未穿雨具的好漢，在鑽過綿密的箭竹後，無不溼透衣裳。稜線兩旁的谷線，我們分成 2 隊搜尋，仍然沒有任何蹤跡。這段路況其差無比，原來是莊爸誤認為

防火巷路徑，所以提前上攻，真正的防火巷還要再往前林道深處一點才切上稜。不過這樣也好，我們多搜索了一條稜線。

09:00 終於接到防火巷的稜線了。莊爸、張兄、鴨子三人立即放下重裝，輕裝往陡下的防火巷衝下去尋找，希望可以在此尋到李員。其他人人員則四處探尋。

11:00 2 個小時後三人上來了，除了滿臉的失望和倦容外，並未帶來好消息。氣溫降的非常低，大約只有九度而已。

11:30 我們繼續上路。

11:40 接到正常步道。為了避免登山客走錯路，松風嶺轉彎處圍起了繩索，照理說不會有人硬闖才是。但是，失蹤者的思維，有時是無法理解的。

11:50 在雨量計前的帆布水池遇到了當時帶隊的嚮導A了。他準備下去與搜救隊伍會合，我們詢問了最新的情況。早上A和嚮導B及領隊加上台中縣消防隊共六人在雲稜木杆間搜尋，並且下到南湖溪山屋，都無所獲，現在正要到登山口與搜救隊會合。大家匆匆午餐後分手，我們往雨量計出發。

12:40 雨量計山屋。遇到領隊、嚮導B及消防隊 1 人。莊爸、幫幫忙師傅、鴨子立刻放下重裝，往平岩山稜線搜索去了。張兄則揹起重裝先往木杆鞍部方向搜尋。留下青陳、獅子和我，詳細詢問領隊當時狀況，並搭建外帳，方便後來的搜救隊員避雨。

14:00風雨中，莊爸三人回來了。往平岩山稜線沿途並沒有登山杖或是人走過的痕跡。又是無功而返！大家瑟縮在外帳下商討對策，由於領隊及嚮導AB均認為李員下南湖溪的可能性最大，於是二話不說，留下獅子與領隊之外（負責中繼通聯，因為南湖溪底無法與思源啞口通聯），其餘人等今天下到南湖溪，明天往下游搜尋。沿途，只要是開闊地、黑水塘我們通通不放過，除了喊叫之外，並且穿過許多困難地形搜尋，但都無蹤無影。

15:40木杆鞍部。張兄在此等候多時，他曾經搜索至雲稜山莊，也是沒有消息。與獅子及老大通聯後，開始陡下南湖溪山屋。路徑沿著南湖溪床陡下，雨中的石塊濕滑難行，幾乎所有人都或是跌倒、或是撞傷，大家無不慘叫連連。心中不斷反問：第一次登高山的人，會把此路當成路嗎？這根本不是路嘛！

16:50終於下到南湖溪床了。幫幫忙師傅說，山屋髒亂不堪，我們就地在溪床上紮營。鴨子剛下到溪底，也先往下游搜尋了大約一個小時，直到天黑了才返回營地。他表示，明天帶著繩索往下游一點找找看。到現在還是沒有頭緒，大家心中暗暗叫慘！

19:30山屋方向兩盞頭燈出現，所有人全衝出外帳，幫幫忙師傅一個箭步往那裡衝，說不定奇蹟出現了！結果是鼎鼎大名的李美涼（美涼）和她的夥伴由中央尖溪過來的。聽了我們的敘述後，美涼立刻表示明天一起加入搜救的行列。高手就是高手，義不容辭，這種精神，李員怎不為我們感動呢？為何不快快現身？大家苦思不解，到底人跑到哪裡去了？

2006/11/14（二）雨

06:00 穿雨鞋的莊爸、鴨子匆忙吃完早餐，背起繩索，跳入冰冷的水中逕自往下游去了。

08:00 二人回來了，空手而回，就知道沒有好消息。大家重新商議對策，改從最後一個可能：墜落的方向搜尋。

08:20 大家分批上攻木杆鞍部。

10:00 上到木杆鞍部了。遇前第一梯次的二名台中縣消防隊員。他們今天又從雲稜山莊重新搜索過來，大家都沒有新的發現。我們今天的方向是只要是有可能的墜落點，一定垂降搜尋。於是所有可能失足點，鴨子和幫幫忙二人一定一馬當先垂降 30-40 米下去，還是沒有線索！（只要是我們曾經垂降過的地方，一定用箭竹或是芒草打結作記號，免得後來的搜救隊伍浪費時間重複搜尋。）一路上，有可能是李員去上廁所的地方，我們一個也不放過，甚至是草原盡頭的松林內！可惜仍然無解！

11:00 在大約 2.5k 路牌的地方，先後遇到宜蘭縣消防隊六人和太魯閣國家公園巡山員及警察五人，宜縣警消預計在木杆鞍部往南山村方向搜尋（這條路線是許多年前，登南湖大山的老路，10 多年來已經沒有人走過了。不過，也是擔心李員走錯走入此路。國家公園的人預計到雲稜附近再找找。互道珍重後大家各自往信心方向出發。

12:00 第三梯次的我們全部回到多加屯的雨量計後，第四梯次的林根德（阿德）、黃玉培（培培）、蔡忠亮、吳建成（二哥）、趙文昌（趙叔）也上來了。彷彿是會師一般，遺憾的是大家心頭沉重，簡單寒喧兩句後，開始研討新的對策。

一、一隊往平岩山稜線方向搜尋，直到防火巷的終點。

二、一隊下到林道，凡是有崩塌點一律垂降到平台為止。

商議既定，大家分頭進行。由於工作的關係，張兄和我必須先行下山，於是我們一路且行且找。

13:00 下到林道盡頭登山口。張兄往林道深處搜尋約三十分鐘，仍無所獲！

14:30 遇到李員的哥哥上來了，總共三人，預計要上到多加屯。他哥哥身材不是很高大，人很客氣，頻頻向我們道謝，看得出來笑容是強擠的，更讓我淚濕眼框。除了安慰的話，我們也不知道該說什麼才好！

15:00 來到林道 4.5K 的地方。美涼和她的夥伴趕上來，研判李員也有可能在此岔入防火巷。於是他們二人改走防火巷下到台七線公路（約距思源啞口二公里處），我和張兄繼續沿林道出去。凡是崩塌地、有可能攝影失足的地方，我們兩人都仔細搜尋，可惜還是無解！林道上的紅葉真的好美，卻把人留在它的懷抱了。

16:30 終於來到思源啞口。入口處搭起了指揮帳，讓人看了不覺心酸，看來要長期抗戰了！陳美馨（美馨姐）仍然坐鎮協調指揮所有搜救隊伍。美馨姐和李員的同事見我們出來，立即熱情招呼，送上熱薑湯和包子，此刻才發覺午餐未吃呢！從無線電中得知，鴨子一群人（第三梯次）已下來了，準備用垂降的方式下到斷崖搜索，北搜（中華民國山難救助協會 北區委員會）和國搜（國家搜救總隊）預計今晚會趕到思源啞口。

17:00 換下濕冷的衣服，與美馨姐交換了意見，搭著張兄的車兼程趕回台北。以往，車上盡是滿足的談笑聲或是計畫著下次的旅行，但如今張兄謹慎地開車，我則默默地望著下雨起霧的山區，想起李員在山上要如何度過這濕冷的寒冬？我親愛的搜救的弟兄們，你們可要加把勁，平安把人帶下來呀！

新聞末見，只有東森電子報短短的消息：直昇機搜索了二天，國家搜救總隊的警犬也上去了。預計再派三十人的搜救隊伍再搜救三天，如果仍然無法尋獲，就要宣布放棄了！

後記：

登山的朋友啊！下次您要上山時，千萬千萬把以下的東西印出來，制成小卡片，每人發一張。不管您是領隊嚮導也好，隊員也好，第一次登山的新手也好，縱橫山林的老鳥也罷，請隨身攜帶吧！如果有不足的地方，也請各位大大們提供意見，把登山安全做好，讓每個親近大自然的人，都能平平安安的回到人間！

三個月後，李員遺體在環山部落的南湖溪下游被尋獲。初步研判，可能在走失的隔天就已經落水身故。

我在此提倡五要和五不：當發覺自己迷路或是脫隊時，請立刻取出來，謹記以下守則：

五要

一、立即放下背包原地休息，不再前進。

二、補充水分和養分，保持溫暖（加衣服、換掉濕衣服、拿睡袋取暖）

三、過了 15:00 做好過夜的打算（原地喔！）

四、控制好飲水和糧食（至少可以維持 72 小時）

五、非不得已要離開原地，務必沿途留下線索記號。

五不

一、嚴禁離開步道。

二、嚴禁找路下溪谷。

三、嚴禁自行找路下山。

四、嚴禁裝備離身。

五、嚴禁夜晚睡覺。（除非睡袋可以保暖，否則利用白天補眠）

超完美日光浴：聖稜○型4日行

2006/12/07-10（周四—周日）

領隊：陳美馨（美馨姐）

嚮導：吳建成（二哥）、陳青裕（青陳）、鍾秉睿（百力）

隊員：濟民、添上、彥文、小祝子、錦雲、宏銘、宋姐、源南、小鮑、徐大哥、宗希、淵洲、勝傑、志榮、俊翔、清雲、金柱、春美總計十八名

楔子

聖稜不只是星光
曉月與旭日爭光
岩疊與蒼松鬥奇
聖稜的光，聖稜的風
那片高聳孤危的岩壁

那從天而降的繩索，掛滿繽紛的旅人
考驗山行者的力與美
聖稜啊！
聖稜啊！
波動多少俠客心中的風雨……
牽動多少遊子一世的浮雲
你來，所以聖稜在……
聖稜在，所以你來……
走過，才知天地有多寬廣！
走過，才知人間有天堂！

註：括弧內的時間為後隊時間。

12/6（三）

20:00 警廣集合出發。

12/7（四）晴。8.5℃ --2.61℃ --2℃

01:30 抵達武陵農場客運站，打地鋪繼續補眠。

05:00 起床早餐後搭車上雪山登山口。

08:00 H2140。雪山登山口。由春梅姐帶操後，依序往七卡山莊出發。風和日麗、鳥語花香、松針鋪路的仙境。無奈其中一位隊員明顯無力。

09:00（09:20）H2488。七卡山莊。

09:45 GO。

11:20（12:00）哭坡下方觀景台午餐，前隊休息的都要結冰囉！

12:40（12:50）GO。

13:00（13:15）H3095。哭坡上方。

13:25（14:05）▲H3150 雪山東峰。能見度非常好，四周高山群壑，起伏有致。明天要走的路，高掛天空。聖稜所散佈下來的每條支稜，岩壁與鐵杉形成菱形狀的線條，都令人動容。陽光灑落在每位山者的臉上，映出璀璨的笑容。我們真的要的不多，一個美美的天氣而已！

14:20（14:30）GO。

15:00（15:45）H3060 369 山莊。終昏時，明月，好似橢圓的火球緩緩由南湖升起，然後慢慢變圓、變白。眾人驚艷於此浪漫的邂逅，真美！晚間眾人或坐或臥，閒話家常，度過輕鬆的一天！

12/8（五）晴。5℃ -11℃

06:00 GO。不上主峰，改走水管路腰繞黑森林。

06:30 H3258。最後水源。其中一名隊員由此撤退，改走上主峰回 369 山莊，並由二哥陪同。

07:00 GO。黑森林中陡上。但清爽好走。

09:00 碎石坡下方。H3489。等待落隊的人（上廁所啦！）。有點像上中央尖的感覺，只是距離較短。

09:15 碎石坡上方。H3591。再等。

09:45 19K 聖稜線岔路口。左轉往雪主，右轉聖稜。由此近觀雪山冰斗，真的感嘆大自然之美！

10:00 GO。我們取右線囉！望見青陳兄帶著眾家好漢一路縱隊前進凱蘭特昆，彷彿聽到大漠的駝鈴響起！

10:10 H3731 凱蘭特崑山。11℃。

10:45（11:15）3K。H3697，再看一眼 369 山莊。

的風情。

11:30（12:20）4K。H3534。雪北山屋。午餐。神木群環抱的山屋，難怪來過的人都說有北歐的風情。

13:00 GO。陡升往雪北岔路。

13:20（13:35）雪北岔路口。下重裝，輕身五分鐘抵達雪山北峰。大霸終於露臉了！

13:40▲H3703雪山北峰。4.3K。有人用石塊磊起而成的石塔，像極了藏族的經幡！據說，藏區隨處可見的經幡隨風飄揚，其中一個作用是當成路標，也是啦！畢竟土地太遼闊了，藏人既無指北針亦無地圖，朝聖之旅能夠安然來回，經幡倒像是眾神灑下的里程碑呢！

14:00 上重裝，下降一小段後，一列色彩繽紛山行者，走在真正的屋脊上，真的壯觀！

14:20（14:40）5K。H3559。10.5℃。

15:30 極陡上攀一段岩壁山溝後，為免落石傷人，等待依序陡降。大約花了60分鐘。

16:30 下降到山腰處平繞。6.2K下切水源處，現在山屋有水了，就不用找水囉！

16:50 H3450。雲達卡山屋（也有人稱之素密達山屋，反正就在穆特勒布山腰處）。6.3K。屋前的腹地頗大，林木蔥鬱！

18:00 慶祝金柱兄生日（至於幾歲嘛，有興趣的再問他囉！），1個長約15公分的小小橢圓型蛋糕，叫小祝子硬生生的要切成22片…看來比要她嫁人還難呀！（喂喂，沒禮貌！）

19:00 由青陳兄帶頭示範，製作簡易吊帶。伙伴們真是配合，不管老的少的、男的女的，大家玩的真起勁，畢竟明日要博命演出，可疏忽不得呀！我猜，夜裡必定有人夢到如何打扁帶？哈哈⋯

12/9（六）晴。6℃ -2.6℃

06:00 13 個人上穆特勒布。先是森林中的陡上，出森林後，鑽行低矮圓柏叢，像極了綠色隧道。上到山頭。爬過 2 個小小岩峰，就是了。

06:20 H3667 穆特勒布。偉哉！聖哉！穆特勒布，強烈建議大家務必登頂，這是聖稜線上最壯觀的山頭了，您肯定不會輕易讓她溜走了吧！頂上只能容納 1 人輪流照相，四周美景不用多說。尤其等您到了素密達山回眸一望時，會驚訝於曾經投入她的懷抱呢！只要花您二十分鐘，絕對值得！北方的水氣翻騰，初升的暖陽投影在棉花似的雲海，輝映出閃閃地金光，豈一個『美』字可以形容？！

06:50 回到山屋。沒上去的人，已經先出發去攻素密達斷崖了。

07:25 GO。森林中緩降一小段後，來到素密達第一段斷崖。

07:35 素密達第一段斷崖。高度落差約 5M。採人包分離，部份壯丁先上去幫忙。青陳兄負責人員確保，濟民兄負責吊背包。上去後，還有二小段垂直岩壁，拉繩直接上攻。轉個彎，上了素密達山頭。

09:20 H3650 素密達山。小小山頭，若沒了不銹鋼基點，大概沒人認得出來！

09:50 H3517 7K。巉岩危壁、拔地千仞，不是登山客歷經千辛萬苦，怎能一睹風采？『萬徑人蹤滅、千山鳥飛絕』都不足以形容此地的壯烈！此後再陡下一段岩塊區後開始橫斷素密達第二段斷崖。其中有二處稍微有點暴露，小心通過，應無危險。再來就是煙囪地形了，轉身二步可以輕易上去囉！

10:30（11:10）H3550 布秀蘭山。昔日，此處車水馬龍，無奈大霸歸隱山林之後，此地漸漸寂靜。往前五分鐘，抵達一處避難營地，約可容納 4*3。我們在此午餐。

12:00 GO。品田壯碩山體橫亙眼前，想上？先看看體力，再看看膽識囉！哈哈。

12:35 來到第一段斷崖。垂直高度約 30M，大家重裝直攻。接下來是第二段斷崖，垂直落差約 15M，採人包分離加確保上攀。第三段斷崖垂直落差約 5M，重裝加確保直接仰攻。

14:30 ▲ H3524 品田山。終於平安完成聖稜線了，靠的是藝高人膽大。領隊美馨姐臨危坐鎮、青陳的先鋒攀登，上方確保以及幾位壯丁好漢吊背包，才能有驚無險，完成此次縱走。

14:45 下山囉！其中的品田 V 型谷，對大家來說就不算什麼了吧！

15:50 新達山屋。遇到布農勇士小谷（他擔任友隊四秀的 Porter），今年夏天與他一起完成南三段，相處了十餘日，對於他的體能、熱心助人以及靦腆的笑容，留下深刻的印象！此刻相逢，自是興奮異常。他和另一位勇士小幸主廚的晚餐，讓我們這群原本紳士淑女的壯士們，頓時成了豺狼虎豹，等待友隊食畢之後，立刻蜂湧而上。我可以想見『蝗蟲過境』的聲勢了！

12/10（日）晴。2℃-26℃。

夜裡的寒氣，使部分水袋結冰、芒草為之白頭，霜降處處！說好睡到自然醒，結果不到6點，通通起來了，真是一群歹命人！

07:05 GO。嘿嘿嘿！該我走在前頭了！嗯，前面的空氣是不一樣！

08:05 池有第一登山口（石塊區）。輕裝踏著石塊上行去池有也！

08:25 ▲H3303 池有。大霸已經看膩了，雪山群峰已經看膩了，南湖中央尖也看膩了。那樣的山容、那樣的旅程，裝滿所有的記憶了！

08:50 下山囉！

10:00 12K 避難營地小休片刻。

10:15 GO。

10:40 水泥路盡頭。往煙聲瀑布泡茶去也！

11:30 踢水泥路下山。

12:30 武陵農場。剛好水蛙的車也到了，看來真是天衣無縫！

17:00 礁溪。春和戰鬥澡，人太多了，只見一堆大屁股，幾無容身之處，第一次遇到這麼多人，連買票都要排隊哩！

18:00 高橋十六道菜，補吧！

21:00 台北。

後記

一、一次完美的旅行，不只是風景而已。跟對了人上山，才是旅行的重點。感謝此次眾家壯男美女的相知相隨，才能劃下圓滿的句點！

二、登山活動還有一個成功因素：飯。山上煮飯沒有三兩三，還真上不了檯面。此次要歸功濟民的美食，這小子真的會煮飯，不輸給幫幫忙師傅喔！哈哈，下次把兩人找來，看是矛好還是盾好？嘿嘿。

三、第一次見到青陳兄如此嚴謹，每晚分公糧論斤計兩、錙銖必較，只差沒拿天平秤而已！原來，他把每份食材都標上重量了。這樣也好，大家不用搶公糧囉！真是沒話說。

四、有好米食，當然要配好菜餚囉！感謝青陳兄精心調理、各組用心烹調，讓大家吃飽飽睡好好。

五、青陳兄，雖然我們去搶食別人的『廚餘』，但是也是先把『您』準備的美食先幹光呀！所以，您就不必傷心啦！而當我們都變成蝗蟲時，你還是一隻和平鴿呢！真是有夠堅持的啦！哈哈，佩服佩服，我終於相信古人所說的『坐懷不亂』了！

六、二哥真有心，下到武陵農場後，又重裝上來池有山與大家會合，沒話說！換是我早就落跑囉！而撤退的山友也居然在武陵農場等大家，ㄚ這是『花生省謀速』？感動呀！

七、領隊美馨姐，在山上的幾天，不管大夥如何嬉鬧，總是嚴肅到讓大家有點緊張。原來，她是心繫撤退的山友，覺得很愧疚！真令人感動，有這樣的好領隊，難怪追隨者眾啊！

超完美日光浴 穆特勒布山

慘淡經營南三段

2006/08/19—29（總共 10 天）

第一天 08/19（六） 陰轉雨

06:00 瑞穗車站（搭乘小車）--07:00 H1260 瑞穗林道 10K（從此步行）07:30—11:00 19K H1485 水泥橋 12:00—15:00 28K H2115 工寮

迷迷濛蒙在凌晨 02:00 抵達瑞穗車站，大家各自找地方補眠。05:00 天空微亮，收拾完公糧後，等待接駁小車來把這群挑戰者載入蠻荒，我們把握人世間最後一刻，因為下一次相見已是 10 天後的事了。06:00 車沿著往紅葉溫泉的產道前進，這條路再熟不過了，以往旅行到花蓮，總是殺到此地享受一下日式古早味的老旅館，但現在可沒這個心情。大夥兒臉上雖掛笑容，但心裡可是七上八下！一個完全未知的旅程在迎接著我們！

07:00 來到 10K 處，林道已無法再行前進，大家乖乖下車，望著路況良好的林道，卻無法乘車進入，實在是不解？因噎廢食，在這裡是最好的寫照！

好在天氣還不錯，大家緩步上升，算是暖暖身，也可以慢慢感受山中的精靈。這段路非常好走，可以通行機車，比能高越嶺更平緩，行來完全不吃力，與後面幾天相比，真有天壤之別！19K 的水泥橋新的讓人說不出話，大家的疑問都相同：既要封路，何來修橋？午餐後，開始體驗南三段了。轉個彎路徑變成羊腸小徑，雨林植物不時干擾行客，幾段幾乎垂直的捷徑，把大家搞的人仰馬翻！

下雨了，終究下雨了！走南三，『淋的濕搭搭的』，這是大家共同的認識。我們不時停下來抓螞蝗，這兒的螞蝗太厲害了，早已練就一身輕功。於是，不論是頭上、脖子、身體、腰、屁股、大小腿，所有人無一倖免！每走個 10 分鐘，每個人至少可以抓個 10 隻！不是我誇張，寶哥領隊剛開始還在算抓了幾隻，到後來沒用計算機也算不清了。整隊 19 人可以用『慘絕人寰』來形容也不為過啊！

終於敖到 28K 工寮，領隊下令沒把螞蝗抓乾淨，誰也不准入工寮！於是乎，一群 6 尺之彪形大漢，忍受著濕冷、打著光膀子，與區區 1 吋之小物大戰三百回合也！

是夜，叫罵聲仍此起彼落，小物依然猖獗！

林深向誰屬　花落齊擁簇　邁向彩雲間　天地不知處

第二天 08/20（日） 雨轉陰

05:00 H2115 出發—07:00 32K H2390 工寮（土地廟）—09:00 34K H2530 林道登山口（鐵線斷崖起點）—14:00 H2450 鐵線斷崖終點—15:00 H2430 國盛工寮岔路口—15:30 H2310 太平西溪西源—16:00 H2310 太平西溪東源

今天，是南三段第一個大考驗，話說鐵線斷崖長達 5K 左右，大家要掛在上面至少 3 個小時，說真格的這個斷崖一點也不可怖！怎麼說呢？它長的實在不像斷崖，美美的茅草、幽幽的小徑、夢般的仙境！嘿，就是這樣，每年奪去不少綠林好漢的寶貴生命，不少人弄得片體鱗傷，只要走過此路的隊伍，必然有人因它失去生命或受傷或全隊撤退！失之一吋足便是千尺的滾落，本隊在土地公面前許過願，求過神了，也幸好僅一人滾落約 10M 而已，一顆大樹不偏不倚，正好擋住！

最後一段的陡上，雖有樹根可拉，但去年（2005）也奪去一位台大學生的寶貴生命。我們，無不戰戰兢兢小心上攀。過了支稜，沿著山腰松針路緩下，與先前的險境相比，這裡可謂仙境！只是，這麼美的境域，怎會有如此多的小物，掛在樹枝上等待我們這群獵物？所以當大家下抵太平西溪東源時，全部將小物就地正法——處死，不是甩開喔！若不處死，以後太平溪就不叫太平了。第一次過溪尚稱好走，不用脫鞋可以輕易渡過，上一段小支稜後再緩降的東源溪流，就不好對付了，不脫鞋肯定全浸水，要濕要乾任君選擇囉！

急急又急急　人在斷崖隙　原溪奔流過　復歸萬物寂

第三天 08/21（一）　晴轉陰轉小雨

05:00 H2310 出發（陡上）—09:00 H2935 峰—10:30 乾溪溝上方營地午餐 12:00—13:00 杜鵑營地—14:00 太平溪第一次過溪—14:30 H2860 太平西源營地

一開始就是給它很狠的陡上，好在陽光、松針、涼風、杉林形成的美境，可以稍緩大家的負重。慢慢地我們蹬上了 H2935 峰前的松林營地，美美的松針營地，無水就得不到山客的青睞，歷來也鮮有人在此紮營。鑽過幾處箭竹，來到一處空曠處，據說大雨過後會變成水塘，此刻與晨曦相輝映，正是休息的好所在！此後，山腰路仍然少不了上下，上到所謂乾溪溝營地時，溫暖的陽光令人心曠神怡，大家便在此埋鍋造飯，順便曬曬溼透了的裝備。餐後，雖是山腰路，沒啥起伏，但是灌叢與杜鵑真是惱人，嚴重干擾行進速度。真想不透，杜鵑不開花，竟然是如此可惡！終於，經過杜鵑營地、太平西溪第一次過溪、繞著溪邊匍伏前進、上到大草原、再一次過溪，就是人人稱羨的太平溪西源營地了。這美美的仙境，實非筆墨可以形容，腹地大到可以任意搭營，潺潺的溪水從邊邊流過，營火旁疲憊的旅人訴說著每個人慘痛的、悽美的、山裡的故事，夜裡的水鹿依然來宣示地盤，這就是太平溪西源營地。

草美水豐鹿自游　風輕雲淡四季秀　疑似天上仙境處　落入凡間幾悠悠

第四天 08/22（二）雨

04:00 H2860 出發（輕裝）—05:20 H3175 盧利拉駱山—07:20 H3325▲丹大 07:40—09:00 盧利拉駱山—09:40 太平溪源營地（午餐打包）11:00（陡上）—13:00 H3175 內嶺爾三岔路口—13:20 H3275▲內嶺爾山—13:40 三岔路口—15:00 H3255 馬路巴拉讓山—16:00 H3205 馬路巴拉讓西峰—16:30 H3150 鞍部長形營地

今天很硬陡、山陡路更陡！我們趕了個大早，昏暗中一大列頭燈映在斜斜的山徑上。露濕寒重，但仍滿身大汗。終於，我們比山頭還高了，盧利拉駱到了。未停，我們急於往返丹大。

上下幾個山頭，攀著一段不怎麼危險的岩壁，鑽過不是很茂密的箭竹，花了不少氣力，丹大到囉！讓我想起牛頓的名言：站在巨人的肩膀上。四周霧氣水氣人氣瀰漫，丹大有知，在這濕冷毫無展望的當下，十九位山者遠從台北探望，想必低頭讓我們站上她的肩頭吧！話雖如此，但實在太冷了，我們匆匆下撤，趕回營地，準備接受下一個挑戰。

回到營地後，天氣還不錯，一邊曬曬裝備、一邊享用午餐，難得山中片刻寧靜，也算南三小小的比賽暫停時間。

好了，該上路了。從此，路在天險、人在天涯。從矮箭竹陡上，額外背著五公升的水上去，算是考驗一種，大家氣喘吁吁，上到稜線才剛要休息，雨就來了。放下重裝往內嶺爾上去，說近不近，還是有二個山頭上下，才能踏上內嶺爾的山巔。

回到三叉路拾起重裝，再上馬路巴拉讓主峰、下鞍部、上西峰、下鞍部，路就這樣沒完沒了的上下，雨更是沒完沒了下的正起勁！匆匆來到鞍部的狹長營地，雨中紮營是件痛苦事，原本雄心壯志的山客，如今以落湯雞來形容最不為過了。

夜雨降惆悵　杯酒更斷腸　天明夜未明　無限感神傷

第五天 08/23（三）雨

05:00 出發—09:00 ▲義西請馬至山（午餐）10:00—11:00 斷魂稜東—12:00 斷魂稜西（陡上）—13:00 裡門山—14:00 丹大溪源營地

雨未歇，迷濛霧雨中換上濕冷的寒衣，繼續上路。先是一段陡下，降到鞍部，幾個上下後終於來到最低鞍，現在開始，要陡上五重天梯，才能接近義西請馬至山。山路不時繞經斷崖邊緣，有時腰繞鑽行灌叢與箭竹，非常難行。不是背包卡到，便是登山杖勾到，這段將近2個半小時的陡上路段，算是百岳行程中最艱難的路線了，尤其可愛的雨水正從四周無孔不入地加入我們的身體呢！

上到一處營地後，我們到了義西請馬至山了，大夥兒完全沒有登頂的喜悅，一來雨勢不小沒有展望，二來下午的挑戰：斷稜東西山，正以詭異的面貌等待我們！大家將就著午餐，只好雨水和著麵湯下肚。

幾番小上下後，斷稜東山到了，路徑沿著稜線邊邊閃過，好險！過了東西山的鞍部後，真正的驚險才開始，斷稜西山的險峻早在台大姝姝在此香消玉殞之後，即已聲名大噪。好在這後面十餘年來，不曾再發生過山難，尤要感謝姝姝的在天之靈吧！不時提醒過往山友必須步步為營、事事謹慎不可，尤其一段崩瀉的岩壁邊邊，像是羊腸小徑般恐怖，掛在迷迷濛濛的腰間處，最是驚心動魄！大家彼此呼應，無比小心翼翼、緩慢通行。

心靈的考驗結束後，緊接著就是身體的考驗了，那長長的陡升坡，似無止境。待到了裡門山腰時，回頭望向斷稜西，才驚覺山峰矗立、危石累累，剛才真不知是如何走過來的？

裡門山的基點不在路上，必須往前走個五十公尺，好在山頭草原顯而易見，只是霧雨籠罩，減抵了這美美的境域。

一段陡下後，降到丹大溪源。

這裡不只是水鹿的故鄉，更是人間仙境！可惜，大雨未停，旅人的衣物由內溼透到外，無心欣賞這快樂天堂呀！

逶迤萬重山　斷稜倚危棧　苦行尋覓覓　風雨濕透裳

第六天 08/24（四） 晴轉陰

05:00 出發—07:00 望崖山—08:00 天南可蘭山—10:00 可樂可樂安山—11:00 郡東山（午餐）12:00（陡上）—15:00 東郡大北鞍營地

天空終於再度放晴，我們上到可樂可樂安山後，索性拿出所有潮濕的裝備出來亮曬，我們盡情地享受刺眼的陽光，彷彿是在飲著甜美的甘泉般，草原昨夜的水氣在熱氣薰蒸中緩緩上升，似山嵐也似雲霧，煞是壯觀！

路徑在陡升與陡下不斷上演，上下一堆山頭，才再度下到郡東山鞍部午餐，餐後的下切取水，著實累人，肩上多了五公斤的水後，更顯步履闌珊。

接下來的路徑就顯得輕鬆多了，所經之處盡是草原綿延，許多不經過山頭的山腰路變得輕而易舉，最後來到傳說中廣茅草原的美麗營地—東郡大山前營地，就可惜必須揹水上來，否則必定是絕美的宿營點。

第七天 08/25（五） 晴轉陰雨

04:30 出發（輕裝）—05:30 宇達佩最低鞍—06:00 宇達佩山 06:30—07:00 ▲東巒大山 07:30—08:40 宇達佩山—09:00 宇達佩最低鞍（下切取水 8 分鐘，上來到最低鞍 15 分鐘）09:30—10:30 東郡大北鞍營地—10:35 ▲東郡大山 10:45—10:50 北鞍營地（午餐）12:00（陡下）—13:00 最低鞍（陡上）—14:00 本鄉山—14:30 本鄉山南峰—15:00 櫧山鞍部營地—16:00 櫧山北鞍營地

拂曉前的出發，幾乎是登百岳不變的準則，大家寧願摸早黑，會越摸天越亮，若摸晚黑，會越摸天越黑。

當我們來到宇達佩最低鞍時，旭日剛好升起，照在南方不遠處一片雲海中嶄露頭角的三座山頭：無雙東峰、最高峰、基點峰，像極了海上仙山，真是壯觀美麗。此景只在電影特效中看過，想不到在台灣山脈裡真實呈現！然後，讓我們驚奇的是，腳下的雲海，出現觀音圈，跟著我們走了好久好久。

當一行人到達東巒大山時，雲消霧散，我們幾乎可以望見山下的城鎮，看似咫尺，出去可還得3天呢！

回程照例下深谷取水，因為今晚宿營地仍然無水可用。

過午，登上營地旁5分鐘路程的東郡大山，穿著拖鞋都可以完成。但是，若你從玉山向北方不遠看到連稜的山脈突起一個山頭，會覺得壯碩無比，這就是東郡大山，想不到來到她腳下，卻又如此平易近人！

收拾所有裝備再次上路，開始陡下了，時而草坡時而危稜，尤其到了本鄉山，靠西側幾乎完全崩塌，東側是陡峭的草坡，山行者走在其上，宛若鋼索，必須把握平衡，小心翼翼通過，當雲霧瀰漫時，彷如孫悟空駕行觔斗雲呢！

路徑繼續下降，但好走多了，來到沙丘粒粒，配上山嵐水氣，呈現不太真實的場景，只聽見人聲，人影卻時而幻滅，這檔山營地讓我印象深刻。

暗夜燈火向誰明　魚貫山客齊登頂　千里迢迢來朝貢　填滿記憶一世情

第八天 08/26（六） 晴

05:00 出發—05:30 檔山腰觀日出 06:00—06:15 檔山—07:00 最低鞍—08:00 無雙東峰—09:00 無雙最高峰—10:00 ▲無雙基點峰（午餐，慶祝金鈴完登百岳）12:00（陡下）—13:00 進入杉林區—15:00

最後水源—15:15 亞力士營地

當我們上了檔山，看到了最壯觀的影子，那就是檔山之影。試想想，曾幾何時我們可以看見大山的影子？只有在檔山才瞧得見，由於日出不久，還是斜射，於是把檔山龐大山體的影子印在無雙山腰，真的是偉大。我們駐足了奢侈的30分鐘，欣賞山影的變化遷移，一場交響詩的盛大演出。

接下來，有苦頭吃了。三下三上無雙，幾乎垂直上下，前一位山友踢下一片巨岩，幸好我閃得快，否則必然出大事。在危岩累累裸露的小徑上下，加上剛剛由和珣的旭日變成烈日當空時，可說是揮汗如雨了。

好不容易，上到無雙基點峰，終於要大肆慶祝了，金鈴美女在此完成登山界的終身大事，完登台灣百岳！

許多人揹了酒、可樂、海綿蛋糕來幫她慶祝，還有一面大旗子，大家高興地簽名合照，順便在此用過歡樂的午餐。我們才依依不捨離開。

此後，南三段的百岳全部完成，只剩下平安回家了。陡下的山坡，林木幾乎盡數死去，只剩下白禿禿的樹幹，或立或臥，呈現不同的森林景觀，許是颱風或是地震，造成地質的變動，可能要很多年很多年才能自行修復吧！

到了水源區，發現有個小困難地形，於是帶了多天都沒用到的扁帶，做了確保就讓這條扁帶留在山上，造福更多的人吧！

亞力士營地非常美麗，原來是布農族的亞力士部落，日治時期因為理番政策，把族人全部遷出，這裡只剩下房屋牆角的遺址，我四處閒晃，緬懷當年在此生活的族人，是如何克服天險在這深山林內活下來的！我們被交代絕對不能在這遺址上廁所，要上得到外面一點區域，因為這底下都埋葬著他們的祖先，在此上廁所是不不敬，會招來厄運。

櫧山巨影塑身形　無雙上下苦僧行　戮力完百是俠女　從此榜上享太平

第九天 08/28（日）　晴轉雨

06:00 出發—07:00 第一水澗—08:00 第二水澗—09:00 第三水澗—09:30 無雙部落—10:30 無雙吊橋—11:30 烏瓦拉鼻溪（午餐）12:30（陡上）—14:30 松林營地—15:00 郡大林道 45.5K—16:00 郡大林道 43K 工寮

離家越來越近了。想想過去超過一周的流浪，歷經天堂路、負重裝上下，吃的是鹹魚，不只一餐，還連續吃了五天，莊爸吃到抓狂，說他再也不吃了。心情不免輕鬆起來，況且上午到無雙部落的路況幾乎平坦無陡上下。沒想到，幾段橫渡段由於土石流造成路基流失，路徑居然變成超級危險的橫渡，在完全無法確保的狀況下，只能各顯神通，自求多福了。每個人把重心往斜坡靠，一手撐著碎石坡，一手用登山杖，深怕一個不穩，滑落山谷。

想不到，回家的路變得更加挑戰了。經過三段驚險的碎石坡後，我們來到布農族心目中的天堂：無雙部落。

這裡是典型的河階沖刷台地，上游的郡大溪帶來豐沛的水量，並把肥沃的礦物質帶到這裡。曾經是布農的世外桃源，腹地寬廣視野遼闊，四周高山環抱，是個天然的屏障，日本人進來後，早期先建立了學校，到了理番後期，全數遷移到今天的信義鄉，這裡就慢慢荒廢，除了每年回來祭祖尋根之外，就剩下登山客造訪了。學校、圍牆遺址、部落的家屋地基依然完整無礙。我們在此憑弔了很長一段時光，才依依不捨地踏過無雙吊橋往郡大林道上攻。

在往郡大林道 45.5K 陡升的半途，看見不久前的虎頭蜂攻擊事件，造成一名登山客殞命，路旁仍雜亂散落著睡袋、衣物等等裝備，顯見當時是多麼緊張危急。幾隻巡邏蜂在每人身邊飛舞，我們每個人屏息靜氣不敢交談，連呼吸喝水都小心翼翼，絲毫不敢發出半點聲響，第一次覺得跟死亡這麼接近。

第十天 08/29（一）晴

06:00 出發—08:00 36K 林道岔路口—09:00 32K 大崩壁—10:00 28K 郡大山登山口（午餐）11:00 輕裝—13:00 ▲郡大山—14:00 回到登山口（搭乘小車）14:30—16:30 十八重溪檢查哨—17:30 水里聚餐—22:00 家

今天，起了個大早，溫暖的陽光迎接我們踏上歸途，光線透過林木灑下來，斑斑點點，風來了光點跟著移動，回家的心情的確不一樣。伐木時代結束後，人類的干擾退卻，讓大自然得以復原，顯得生機盎然。

到了 32K 又來個大考驗，這種碎石坡一瀉千里的橫渡地形，是登山客最擔心的挑戰，我們使上了飛簷走壁的功夫，一個個慢慢通過。

終於，看到接駁車了，這是所有登山客最夢寐以求的畫面，尤其我們在山裡生活了 10 天，完全沒有遇到其他任何人，我們與大自然為伍，與風雨與動物相遇，睡在草原、累石上，要吃要喝全得靠自己完成，回到最原始的型態，雖是辛苦卻怡然自得。現在人聲沸騰，有來攀登郡大山的，有來走開高山的。頓時把我們從天堂打落人間，既興奮卻有點惆悵了。

山上的種種，在咖啡館哩，透過那一點點香氣與韻味，滿滿濾起那些精采的過往，當時的苦楚只剩隱約，如今回憶的卻是無限的陽光、雨霧、險途、人與人的互動。

我想，這就是得了所謂的「山癌」吧！

蠻荒峻嶺叢山間　重裝家當在雙肩

天長水長路更長　此生挑戰傳永遠

慘淡經營南三段 東郡大山前鞍營地

慘淡經營南三段 東巒大山前坡美麗的大草原

慘淡經營南三段 郡大林道 36K 大崩壁

慘淡經營南三段 近山為無雙三山，後山為玉山群峰

風雪、跨年、干卓萬

2007

領隊：Barry

嚮導：幫幫忙師傅

隊員：木榮、清煌、建鳴、繁廷、建成、名駒、興成、效中、文中、譽中、秀杏等 11 人

12/27 晴。氣溫約 5-6℃。沿途林蔭蔽日，清爽好走。

20:00 台北車站東門出發。車上宣導登山的五不五要。

02:00 霧社下停車場，水泥管內每人一管補眠。

12/28 陰晴。氣溫約 2-5℃。無風。

06:00 GO。小車準時來接我們，到霧社街上早餐。

06:30 GO。往親愛國小方向下行。半途，其中一名隊員重要裝備遺留在早餐店，一部車回去，

一部車先到親愛國小等待。

07:00 會合後往萬大林道上行，一部載貨大車阻路，行進緩慢。

08:00 終於來到林道行車盡頭了。整裝分公糧。GO。沿著廢棄林道緩緩上行，砍伐後的大片人工植林，顯得生氣盎然。森林的氣息伴著我們進入蠻荒地帶。偶有崩塌地形，小心通過危險無虞。

09:30 林道捷逕上切點。開始在杉林中陡上，四周無聲無息的靜謐，讓我想起『返影入深林』這句詩的意境。

10:30 林道盡頭登山口午餐。最後水源就在下方轉角處。

11:00 GO。開始遠征了。陡上的地形，翻過一山又一嶺，遙無止境！

11:30 大神木。真大！胸圍至少 30-40 公尺，高度約五十公尺，呈橢圓形狀，矗立眼前，橫亙山徑，仰之彌高、望之彌遠！再往上約五分鐘，就到了 H2335 環形營地了。營地分二處，都大約成長條型，無水。甚少人在此紮營，屬於避難營地吧！但環境卻十分清幽。再走。有些路徑呈垂直陡上，攀爬十分費力，耗掉我們許多元氣。

13:30 獵寮營地。前隊到了二十分鐘，大家有說有笑，看來只是『用左腳攪攪而已』，這群人果然個個是好漢。續走。開始出現箭竹了，路徑實在陡峭，箭竹林中樹根盤纏、倒木交錯，不時鑽、爬、跨、跳，十八般武藝全使上了，與奇萊東稜不相上下！最後，陡下一段濕滑路，降到十粒溪底，才到了今天的宿營地。

1530 十粒溪營地。林中美美的營地。約可紮營 4*8 沒問題。十粒溪水在下方悄悄流過，稍微有點潮濕，但是大致還好，算是不錯的營地了。

12/29 晴無日。氣溫約 2-5℃。風速約 1-2m/sec。

0600 GO。由於寒冬，日照未到，全部頭燈伺候。還好，昏天地暗，不知路徑如此陡升。大家只是跟著幫幫忙師傅默默使勁上攀。

08:00 終於上到稜線了。箭竹林中一塊空地剛好讓大家換檔。小休十分鐘繼續給他粉粉地陡上！出森林了，看到草原了，乳形峰到了。

0900 乳形峰營地。大家真有想像力，三個小小隆起的山頭，居然叫乳形峰！看來是以外星人變種的為準吧？營地分成二處，下方先到的風較大，上方一點的呈長條狀，約可紮營 4*8，再往上一點有個咖啡池，煮煮茶泡泡咖啡，倒也沒啥感覺啦！前方高大的山頭霜降處處，白了頭的杉林，像是童話世界的聖誕年華！我們不敢懈怠，補充一點養分後，開始陡陡陡……。待我們攻上去後，千卓萬山已呈現眼前，卻居然來個下坡再陡上，才能一親芳澤！

1100▲H3284干卓萬山。白了的山頭，顯得特別潔淨！四周美景天成，望到干卓萬斷崖等著吞蝕眾家好漢、對面的卓社十八連峰等著將我們滅頂！現在登頂的喜悅，稍後將羽化成艱苦的旅程！走吧！

1110下到避風處午餐。

1140 GO。來了，干卓萬斷崖。前次迷霧中渾屯走過，這會兒陽光下顯得崢嶸詭異！危稜峭壁，下墜千呎，旅人鮮豔的背包，忽上忽下若隱若現，漫佈整個斷崖，更讓我不由得憶起『亂石崩雲，捲起千堆雪』的那股豪情壯志！但是，當我跨上稜線時，早已魂飛魄散變成龜孫子了！哪來的力拔山河之氣？只求求老天爺保佑我，安然度過險境！

整個斷崖分成二大段，先是緩降到崩壁最低鞍，然後拉繩陡上進入森林，穿越林下的箭竹後，再繼續拉繩攀岩而上。這樣，就算通過斷崖區了。誠實講，謹慎小心，算是有驚無險啦！

13:30通過干卓萬斷崖。上方草原山頭就是三叉峰了。再接再勵吧！

14:30 H3241三叉鋒營地。路旁的咖啡池的顏色顯得太深了吧！不過比起無明池、司宴池還是好些！前隊幾位壯丁往前去取牧山下水池的水，果然清淨可飲。好了，陽光普照，大家把裝備攤開，今天到此下班囉！夜裡，滿天星斗！

12/30 晴轉陰轉大雪。氣溫約在 2- -1℃。風速 4.6m/sec。

昨天，勸退 1 人不要去卓社，另有 3 人也想在牧山一帶照相廝混，於是只有 9 位成行苦攻卓社十八連峰。

03:30 GO。星空下九人魚貫出發。陸下的路讓大家飛快前行，想到來回 12-14 小時的路程，大家銜枚半跑半衝。

04:30 下降到最低鞍後，陡上一段草原路，即達卓社東峰下營地。池水盈盈，月光下依稀可辨！過了營地後繼續攀升，才開始緩降腰繞卓社東峰。

05:30 下降到最低鞍後，開始上攻十八連峰了。接下來，真是『峰峰相連到天邊』了。陡上、拉繩陡下、陡上、拉繩陡下…數不完的饅頭山頭。一開始，大家還挺有淑女紳士之風，到後來，只差三字經了！哪來這麼多的山頭？我們會不會走到武界去了？我們是不是攻到雙子峰了？我咧…。等到最後一息尚存之際，嘿嘿嘿，到了！大家心中只有幾個字：（不是ㄍㄢ什麼的ㄏㄡ，看官不要想歪了）是真 xx 的遠！

09:30 ▲ H3369 卓社大山。雲霧瀰漫，跟上回來的一樣，啥也見不著，只能憑空想像，看來要再走一次了！天氣已變，匆忙照完相，趕緊開溜！實在不划算，要花一天的氣力，卻只能待個十分鐘，而且，十秒鐘登頂的喜悅，跟著就是回程 6-8 小時沉重的壓力，這個算盤打起來，怎麼說都吃虧！

09:40 GO。找個避風處午餐吧！

09:45 午餐。

10:20 GO 開始下雪了。變化真快！風雪慢慢變大了。還好幫幫忙師傅經驗老道，不疾不徐，讓隊伍保持在能見度之內，這種天候要是拉長隊伍，後隊肯定越拖越遠，最後可能掛在半路，失溫而致山難！當然啦！今天去取經的好漢，縱沒有騰雲駕霧的本領也有翻雲覆雨之力囉！

13:30 東峰下營地（風雪交加，溫度 -0.9℃、風速 4.6m/sec）

15:20 回到三叉峰營地（積雪約 5cm，溫度 -1.5℃、風速 5.5m/sec）。大家莫不凍的全身發抖，手腳冰冷，幾乎都要凍傷了，要點個火，都對不準爐頭呢！師父和我用的外帳全為白雪覆蓋，風雪中遲鈍地重新搭建，其痛苦實為歷來罕見！留在營地的四人也剛從火山回來不久，也因為順便取水，各個倦容浮現，只能宣佈晚餐及明天早餐停火，各自私糧解決了。昨天的晴空變成今日的風雪，應驗了『冬夜，滿天星斗，次日必將有大風雪！』的氣象諺語。原本還為了勸退人而自責，我向來都是鼓勵大家不要放棄，而這次卻要阻擋別人的心願，畢竟大家交錢請假，好不容易上山，卻又阻擋登頂，尤其是當我聽到當事人跟我說：『Barry，現在是我體力最好的時候了，下次不可能上來了。』心裡真是痛苦！不過現在想起來，幸好將他勸退了，否則後果真不敢想像！風雪交加的夜裡，溼透的睡袋讓我徹夜難眠！

12/31 陰。氣溫約 0-3℃。

08:30 取消今日去牧山火山的行程。文中和我往下探路，並且對外求援。長天線終於發揮效用，請一位鄭先生代轉給總幹事寶哥，後來剛好金榮同學（也就是 K2，年次一樣啦！故我們都以同學相稱，只是這位同學的功力，千百倍於我。）也在合歡山區，經研究後，且路況看來可行，我們決定下撤。大家都很配合，立刻行動。

10:00 離開營地下撤。怎麼來就怎麼回去！

13:00 通過干卓萬斷崖

13:20 干卓萬山

14:00 乳形峰下營地午餐

14:30 GO

15:50 十粒溪營地。幫幫忙師傅的營火，溫暖了每個疲憊的人，也將所有濕冷的裝備變回保命的工具。昨夜的寒凍幾近失溫與今日熊熊營火，怎能相提並論？一瓶 Matis 更拉近彼此的距離。誰說朋友需要時間蘊釀？只要一場患難與共，就算是短短的三五天，也能成為終身相許的夥伴呀！跨年在杯觥交雜中互道新年快樂！

1/1 晴空萬里。氣溫約在 5-15℃。無風。

06:30 GO。

08:00 獵寮營地。

09:00 環型營地。聯絡寶哥，確認行程照舊，交通車沒問題。

09:05 大神木。

09:50 林道登山口最後水源營地。

10:50 林道捷徑下切點。

11:50 92K 林道（行車終點）。接駁車蔡先生與秀枝小姐以笑臉相迎，總算結束了一趟既驚奇又變幻多端的旅程。

後記

一、感謝幫幫忙師傅在最後關頭答應相挺，否則就無法與一群好漢上山囉！

二、我們人數雖少，但大家都主動幫忙分攤公務，讓我當個現成領隊，實在是感激不盡！

三、要謝謝興成和建鳴帶領火山牧山，算起來你們還比我們多撿了個山頭呢！

玉山墜崖事件目擊

2007/03/07

當天的風實在不小，從主峰圓峰叉路口以上即佈滿冰雪，偶而夾雜的雪粒吹上旅人的臉龐，像細沙般的襲擊，一股無法承受的痛湧上心頭，帶隊的壓力更是攏罩全身。在攻頂玉山與撤退之間的天人交戰，每踏出一步，就必須認真思考一次！

即將到達風口了，前隊的一位德籍牧師決定後撤。冰雪鋪天蓋地、風自四面八方！

我將全隊留在風口前的鐵欄杆之內，一再告誡大家務必小心，並且保持距離，再上去的一〇〇公尺，將面臨最大的挑戰！

十全教會的牧師隊伍，開始攀登。我在後方大約十公尺處帶著全隊跟進。

風口三叉路上的指示牌，全為冰雪覆蓋。往下，一望無際冰天雪地！往上，一樣風起雪湧！

我轉身拉著結冰至少1呎厚的鐵鍊，望著上方不遠處牧師隊伍停在雪地上，先鋒攀登的于牧師，頭戴岩盔，腳踩冰爪，奮力開出雪路。

我猶豫了，我們這群隊伍來自各方好漢，但是對於冰雪地的攀登，還是頭一遭，雖然出發前要求每人都去買了簡易冰爪，但未經訓練、沒有試走，如今要挑戰這等場面，說實在的，我這個領隊的決策，將影響大家是否喜悅登頂？還是以悲劇收場？

正忖思量中，忽然看見牧師隊先鋒于牧師，一個腳下不穩，當場滑倒！隨即，立刻往北壁的方面快速滑落，沒有慘叫，沒有聲息，只覺得連風、連我的呼吸都停了，一陣冰上摩擦的聲響在我前方閃過！于牧師後方的是一位嬌小的陳牧師，立刻大喊：牧師摔下去了！

我回過神來，立即往回衝到風口鐵鍊避風處，下背包、拿手機、開機、撥119，通報山難事件！腦海中顯現的是，凶多吉少！北壁最深處可能直降到主北鞍部荖濃溪上方森林邊緣，落差起碼八〇〇－一〇〇〇公尺，雖然碎石坡上佈滿冰雪，但是仍有不少露岩散佈。

我用無線電呼叫獅子（施志誠，在本隊後方押隊）通知該隊領隊高牧師上來處理（因為高牧師陪同撤退的德籍牧師先往下一點到安全區域再上來，因此在隊伍的後方）。我把大家（包含牧師隊已上攀的其他三人）全部集合在避風處。

但實在太冷了，於是要求隊員把保暖的衣服全部加上。問題來了：

一、往下主北鞍部救援？但我的身分職責告訴我，必須陪伴照料我的隊員！

二、全隊下撤還是上攻？大家已經花了那麼多的氣力、時間、金錢，眼看主峰就在上方不遠處，放棄似乎對不起隊員，但強攻勢必風險增加！

我猶豫了一下，當下決定，先試試再說。於是，要求隊員小心謹慎，拉緊鐵鍊（我先鋒上去，用登山杖除去鐵鍊上的結冰，好讓大家可以依靠。）

於是，我在前方除冰，全隊緊隨在後。有時垂下的鐵鍊已被冰雪掩埋，我花了很多的時間和體力才將鐵鍊拉起！有時，我拉起了一段鐵鍊後，必須喘口氣，才有力量再往前推進。後方不明就裡的隊員，質疑大家為何停止不動，也有人說能上到此，早已心滿意足，該下撤了。後來，獅子從無線電傳來要求撤退的聲音！

我的行動嘎然而止，我讓時間靜止，我雙手緊抓著鐵鍊，佇立在風雪中大約一分鐘吧！

我抓起了無線電：下撤吧！

20070307 玉山墜崖事件

退回到避風處，高牧師到了，他決定和另一位牧師留在此地，等待救援。我建議他先不要貿然下去鞍部，救援應該很快就到。提供了熱飲、並留下瓦斯彈後，我帶著我們的隊伍緩慢下撤！

終於下到圓峰叉路口了，遇到原住民的小谷和莊主上來救援，沒多久也遇到綽號村長的原住民帶著裝備支援！

排雲，一片愁雲慘霧。我交代大家務必輕聲細語，不要影響牧師隊員的情緒！

牧師隊的陳牧師即將帶著另一位德籍牧師（總共二位德籍人士）上去支援。本隊的隊員也實在精采，紛紛提供GTX外套、冰爪、爐頭、瓦斯彈、熱水瓶、雨衣褲、無線電、頭燈等等裝備。

約莫一個小時後吧！另一位莊主告知，已找到遺體了！

我呼叫陳牧師下撤回來。

小谷回來後，提到于牧師可能是胸腔撞擊岩石導致致命。

隔天，帶著隊員下到東埔泡溫泉，我則到派出所製作筆錄。半頃，于牧師夫人及兒女也趕到了。

對於于師母的一再鞠躬致意，我顯得有些窘迫與難過！不知用何言語安慰？而高牧師和陳牧師也不斷要我向我們的隊員致謝。都是一群好人，無奈因為山難而認識。也許，于牧師要用這種方式來代表上帝，告誡人們務必和平相處吧！

也願，于牧師與上帝同在！他的精神也與大家同在！

志佳陽完美單攻

2007/10/28（日）晴

領隊：山狗（王清和）　嚮導：山貓（婷婷）

隊員：進傑（此顆完成99岳）、婷媽、mini高、小鮑、月春

紀錄：百力（barry）

10/27（六）

19:00台北車站東三門出發

20:30宜蘭夜市接人補充養分

23:00環山部落平等國小。商議良久，老師仍不願讓我們在走廊露宿，也許登山客不自愛，擾了鄰壞了粥。我們四處尋找補眠點，幸好15鄰長的車棚願意借用，總算安心落草。

12/28（日）晴空萬里無雲

04:10 起床準備。另一車的山狗山貓婷媽也早已就緒。星斗滿天、夜涼如水。

05:10 H1610。7.5℃。由平等國小正式上路，開始一天艱困的旅程。陡上一小段後來到流籠頭，已有多頂帳篷在此宿營，隨即陡下再左後急陡下往司界蘭橋方向。

05:25 H1575 司界蘭吊橋。橋長而深遠，黎明前的夜幕下，顯得神秘深邃。過橋後立刻之字坡陡上。由此到雪山主峰 12.5K，志佳陽 7.8K。此後每隔 100 公尺便有路牌一座，標示非常清楚。

05:35 H1620 叉路口。直下走溪床的路，山狗說溪底路跡不明，所以我們走左上腰繞路往松柏農場。

05:50 H1620 過 #1 棧橋後即到松柏農場。過農場有十字路小產道，直走。不久，直走與右下的叉路，取右下往溪底方向。然後過鐵橋經過高麗菜圃。此刻旭日剛好照在遠遠的大劍山。雄偉壯麗，氣勢磅薄，真可謂是台灣版的『日照金山』，雖是少了雪景，可不輸四川的貢嘎『日照金山』喔！此後一直沿著溪底路走便是，最後遇到由石塊壘起的堤防，上堤防走到底便是山徑入口處。途中會經過 #2 棧橋。再走，過懸空的鐵橋，真有點刺激，可以想見美國大峽谷天空步道是何等驚險了。

06:20 H1655 過 #3 棧橋。拉繩陡上，步道轉入松針鋪路的平坦路，走來極為舒暢。

06:35 3.1K。H1690 抵達 #4 棧橋，即是登山口。最後水源，務必取足用水喔！雖然不是非常平坦，但也紮有 2 頂帳篷。隨即陡上，不久成片的松林下，營地處處，真是美美的地方，大家說好了，以後陪人來志佳陽時，我們便在此打混等人。現在開始的路徑全是松林下的陡上，直到 6.9K 出森林為止。

06:50-07:10 3.5K。H1875。9.8℃。雖只是短短的 400 公尺，可這直線陡上，也把大家搞得七葷八素，我們在此休息換檔。好在天氣超美，微風徐徐，讓人忘卻身體上的疲憊。

07:30 4K。H2085。13.5℃。陡陡陡。

07:40 約 4.3K。H2175。14.4℃。苗圃工寮遺址營地。林下空地片片，有三頂帳篷在此消遙。山狗這種高鐵級列車，是不會停靠這種『小站』的。大家只得快步跟上。

07:45 4.5K。H2220。

08:05-08:20 5K。H2370。15.9℃。再度休息。山狗照例，請大家水果，真是優秀。吃人嘴軟，只得硬著頭皮跟著衝衝衝囉！

08:30 約 5.3K 上稜。H2480。大樹下營地 4*2 左右。小站不停。現在到 5.5K 的路算是此行最輕鬆的坡度了，好好享受吧！

08:40 5.5K。H2545。快樂的盡頭是痛苦，記得吧！再繼續陡上！

08:55-09:15 6K。H2630。賽良久營地。美美的鞍部營地，腹地不小，我們在此打混，享用山狗提供的美味葡萄柚大餐。

09:30 6.5K。H2775。17.9℃。陡啊！但快出運啦！

10:00-10:10 7K。H2955。出森林線了，陽光變成烈日，草原上的秋風使我們忍不住坐下來看看群山萬壑。坐擁千山，360 度的視野，美得令人驚艷。由左依序是雪山主、品田、桃山，左下是往馬武加霸山的稜線。左邊山腰的七卡山莊耀眼地立在萬綠叢中。對面的北一審馬陣、南湖中央尖，北二的門山、鈴鳴、無明西峰、無明斷崖、鬼門關山、甘藷南、甘藷。更後面奇萊東稜的立霧主、太魯閣大山。前面的屏風、奇萊主北。右邊南三段的東郡大、東巒。玉山主東北、向陽，則在更遠的地方向我們招手。

10:20 約 7.3K。H3040。瓢簞山屋，未停再上，回程再說。

10:25 7.5K。H3085。

10:40 ▲ H3289 志佳陽大山基點峰。7.8K。腹地很大，可以安排個會師喔！哈哈。美景天成，老天爺給個超亮麗的天氣，讓我們奢華盡情的沉浸。草原的景致，令人陶醉。烈日隨著微風，眷顧旅人，熱雖熱總比下雨好。山狗和進傑說要上最高峰、有人說腳扭到、有人說下次一定會更好、有人說此刻已滿足不再奢求、有人說夠了夠了！只要可以不走，大家的理由可是一大堆。好吧！順應潮流，乾脆統統賴著不走了。

12:00 下山囉！

12:15 瓢簞山屋。水池乾涸，屋內有點潮濕，睡個十人應該沒問題。

12:20 7K。

12:35 6.5K。

12:45-13:00 6K。賽良久營地。再吃山狗的水果。

13:10 5.5K。

13:15 約 5.3K 大樹下營地。

13:25 5K。

13:35 4.5K。我說山狗啊！這樣會不會下降太快呀？

13:45 約 4.3K。苗圃營地，我腳的襪子不合，痛到起水泡，山狗只好讓我們休息調整了。

13:55 4K。

14:20 3.5K。21.2℃。

14:30 3.1K。回到登山口了。山狗還想往前衝，經不住百力苦苦哀求以及大家嗷嗷待哺的眼神，終於首肯讓我們泡泡茶打混一下。

15:00 滿足囉！上路，還是衝衝衝。

15:40 松柏農場。

15:55 司界蘭吊橋。回程仰攻陡上產道，嘿嘿，有多麼@#%&*…，來了便知道。

16:10 平等國小。結束囉！

志佳陽

志佳陽遠眺中央尖

2007奇萊主北輕鬆行

美麗的大草原、和洵的陽光、壯闊的山容，總是吸引人們在他的懷抱裡露出璀璨的笑容！有容乃大！台灣高山不也是如此？安撫多少疲憊的旅人，讓我們可以在他的陪伴下，重新吐納重新找回失落已久無邪的純真！

早上七點，當大隊人馬浩浩蕩蕩從松雪樓下來時，陽光和草原早已就緒，奇萊主北和玉山也已升火待發。旅人穿著鮮豔火紅的彩衣，一列列鋪展在連綿的草原上，笑語與百花齊放。

都已經九點了，我們才搖啊搖的來到黑水塘山屋。這次我們不趕路了，我們要用三天的時光，好好在這片大好河山！許多人揹了大相機要來捕捉永恆，我當然也不例外囉！一隊空特部的退伍軍人聯誼會和空特部的官兵在四周清理環境，想不到只是過客休息的黑水塘山屋，竟然可以清出如山的垃圾！

十點多了，該動身了吧！成功堡就在不遠處。路徑開始陡升，隊伍開始拉長。沒關係，我們是赫赫有名的墮落隊打混班。

快十二點，我們終於來到歇腳地～成功堡。記憶又回到深遠的從前，但我一輩子也忘不了！

2000年我滿懷憧憬，報名參加了奇萊連峰與能高越嶺的縱走，對於第一次登山、第一次重裝的我來說，五天的行程可以說是生不如死！那年我們早上七點多出發，當我跌跌撞撞來到成功堡時已過午時，見到阿寶和小馬談笑風生、愉快的午餐，而我卻滴食未進，心裡百感交集痛苦萬分，悔恨為何來此受苦？往後的四天如何是好？

雖已事隔多年，但是第一次慘痛的經驗，永植吾心。

陽光從樹梢灑下，人群散落四周，或坐或臥，人間天堂莫過於此吧！

第二天我們03:45開拔，要與旭日賽跑。但是05:20大隊人馬來到碎石坡三岔路口時，黎明早已降臨，四周漸漸甦醒，既趕不上頭班車，就搭末班吧！

拉繩陡上耗了不少時間，待上到稜線主北岔路時，已過06:40。

北峰基座下仰望眾人的山勢，陽光處是危岩矗立，陰暗面是險惡未化之地。

陡上、陡下、攀岩拉繩，終於一睹風采。

07:30我們上了北峰。風和日麗，正是賞景時。東稜的磐石西峰草原、連稜到北鞍營地、太魯閣大山的屏障、中間的帕托魯、左邊的立霧主、更遠的塔山，在陽光下閃閃動人，實在看不出凶險。去年走過，滋味百陳。而北壁下屏風山看似平易近人，無奈在2003年挑戰時，額頭縫了七針的疤，刻下的傷痕如昔。

北三北二北一眾山頭也齊向奇萊北峰朝拜，更遠的玉山似乎不甘示弱，尖挺在南方空中！

08:30 該上路囉！前途漫漫。於是，09:00 下到草原三岔路，等待全隊到齊後直攻主峰。09:40 出發，途經奇萊山屋、草原、冷杉林、岩濤地，轉來轉去的終於到了主峰岔路口。

當年，我拖著萬分後悔的心與臭皮囊來到此地，領隊蔡爸問是否上主峰？只要 20 分鐘喔！我連話都說不出了，一古腦兒的搖頭。我的主意是，只要能趕快結束平安回家就好，甚麼山頭百岳的，此生與我無關。

岔路口的印象仍深，我讓大家在此休息，順便等大隊人馬到來。而我的思緒很快又回到既模糊又清晰的過去。卡羅樓的天險，第一次走在台灣屋脊的斷崖上，雖然大地向我招手，但我不曾抬頭，一心只想快快通過。第一次穿梭如迷宮的箭竹林，繞過悠悠的南峰下草原，到了營地已是 21:30 了。許許多多的第一次都獻給了奇萊連峰！

好了，隊員到的差不多了。二十分鐘後，終於踏上主峰。時間不偏不倚正好 12:00。七年了，我才再度有勇氣來見你：奇萊啊奇萊！

炙熱的陽光曬得我們無處可躲，雨傘成了最好屏障。大家快樂的煮食、分享、照相。

13:00 滿足了，下山吧！踏著來時路，緩緩朝奇萊山屋前進，西面的雲霧開始幻化，讓人們見識到奇萊的黑色成份。

14:30 奇萊山屋到了。

那年，我睡在小山屋的情景，歷歷如昨。每個起身如廁的人必定從我身上過，因為我睡在門口。

15:00 下撤吧！奇萊草原。接著是碎石坡、冷杉、箭竹，我們又回到成功堡了，時間是下午的17:00，由於多人勞累，晚餐直到 19:30 才開伙，即便如此，也有大約 1/4 的人未進食啊！

最後一天。大家心情是期待又怕傷害，要回家了總是興奮異常，但是要仰攻回松雪樓，難免面露菜色。好在陽光依然普照，大家可以邊走邊玩上去，不到四個小時便全隊都回到了松雪樓了。

完美的旅程，取決於完美的天氣和一群好夥伴，沒錯，這次隊伍雖大，但同好間的配合也沒話說，讓整個行程留下完美句點。不，不是句點是逗點。因為，我們還要再來！

北岳拉拉山會師：南插記錄

2007/10/21

周五晚上的台北車站，湧現部分人潮。在一群群北岳嚮導的鮮紅色制服渲染下，使整個車站顯得生氣盎然。好在阿扁不在現場，不然那麼多的紅衫軍竄動，想必他老人家會有點吃不消啊！

由此出發的隊伍，最健腳的要屬巴魔塔派了。這個門派的腳下功夫，號稱武林第一，可以說是『一路一趟拳腳、一動一套招式』。一個艱苦路線，參加的人數卻僅次於拉拉山派，四十多人哪！這年頭還是有不少自虐的人。看來咱們掌門人水龍長官＋永龍兄＋發哥＋小高等人的魅力，害慘了不少人吧！哈哈。

其次，小烏來古道派的掌門超級健腳山狗—王清和＋山貓—張婷婷所組成的隊伍，內功深厚不說，草上飛的功夫硬是了得。雖然人不多，但看到一些生面孔，就知道一定有人被「古道」這兩個字騙囉！自古古道總比山徑好走，可偏偏這小烏來古道必先上到南北插的稜線，再接上魯平—拉拉山的稜脈，除了好漢會參加外，便是不知輕重的好膽了。尤其，在山狗山貓領軍之下，豈有輕鬆之行？

再來，北插派壯丁靚女，也在游福、建成兄、宜芬的吶喊中，躍躍欲試。這個門派的傳家祕笈便是使棍使刀弄槍的，談笑間斷崖陡坡早已吹灰煙滅。

南插派有個獅子大大當掌門，加上百力我，哈哈，看倌就一定知道，這個門派不正不邪，絕非名門正派，也絕對屬於墮落打混的輕鬆行。當然，再加個師祖陳正義老大，那肯定是邊走邊休息邊練功囉！

各路好漢相約周日拉拉山見後，不論是享福的、想混的、健腳的、魯肉的，也就分道揚鑣，朝著心中美麗境界飛奔而去！

當時的武林盟主想要在拉拉山辦理這場武林大會時，就考慮的非常周詳了。這拉拉山不比光明頂寬敞，腹地太小，眾家門派好手要想在此爭奪盟主地位，施展各派絕技、舞棍耍刀，實非易事。這山頂狹小不說，要來個輕功助跑的、抽刀換槍的，不但傷不了敵人，還會先傷了自己。再說，萬一真有個造反奪位，盟主還可以飛身跳上五丈來高的雨量計，避禍於頂上。就風水地理來看，真是絕妙好地方，既可以息了這場武林浩劫，又可號令天下，真所謂是一石二鳥之計。況且，有的門派只派掌門上來、有的武夫早已在半路折損，也因此各門各派相安無事，還可飲酒泡茶作樂，真是功在武林啊！

話說咱們南北插同車抵達小烏來風景區後，已經有人開始預先慶祝會師了。酒菜滿溢、北天南地，好不樂哉！明日痛苦何必今日承受？這群如俠客的好漢們，正是『今朝有酒今夜醉、莫待明日荒蕪時』。依我看，不像啥子南派北派，倒有幾分像丐幫！

周六凌晨四點不到，夜露風寒。大夥兒已然起身料理。吃喝事畢，先送北插派至赫威神木登山口，再轉到南插水管路登山口。

06:30 南插派正式上路。風聲絲竹聲蕭蕭入耳、百鳥千蟲鳴鳴燕燕。踏過水管橋，翻身入竹林，山風迫人行，時刻不得停。只要一停下來，風吹得人直打囉嗦，再強的內力都會破功！

07:20 泰安休息站。太冷了，鐵打的身體也禁不住強風吹襲，再走。

08:40-08:50 寬稜空地。想要再走，可腳下怎麼也不聽使喚！十年功力快要毀於一旦了。

09:30-09:50 南插之星。大家或坐或臥。壯碩的神木讓人目瞪口呆，久久未回神。

10:50-12:00 避難小屋。眾人到了這裡，猶如脫了韁的野馬，全部癱在地上，似乎經過一場昏天地暗、泣鬼神的武林爭戰，實在不像樣！除了創派長老陳老大、護法陳其勛大大之外，其餘的全無俠客的英姿。午餐事畢，兼程趕路上南插。

12:15-12:25 盧平—南插鞍部。風大無比，把這群武夫的氣勢全給壓了下去。

12:45-13:30 南插天山。終於上了這山頭，眾人的鞋襪全退了，宛如灑了一地的兵器，這等模樣如何參加這場比武?師祖看不下去了，要求大家起身練功，半小時候大家內力恢復不少，任督二脈總算汩汩流竄。

13:50-14:00 盧平 - 南插鞍部。把所有家當帶上出發吧！

14:30-14:45 盧平山（開始下雨），由霧轉為絲絲細雨。

15:00 盧平下鞍部營地。為了大家好安身立命，眾人倒也分工合作。不多久，臨時的酒肆已打理完畢。風雨飄搖中，北插派的群俠漸漸出現。事至此，不論北派南派，每人無不倦容浮現，也許經過這場武林大會後，部分俠客放下屠刀改拿菜刀，從此退出江湖，進廚房做羹湯去了。是夜，草堂簡陋，外頭風雨交加，裡邊涓涓滴漏，人頭擁簇處，正是俠女怡芳生日之時。

2007/10/22（日）雨轉陰轉晴

07:00 出發。泥濘路下多尖叫、淒風苦雨故人來。多年前造訪的山毛櫸，依然秋色盎然，黃橙交雜，霧雨瀰漫下顯得生機處處，自有一番迷情。樹梢的風起，不知是嘲弄還是凱旋之歌?沿途，盡是數不盡的山毛櫸。大則 2-3 人合抱如壯漢，小則細條枝理婀娜多姿。整條稜線直到拉拉山均是吸收天地正氣、涵養日月精華的好地方。上下三次陡坡後，大家功力倍增，武功更是如火純青，待接上拉拉山主稜時，氣勢更是高張，大夥兒摩拳擦掌、躍躍欲試，準備迎接這場超級武林大戰！

12:30-13:00 拉拉山會師。本門派準時依約前來，只見盟主阿德高高在上，笑顏逐開，熱切歡迎各門各派。此刻夫婦山派、小烏來派、北插派、南插派、巴摩塔派通通上來了，大家摩肩接踵，一不小心即有可能掀起大戰。幸好盟主眼尖，要各門派第二掌門人帶領各家弟子先行下山，山頂只留得掌門人即可。

14:00 登山口。這段極陡下坡的山徑，也折損不少銳氣，到了巴福越嶺道的叉路口，大俠們不要說爭強鬥勝了，就連把兵器拿出來的力氣都沒囉！

14:30 上巴陵神木區。這裡由長老王雲生當掌櫃的開了個驛店，泡茶煮酒論英雄，完全免費招待這群綠林好漢，真是熱鬧非凡。隨後眾人殺到山莊大快朵頤，有如蝗蟲壓境。酒足飯飽之餘，大家愉快互道珍重，早也就忘了今日何事至此！一場一觸即發的浩劫，終於在盟主阿德、總掌門人阿寶領軍下，未流一滴血、未動一刀槍、未損一兵卒，讓大家化干戈為玉帛，喜事收場！說來真是功德無量、天恩浩蕩！

後記：

這群綠林好漢竟在相互比較誰走最久。西布喬派說走了三天三夜、巴摩塔派爭說一天走了18小時、北插派說他們是連稜南北插縱走！夫婦派說他們一舉攻下丈夫和老婆、福巴越嶺派說他們是逆走上坡，每走一步都很認真。好啦！我已經被這些武林高手搞混了，到底用的時間少比較強，還是耗用時間多比較強呢？難怪盟主要大家回去把各門派的武功再練一練，不要儘拿些三腳貓的小把戲來丟人現眼！哈哈，講的真貼切。給點顏色開染坊、有把米就開起大飯店！看倌們就下次見！

拉拉山會師

2007 松蘿湖

計畫許久的松蘿湖，終於開拔。

有人說天氣會連續放晴一周，有人說雨根本不會停！

07:20 我們從登山口起登，上到稜線後，路況爛到不行，整路泥濘，幸好大家全穿上雨鞋，否則真是寸步難行！

08:40 終於抵達水龍頭營地（最後水源）。想當年行走至此，滂沱大雨，我們乾脆在此紮營。事隔三年，環境依舊，雖然旅人不斷造訪山林、不斷破壞，好在大自然在一定範圍內有自我修復能力，如今青翠如昔！好山好水得配上好茶和好人，加上好天氣，一口青茶一襲綠衣，卻也是怡然自得！

09:10 我們繼續上路。開始要陡上囉！不過還好的是，通常在一段長長的陡升坡之後，總是有塊平坦的地方，讓勞累的人停下來喘口氣，順便欣賞林中蟲鳴鳥叫、琴瑟和鳴之美！

10:20 又是一片平地，遇到台藝大的登山社，社會人士與大學生的相遇，會有甚麼火花呢？哈哈，沒有，大家只是互相祝福，接著就要分道揚鑣了。只是，他們下山我們上山，誰羨慕誰呢？

11:30 在經過大片斜岩壁後，開始幾近垂直陡上，終於來到鞍部。輕風徐徐送涼，最是暇意處。

右上往拳頭姆山單程大約要花上4小時，左上是溯松蘿溪上來的路。在此，已經可以聽見湖邊嬉戲的人聲了。

12:00 10分鐘後下到湖邊，難得可以窺見全貌，真是幸福喔！剛剛才紮完營，雨就大點大點的下了。

13:15 雨勢稍歇，我們立即整裝往路門溪上游出發，要去好好享受囉！繞著湖邊右線，我們邊走邊玩，到了芒草區順著路條切進去，可以輕易找到通往另一仙境的路，沿途路條眾多，不虞迷路。走在乾溪峽谷的小徑上，處處松蘿處處青苔，恍如跨在遠古的年代，我們在尋找幽幽的桃花源。

13:45 聽到花花的水聲，就已經來到水源之地了。溪流奔騰而過，水草豐美，工寮遺址的空地石塊區，正好可以把腳泡在水裡，再掬一口沁涼的溪水，誰能說不是天大的享受呢？我說，難得來一趟松蘿湖，就一定要來此地，讓時間暫停、讓光陰回溯，登山涉水不全是非得咬著牙、拼了命！山中自有好歲月，端看我等眾生有福消受否？而此刻，正是往後年老體衰之際，美好回憶的最佳片段之處！

偌大的雨點，打在水面上，恍若芭蕾舞群，繽紛中自有韻律。順著來時路回走，原本的乾溪現今變成水域，有點溯溪的感覺喔！

湖邊，多處因雨而成的流水，變成水道匯入湖裡。

有人玩起草上飛水上飄的遊戲。有人乾脆躺在水瀑上。

松蘿湖也可以這樣玩喔！

是夜，槍蛙、水蛙齊鳴，森林中的萬蟲合奏，擾著湖邊的清夢！

第二天，陽光再度露臉，這裡變成了曬衣場。也幸，否則裝備入袋，少不了加了幾斤重。

09:10 我們悠悠地晃上鞍部，再慢慢的晃呀晃呀的來到水龍頭營地。雨又下了。

11:50 水龍頭營地。有人用手套當球、登山杖當球棒，玩起王建民的把戲了。

12:20 開拔囉！下山去享受另一種福氣吧！路況還是一樣的爛。建議大家改從登山口往本覺寺的方向順著柏油路上去一點，右邊有條產道可以接到芒草區的原路。不然一腳踩下去，可得當心雨鞋拔不出來喔！

13:10 登山口到了。水龍頭有水，大家無不洗清全身汙泥。雨下的更大了，也正好來個露天浴。

兩天的行程總是匆匆，但是留下的痕跡，揮也揮不去卻要跟著我們一輩子了！

瑞雪、曉月、雪山西稜甘苦行

2007/02/28—03/04

領隊：吳水龍（長官）

嚮導：莊友仁（莊爸）、賴厚詮（師父）、高銘正（小高）

隊員：陳青裕（青陳）、王萬坤（萬坤）、賴育慎（賴姐）、張玉廷（黑人）

紀錄：鍾秉睿（Barry）　總共9人

此行屬探勘行程，由北岳精英組成。所謂精英，乃是幹部群也，且聽我道來：

長官：理事會理事

莊爸：收費組組長

師父：技術組組長

萬坤：會籍組組長

黑人：總務組組長

小高：活動組組長

Barry：嚮導組組長

看此陣容，就知道敢來參加者，即使不是前輩，也是登山好手。讓我這個小菜鳥心驚膽顫，出發前還在猶豫，要不要找個理由給推辭了？後來想想，既是如此陣仗，不來個痛快陪走一程，豈不辜負那美美的雪山西稜了！

第一天 007/02/28 晴空萬里

06:50 登山口出發。

07:20-07:30 休息平台。

07:50-08:00 七卡山莊。

09:20-09:40 哭坡。

10:20-10:45 雪山東峰。

11:20-12:30 369 山莊。

13:00 黑森林入口。積雪盈尺，可以想見雪期獨闖雪山的危險性了，但是覆滿白雪的山徑，更顯得曲幽通山靈。岩壁下的冰柱，鋒芒畢露。

13:30 三叉路口。最後水源，左轉上切。

15:10-15:15 圈谷底部。望著鋪天蓋地的大雪，不知從何踏出第一步？好在前鋒小高和長官用力踏出一條「雪路」，讓後人得以跟隨，但有時還是不小心踏入灌叢，而雪深及膝。

16:40 稜線三叉路口。積雪至少 1 公尺。我和萬坤留下來等待後隊，其餘人員先行往翠池山屋出發。往翠池的碎石坡，已不復見碎石，而是藹藹白雪，在夕陽的照耀下，變成一大片金黃色迷人的天與地，加上曉月初昇，映在藍藍的天空，這等景象真令人著迷！要不是已近黃昏，實在是要坐下來好好欣賞的。至於北稜角，依然故我，一副萬世莫敵、不可侵犯之意！即使已經白了少年頭！正常的路程，從稜線下到翠池山屋，應該在 1 小時可以完成，無奈我們慢條斯里的鬼混，直到 20:00 才晃進山屋。

20:00 翠池山屋（H3540）。屋前自然形成的白雪牆，好似城門，護著疲憊的山旅者，也是奇觀之一。

第二天 2007/03/01 陰轉雨

06:00 出發。積雪，路滑難行，延誤很多時間。

07:00-07:10下翠池。美美的池水，靜謐地躺在冷杉林內。半邊的池子已經覆上一層薄薄的冰雪，似乎吹彈可破，顯得更加秀麗！離開下翠池不久，正式進入此行的箭竹區域，而且路徑也已溶雪，腳下是好走了，但身上多了箭竹騷擾，有點難纏！

07:30 H3185 空地營地。地不平且石塊壘壘，很難紮營。如果逆走（由中雪山進，武陵出），既然已殺到此處，更應該加把勁衝到下翠池甚至翠池山屋才是，畢竟此處無水源。

08:00 博可爾大草原。下坡的路徑到處都是，只是循著山谷處下降便是。半山坡有水源可以利用，約在步道上方 10M 處，不是很明顯，但缺水時值得找一下。長寬約 1M*05M 坐標為 702990。過了大草原後，路徑一下子在箭竹林中穿梭，一下子從大石堆中過，景象很像池有山登山口的模樣。

10:25 火石山登山口。也是大石塊，簡直是池有山登山口的翻版。水源就在路旁，可以為營，約可搭建 4*3。我們先行午餐，再輕裝攻頂。

11:05 出發。先是亂石、箭竹林，鑽出後陡上草原坡，再入箭竹，上去即是火石山的前山，下個小鞍再上就是基點所在了。

11:50-12:10▲H3100火石山。天氣配合展望，大小劍、雪山、大小霸、大雪山等稜脈，清晰可見，如此登頂才值回票價嘛！

12:35 回到登山口。

12:45 出發。上重裝箭竹林中穿越。上到稜線後，右轉開始之字坡下降，路跡頗亂，正確的路在右下方喔！

13:15 活水源。山壁中的水澗，顯得生氣盎然。地圖中的火石山南面穩定水源。

15:40 路徑改成陡上，沿著大南山右側腰繞。開始下雨，接著下雪。還好不久就停了。倒木、崩塌地形比比皆是，行進困難。比之奇萊東稜從太魯閣前鞍到平安池那段路毫不遜色，眾人暗暗叫苦。

16:30 又是箭竹林中山壁下的活水源。如果要在大南山－弓水鞍部營地紮營，務必在此取水。我們錯過了，只好趕到弓水營地。

16:40 大南山－弓水鞍部營地。非常好的開闊地，應該在此修養才對，可惜前隊先鋒已上攻弓水山的半山腰，當然不會回頭囉！只好望著美美的營地興嘆。

17:50 草原斜坡的活水源，不取水不行了。

18:00 慌亂中抵達不是營地的營地（應該是弓水山下營地吧？），必須用刀鋸、花剪才能整理出供9人緊急紮營的小小空地，加上雨驟風狂、暗夜攏罩，內外全濕透的情況下，大夥兒全無鬥志，晚餐草草了事，吃了點稀飯裹起睡袋，趕緊入眠，期待明日的好天氣。

第三天 2007/03/02 雨陰轉晴轉陰

06:30 一早仍是大雨伺候。氣象局的預測本周都是大好晴天，為何上了山總是對不到號？莫非我們不是在台灣？！出發吧，不要賴了。不是已經接到了勘查道？怎會如此難行？可能是久無人煙，箭竹大多伸展到路中，必須撥竹前進。緩慢降到最低鞍，昨天先鋒部隊衝到此地才被叫回頭，真是佩服他們的毅力！不過，即使往前也是沒有營地呀！

07:20 山徑右轉上稜，給他狠狠的垂直陡上，四肢小心攀爬。下雨過後的陡直山徑，變得異常濕滑，大家小心翼翼，深怕採了落石擊傷下邊的人。

08:00 上稜。巨石崩雲、箭竹雜陳，苦嘆路難行。

08:35 終於鑽出箭竹林了。草原坡下是頭鷹山前營地，約略可紮 4*3，無水喔！繼續陡上就對了。

09:15 ▲ H3510 頭鷹山。展望良好。四周的美景渾然天成，辛勤播種，就等此刻收穫囉！

09:25 GO。陡下草原坡，再陡上。仍然有少許殘雪。

10:05 奇峻山。寬廣平坦的山頭，可惜風大。

10:15 GO。

10:20 斜下草原坡，半途出現伏流，真是奇怪的地方，水源不是很大，但足夠讓疲憊的旅人痛快暢飲了。我們在此午餐，陽光開始普照，大家順便曝曬潮濕的裝備。佐著大雪山的大片草原下肚，這個午餐極盡奢華！

11:25 GO。繼續下行，沒多久鑽入冷杉下的箭竹、倒木、亂石堆。

12:00 下到最低鞍。路旁右下有片長條狀谷地，可以為營，但是無水源。開始沿著大雪山北峰北面崩壁草原坡陡上。小徑上仍然有些許殘雪。

12:40 H3437 大雪山北峰。也是平坦寬廣的草原山頭，回望奇峻頭鷹，前望大雪山高聳的大片草原，難怪大家會說『最高品質大草原』，壯觀哉！

12:45 下坡。有點像東巒大山的草原。開始陡上囉！

13:35 ▲ H3530 大雪山叉路口。我們在此卸下重裝，補充養分並等待後隊到來。不多久，大夥兒輕裝上去 1 分鐘，即達基點。北面山坳處有一大約 10*5 公尺的水池，可惜要下降約 100 公尺，我想應該沒人下去取水吧！草原溫柔婉約，風與雲不斷地合演變奏曲。一會兒陽光普照，一會兒烏雲密佈。大家心情愉快地照相，捕取台灣三大高山草原之一的『大雪山草原』。這個草原從匹匹達山開始向東北延伸，一直到奇峻山為止，其面積大約有 6 平方公里吧！實在壯觀。（PS 台灣高山三大草原依序為：光頭山—能高安東軍縱走。東巒大山—南三段。大雪山—雪山西稜）

14:05 該走啦！路還很長呢！下到最低鞍後開始再上匹匹達山。

14:30 H3448 匹匹達山。也是平坦寬廣的山頭。過了匹匹達後，箭竹再度出現，先是在稜線上箭竹叢裡上上下下，最後下個坡再上小山頭，前鋒以為到了三叉路，因為往北的稜線似乎有路，其實是通往林中的避難營地。然後再狠狠的陡下，終於來到三叉路口。樹上繫滿了路條，很好辨認。

16:00 稜線三叉路口。腹地很大，是個很好的營地，可惜沒水，不然大家都想賴著不走了。

16:20 GO。還是走吧！26.5K 的工寮在等著我們呢！

16:35 下到乾溪谷後，沿著溪谷下降。我在想，此地大概是颱風時才會有水吧？

17:10 乾溪谷左側明顯的路條告訴我們要離開溪谷進入箭竹林了。高度約在 H2750 處。山腰路狹小難行，雖偶有松針舖路，但大體來說行進速度緩慢。後段摸黑後，更是陡峭濕滑，困難重重，尤其是下到最後，拉繩垂降大約 10 公尺才來到林道。真可謂是歷經千辛萬苦！

19:10 終於下到林道了。

19:25 跳過一段溪流（記得取水喔！工寮無水。）

19:35 26.5K 工寮。整個木造建築有點傾斜，不過還可以容納 15-20 人沒問題。今天的晚餐豐盛到極點，把前天昨天沒煮的，通通一起下鍋，有賴大廚莊爸的好手藝。

第四天 2007/03/03 晴

07:35 GO。終於可以好好休養了。昨晚搞到將近 22:00 才晚餐，破了歷來登山的記錄，於是大家說好，今天睡到 06:00，算是補償一下吧！整個大雪山 230 林道可以說是柔腸寸斷，從 26.5K 開始直到大約 3K 的雪霸國家公園界牌為止，不時的出現崩塌、落石、陷落、芒草、高山薔薇，影響前進速度。不過，幾乎都沒有危險性，通過不算困難，只有 9K 的超級大崩壁，需要花點時間和力氣高繞。

08:30 中雪山登山口。整裝一下，我們輕裝出發。大約在民國 77 年吧！我和一群同事曾經為了看雪，把得利卡九人座車直接殺到此地，空手上去，完全不知道這可是百岳之一的路線，如今想來，卻也是少不經事。要從 H2400 多左右的林道上攀到 H3100 多的中雪山，是需要一些體力的。首先，冷杉下的松針路走來有中級山的感覺，然後又是傳統的箭竹林、倒木、攀爬石壁，一堆的假山頭，才能如願以償，完成此次縱走。

10:50 ▲ H3173 中雪山。天氣很好，但沒有展望。本來想去探望林文安前輩的紀念碑，但時間實在不多，就留待下次吧！ 11:10 GO。

12:25 回到登山口。午餐囉！水源就在往前約 30 秒鐘的地方，大家心滿意足的用餐，此行到此，只剩踢林道的壓力而已。

13:25 GO。

13:50 崩塌轉彎處有水源。

14:05 崩塌處有水源。

14:20 23K 有水源。

16:00 18K 工寮。已經完全傾倒，無法使用。憶起當年曾在此處借宿一晚，如今人事全非了。但是水泥地及周邊都是紮營的好地方，可惜無水。我們只好背起重裝心不甘情不願，再往前推進。

16:15 崩塌區有水，二話不說，立刻將林道上的芒草除盡，整理出一大片營地。這 4 天來，今天是最早安營的一天了。想起雪山西稜，真的比奇萊東稜難度更高！

第五天 2007/03/04 晴

06:05 GO。

07:25 廢棄工寮，只剩幾塊鐵片而已。訴說若干年前伐木時期此地曾是人往熙來。

07:35 11K 的小雙瀑，附近被人整理出的營地非常美麗。

08:10 電線杆標示『大雪山 230 林道 #089』。

08:15 大片崩塌地。有水源，座標 538889。

08:50 9K 崩塌地。無法通過，必需高繞。路條在左邊山邊處，垂直攀爬需小心謹慎，整個過程約費時 30 分鐘。過了高繞處也有水源，於是就來個痛快午餐吧！

10:55 GO。不能再混了。

11:30 很大的廢棄工寮，全部只剩殘骸了，無法使用。

11:55 電線杆編號 #050。

12:00 雪霸國家公園界牌，新做的。大家在此合影留念。

12:40 大片落石崩塌區。山形皺折頗像品田，劇烈的造山運動曾在此地留下明顯痕跡。

13:10 電線杆編號 #018，此後一路好走。

13:25 電線杆編號 #007。

13:30 終於來到林道盡頭鐵柵門。許多遊人看見我們這群歷經滄桑的旅行者，露出疑惑的表情，不知我們從何處冒出?小小土地廟也與 18 年前不一樣了，煥然一新！而那森林迷宮也早已廢置。

後記：

一、本路線不論從中雪山或是武陵農場進入，建議至少排六天較為恰當，如果是五天，則每天至少要花 12 小時以上，且無暇欣賞沿途美好風光。

二、主稜上的宿營地都不是很大，不建議大隊伍的縱走。

三、主稜上的宿營地，必須配合水源，需事先規劃好，以避免無處為營或是陷入沒有水源的困境。

四、路條路跡堪稱明顯，沒有迷路之虞。

五、雪山 230 林道，大體上來說很好走，與研海林道、中平林道、瑞穗林道、郡大林道相比，可以說是天壤之別，只是 9K 的高繞處，需要花點時間和力氣。其餘的崩塌陷落區通過時，小心一點幾乎沒有危險性，完全不用確保。

參考資料：山狗的 2006/10 的紀錄和路條。

瑞雪曉月鞍部下翠池景

赫威神木山難救難紀錄與省思

2007/03/18

致謝：

桃園縣搜救隊 隊長：曾長權先生及其隊員

桃園縣政府消防局

小烏來檢查哨警官及原住民

高月欣（協助帶領其餘隊員下山）

黃淑婉（協助帶領其餘隊員安全下山）

林先生（協助按摩心臟及帶領其餘隊員下山）

高建成（協助 CPR 及帶領其餘與隊員下山）

姜智明（開車載送建弟、玉雲）

山上協助電話聯繫的女山友

小李子（放棄計程車工作，載送山葉）

林文逸、施志誠、趙文昌、林文建、蕭玉雲、鄧宇軒、葉士鎮、邱錫輝

吳水龍（聯繫檢查哨警官支援）

領隊：游福

嚮導：王萬坤、蔡永龍

打從今年春節後，2/28-3/4的雪山西稜、3/6-3/8玉山主北峰、3/11直潭山列縱走，平日出差征戰，週五週六的上課，日子過的可是一刻不得閒！

難得，3/18 off，沒事！準備到三重休養休養。無奈⋯

14:05車子正在高速公路林口段奔馳，手機響了：我是XXX，我們現在北插的赫威神木附近，有一位山友昏倒了，目前領隊游福、嚮導萬坤、永龍正在實施CPR（Cardio Pulmonary Resuscitation，人工心肺復甦術）。需要支援！

14:10我回撥電話給萬坤，了解最新狀況：

1. 已經通知119，消防隊正趕赴現場。實施CPR 30分鐘且持續中。

2. 今天的隊伍共有30多人，在由鄭白山莊陡上拉卡山，下溪底午餐、上稜線準備前往赫威神木時，蕭姓山友隨即昏倒，隊員發現後，呼叫領隊處理。但該山友昏迷後即量不到脈搏且失去意識。

時間是13:40。

3. 蕭姓山友年約60歲（後查證為57歲，近三年未使用健保卡），只爬郊山3年多，平日身體狀況良好。

接下來，我開始電話聯絡可以支援的人。

鴨子，已經奔赴登山口。

玉雲和建弟，正準備和智明由樹林出發。

獅子，人在中壢，趕回鶯歌打理裝備。

宇軒，原本和文昌、阿輝在北投練習系統轉換，也可以趕來支援。

山葉，人在台北開會，得知消息趕回中和換裝。

我到了三重後，趕搭計程車赴台北車站搭區間車到鶯歌與獅子會合。

山上的情形呢？據後來諸位山友、嚮導、領隊表示：

1. 游福、萬坤持續實施CPR（一旦實施CPR後，絕對不可以中止，要一直做到有人接手，送到醫院為止）。

2. 由嚮導之一的蔡永龍先行帶一部份的人從鄭白山莊下山（許多人的交通工具在那裡）。

3. 請一位健腳的山友先往赫威神木登山口下去接應救難隊，以便帶領抵達山難位置。（這裡需要著墨一下，話說這位山友，與大家都很熟悉，常常出來走走，也算是不錯的朋友，與北岳交情匪淺，交付這樣的任務，對他來說輕而易舉。但卻偏偏出狀況，這位老兄居然在往登山口的半途中泡起茶來，我無法理解這樣的行為，更無法接受。既然答應領隊下去求救，卻在半途泡茶，這種心態我真是無法原諒！幸好領隊機警，跟著下去，才發現這位仁兄居然在半路泡茶！

4. 領隊游福下至登山口協助救難隊背負氧氣瓶。

5. 16:00 救難隊抵達出事現場實施急救。

6. 17:00 開始人力輪流揹負，往小烏來方向下山。鴨子和建弟、玉雲大約在 17:00 從第一登山口上去。

我和獅子大約在 18:00 上去。家屬（包含他的太太、兩個女兒及女婿）已在登山口守候。山葉大約在 18:20 上去。

此刻陰暗晦雨連綿，霧雨瀰漫整個山區，崎嶇的路徑，樹根與泥濘相混，我可以想見揹負者與被揹負者的苦痛。

18:20 與下撤的救難隊員會合，告知揹負隊伍改從第二登山口下山（下降高度較少、路況較好），於是我和獅子、山葉隨即下撤。

18:40 回到第二登山口。文昌、宇軒、阿輝也已趕到登山口會合。

19:00 苦等不到揹負隊的人，萬坤透過無線電要求支援上山揹負。我立即請 119 救護車、救難隊車輛、警車，開車往上到第二登山口接應，其餘人員步行上去。

19:15 抵達第二登山口，北岳嚮導群隨即上山。

19:30 與揹負隊會合。當前由鴨子負責揹負，其餘游福、萬坤在旁協助，桃園救難隊人員以繩索前後確保。請阿輝先行下山，通知擔架到登山口待命。

19:40 換我揹負，原本以為 70 公斤的重量會讓我站不起來，結果還好，在大家幫助下，順利抵達登山口。讓我想起那部電影：他不重，他是我兄弟！

20:00 抵達第二登山口，119 人員立刻接手抬上救護車，實施插管、CPR 等急救工作。並緊急送往醫院救治中。

21:00 回到三民，做事後安排工作。解散。

23:00 回到楊梅。

省思：

一、泡茶的山友，實在不應該。既然允諾在先就應以救人為第一要務。豈可中途耽誤?幸虧領隊放心不下，適時跟催，否則後果堪慮。

二、山中聯繫，還是無線電最有用。當時，手機不通，也是透過無線電才對外求援成功。後來，聯絡者上到稜線上方才用手機通聯。

三、CPR 現今幾成全民運動，請大家務必花點時間上課，充實知識。

四、手機直撥 110 報案，可以得知經緯座標，大家也可以好好利用。

五、沒使用健保卡不代表健康，40 歲以上每三年、65 歲以上每年健保提供免費健檢。請大家養成習慣，時時照護自己的身體，沒狀況不代表沒事，尤其是心臟方面的潛在危險，一旦出現問題，往往在 2-3 分鐘內奪去人命。不論是登山或是在平地都一樣，前些日子校車司機不是在市區停紅綠燈，心臟問題突發而導致死亡?

六、感謝所有參與救援的單位和人員，有些人素昧平生，但是不減感激之情!他日相逢，請容我致上最深的謝意!

註：作者時任北岳嚮導組長。

六順山七彩湖

2008/7/11-13（五 - 日）

7/10（四）

20:00 台北車站東三門出發。

7/11（五）晴、午後大雨直到夜裡 9 點

00:00 花蓮公正包子宵夜。

02:00 新光兆豐農場對面全家便利店（Family Mart）補眠（約在台9線223k處，過豐平大橋右邊）。此店全家營業時間只到晚上 22:00，但廁所乾淨潔，走廊寬廣非常適合露宿。若要採購食物，沿著台9線再往前走約1分鐘即有 24 小時的 7-11。可以先開車過去採買再回來此地。

05:00 準時出發往萬榮林道。

05:20 台 9 線 244k 處右轉台 16 線往林田山林場方向，滿妹豬腳在右邊，變得現代化了。經過萬榮鄉公所、衛生所後，順路右轉。再往前遇四叉路，直走林田山，中間的有鐵柵門，左轉即是萬榮林道。之字坡陡上。上到台地後左邊有店家，直走往山下，記住要右轉喔！。

05:50 8.5k 處檢查哨，登記後放行。林道在 9k 前均是水泥路。過後變成碎石，再往後則是爛泥土路，再往後……難行，非四傳高底盤請勿嘗試。

06:30 大約在 20k 處立有修路公告，預計會修到 46k。哇，那以後再來就完美囉！

07:30 36k 大崩壁，行車終點（H1750）。現場約可停放約 2-3 部車，且無多餘迴車地方，車輛多時只能回到大約 35k 處停放。

08:00 早餐整裝完畢，正式上路。陡上拉繩高繞。

08:20 回到林道。往前一點，石壁自然呈現出人面側像，有人說是土地公神像，我倒認為像是原住民的頭像。

08:30 39k 超大落石區。通過後，林道清爽好走，伴著我們慢慢走入仙境。

08:40 40k 左上方廢棄工寮。

08:50-09:20 41k 左右大崩落區，一條超高瀑布由天而降。我們在此稍事休息，看到對面的阿道別墅近在咫尺，卻還需要繞幾個彎才到。41k 以後的林道就很傳統了：芒草、咬人貓、夏季植物滿滿皆是。不過，還好鑽行。

10:00-10:40 阿道別墅（H1800）。水源不缺，空地很大，前陽台下最適合歇歇腳，看著早上的來時路，心中得知我們已漸漸深入山區。一樓比較髒亂，二樓有 4 個房間可以住個 30-40 人沒問題。由於阿道為向陽面，雖然髒亂，但乾燥且腹地大，顯得非常舒服，比起在陰暗處的九族工寮來說，縱然九族內部比較乾淨，但我還是喜歡阿道，面對的空谷深邃而寬廣視野非常好。接下來的林道，夾道植物更密更茂盛，尤其是 45k 到 46k 的這段路，螞蝗之多無法想像。

11:45-12:30 九族工寮午餐（H1870）。大夥兒一進了工寮，全變成猴子，大家兩兩互相抓螞蝗，好像是群抓蝨子的猴群呢！工寮內的通鋪像是部隊的二層床鋪，應該可以容納 15 人。由於附近植披茂盛，整個九族顯得稍微陰暗。我們在此埋鍋造飯，準備迎接史上最大天梯挑戰。

12:35 流籠頭。往前一點就是流籠頭了，腹地很大，可以顯見早年伐木榮景。

12:45 叉路。直走林道，右下往情人吊橋，是我們要走的路。沒多久，兩條瀑布與情人吊橋的橋柱，輝映成趣。

12:50 情人吊橋（H1850）。橋長約 150m，高約 100m，架在翠綠白練之處，彰顯此橋情長意長人更長。細長狹窄的吊橋伸向遙遠的未來，搖過橋後天梯正式開始。

12:55 天梯始。沒多久，下雨了，而且越下越大。有人噴漆 4700 階。此天梯路，還留有部分完整的水泥欄杆、石階，許是當年護路所需，雨大自有其好處，不悶熱但也無法停下休息，大家兄弟登山，各自努力了。路旁，自有好事或好意者漆有3600、2900、1850等字，告訴我們，苦雖苦，還是有成果的。非腳踏處青苔滿佈、兩旁的綠意、呼嘯的騷蟬、山客的喘息，夏天總是如此喧騰！

14:30-14:35 天梯終點（H2550）。右轉往高登。直走或左轉都是去電塔路，小賓囑咐我和高老師先行，他在此等候他人。

14:40 叉路。左轉往七彩湖，明天要走的路，直走往高登工作站，是這兩天我們的基地營。經過三個棧橋後抵達轉折叉路口。

14:45 一個轉折處，直走是舊林道，右下往工作站，有路條。穿過芒草下坡後即到工作站。繞過平地後才到正門。我立刻取鍋燒水煮茶，環顧四處後，發現此地乃真正高山別墅也！廚房鍋具一應具全，而且還是乾淨可用，廚房客廳寬敞無比，大小房間共有八間，我想50-60人在此留宿不成問題。此外，廁所浴室也整潔如新，雖然客廳留有前輩瓦斯罐、寶特瓶些許，但已是我見過最整潔的高山住處了。只要大家珍惜，自能在歷經千辛萬苦之後，擁有愉快的棲息之所了。門前兩個超大儲水桶，讓旅人無缺水之苦。外面平坦的廣場，留有超大的鋼構建築，我們嘲說是台灣的鳥巢。晚餐自理，自然可以互相交流各自的廚藝，有人弄個二菜一湯的滿漢全席、有人水煮調理包裹腹，我呢，第一次實驗煮飯加筊白筍，雖不難吃，但筊白筍經過長時間燜煮後，會有點老化乾扁，已沒有快炒來的美味了。

7/12（六）晴、午後 15:00 下雨直到 18:00 止。

04:20 出發。全副雨裝上戰場。三十三個棧橋在等著挑戰。鐵道時而緊鄰深淵、時而密林中過，有些棧橋稍具危險，需要藝高人膽大。我喜歡鐵路，很小的時候曾在后里車站看了一下午的火車，還讓父母急著報警協尋呢！高山鐵路與林道，我覺得鐵路所需路幅較小破壞較少，除了防止山老鼠盜伐外，運輸量、容量管制更易掌控，對於發展高山旅遊與環境維護或許可以取得更多的平衡點。如同蘇花高速與北迴鐵路的角力是一樣的。每次上山踢林道，我總想，若是將林道或是早年的伐木鐵路，全改建高山鐵路，發展國際觀光與倡導國人在地旅遊，我想，也許可以將真正的福爾摩沙之島，向世人展現，以經濟力量換取政治力量。說到哪去啦？登山談政治囉！哈⋯

07:00-07:10 雙龍瀑布。壯觀的地景，鐵道從夾縫中而過，我想以前伐木工人搭火車到此，一定是感動異常。

07:10-07:25 過個懸空棧橋（比較像是吊橋啦！）左手邊即是登山口。先補充養分，以接受第二段的挑戰。

07:25 起登。H2550。幾乎在箭竹林中垂直陡上。

07:30 三叉路口。直走往下溪邊的路是野外前輩周業鎮開出來的捷徑，原本我們的計畫是由此上，再由七彩湖下，無奈前隊衝衝衝，早已過頭。右上是直往七彩湖傳統路，我們取右上。

07:55 H2750。上稜。短草原與灌叢的丘陵地形，離七彩湖不遠了。

08:15 妹池（H2920）。靜靜謐謐的湖水，輝映著白雲、山巒，偶見的藍天更將色彩美化到極致。繼續沿著草原前進，大家的心情都很愉快。

08:25-08:50 七彩湖（H2920）。雲霧稍多，只能偶而捕捉到藍天白雲。山風泯泯、湖水粼粼，雖美景當前，但此去六順、返回高登的壓力仍大，我們只吃吃乾糧，並未煮茶。

08:55 上個小坡，又回到湖邊。接上林道的路有兩條，左邊較陡直往六順山登山口林道，右邊較緩的是先去台電紀念碑與工寮，也是接上林道。我們取左。

09:10 接上林道（H2980）。台電代表阿賢與龍昇要去紀念碑，在徵得領隊苦小賓同意下，我陪同前往。

09:15 轉個彎下個坡再往上一點就是紀念碑了（H2950）。

09:20-09:35 往下一點就到台電工寮（H2920）。工寮很大，門口水鹿痕跡紛沓，進去後更為髒亂，右側房間更有人在床上便便，實在想不透。左側的 4 個房間還不錯，約可住宿 15-20 人，可惜沒有水源，需要從妹池背水上來。下回改四天行程，第二天來此打尖，可以讓行程更優閒。紀錄完畢，由林道上踢到六順山登山口。

09:45 六順山登山口（H2950）。可以向南望見中央山脈主脊。

09:50 遠遠望見前隊彩色的衣服。刺柏松針灌叢箭竹的路徑，讓人一路上享受針灸的快感。

10:20 H2820。最低鞍（H2850）。

10:45 2956 峰前三叉路。左下即是捷徑入口。直走往六順山。陡上一小段後，右側腰繞 2956 峰，陡下再陡上倒木區，不好攀爬。

11:00 來到瘦稜山頭（H2970）箭竹中陡下。

11:10 最低鞍（H2940）。草原中陡上。翻過鞍部後，小小下降，可以看見六順山的另一面。再緩上。

11:30 ▲六順山（H2990）森林三角點。拉開布條、獻上香檳，我們在此擺龍門陣。苦小賓的百岳之旅終於完成，可以想見他內心的澎湃了。眾人在此杯酒昇歌加午餐，稍稍忘卻回程苦。更南的山頭已在雲霧之中，有機會該來趟大南三段吧？

12:40 GO。

13:20 2956 峰後之三叉路。右轉下切，先是草原路，路條很多，不會迷路。

13:30 進入箭竹林中。開始在溪谷中下降。

14:00 3 米滑瀑，右側腰繞陡下回溪。高山溪谷地形時有大型倒木，必須費點力氣攀爬或鑽行。行進速度自然緩慢。

14:30 約到了 H2750，開始有水了。

15:00 很大的廢棄工寮（H2650）。峽谷地形呈現出水的力道切割出燦爛的岩壁。溪流變得平緩，是一處人間仙境。

15:20 雙龍瀑布上方。左側高繞 1 分鐘接回上午的三叉路。

15:25 回到鐵路登山口。怎麼來、怎麼去。

17:50 數了 33 道鐵路棧橋回到高登工作站。遇到另一隊台南來的高手。

7/13（日）晴

05:10 出發。眾人打包了所有遺留在工作站的垃圾、寶特瓶、瓦斯罐，並且努力清潔了整個環境。

05:15 三叉路。右往七彩湖，我們直走下山。

05:20 三叉路。左轉下山 4700 階天梯。天清氣爽，蟲鳴鳥叫，伴著我們慢慢下降。

07:30 情人吊橋。

07:40-08:00 九族工寮。全副武裝，抹鹽巴、灑鹽水、攜鹽罐，不像是登山客，有點像要去做法的法師，或是上戰場的勇士。外頭螞蝗之多之狠，我們早已見識，那群小物對我們虎視眈眈，有那種彷彿一出去立刻被敵軍擊斃痛宰的感覺。除了鹽巴，我們沒別的武器！

09:00-10:00 阿道別墅。猴子抓蝨子囉！每人至少身中數彈，怡芳更甚，脖子正下方鮮血直流。我還好，只要見到小物上身，立刻就地正法、鞭數十驅之斷崖。午餐囉！順便曬曬裝備，享受沒有壓力的日光浴。

11:30 36.5k 大崩壁高繞完畢。

12:00 上車。

12:30 大約在 30k 遇到拋錨在路中間的貨車。想盡辦法，貨車就是寸尺不移。只好從旁開路，勉強通過。

13:30 再出發。

15:00-16:00 滿妹豬腳。

19:00-22:00 礁溪溫泉慶功宴。95 同學很多人趕來祝賀。整個高橋餐廳就屬我們最喧嘩。還好餐廳只到 22:00，不然可能會鬧到天亮。

24:00 台北車站結束。

六順山七彩湖 -- 印地安頭像

六順山七彩湖

白姑跨年札記

人數：9人

2007/12/29（六）

23:00 抵達最後農家。H2000。由埔里搭乘四傳車過來大約二個半小時。農家的走廊下水泥地是很好的露宿點，睡個20人沒問題，水源在後面的大水塔，取水方便。

2007/12/30（日）陰、晴

07:10 由最後農家出發。8℃。沿著產業道路緩緩上坡，繞過更上方的水塔後，開始下降。進入杉林中後，森林氣息到處瀰漫。降到最低點的道路泥濘似沼澤，車輛已無法通行。四周滿地松針，林上山鳥嗚嗚，走來極為舒暢。

07:30 H2040。產道盡頭登山口。腹地頗大，早期可以通車時，我想這裡應該是車水馬龍吧！

07:50 GO。先是沿著瘦稜緩降到大水塔，開始腰繞路，經過沒有危險的崩壁區後，記得左轉上山，兩個登山口都可以接上山徑。第二個登山口路條滿佈，應該不會錯過吧！轉上山徑後，稀疏的箭竹路中，顯得有點陡峭。不過還好，鳥語花香伴人行、夢裡仙境不覺醒。

08:30 陡上的平台地。H2150。剛好可以換檔，好好深呼吸一下。

08:50 GO。再上去的路就更美了。松針滿地，陡雖陡，但是非常愉悅。樹徑漸粗、靈氣漸密，有著中級山慣有的景致。不久，箭竹漸漸加入我們行列。還好，不致到擾人的地步。

09:35 H2570 三錐山。7.5℃。二等三角點不在最高處，反而旁邊的松林空地是休息的好所在。天氣陰陰、展望濛濛。我們在此等稍後到的夥伴。

10:30 GO。路徑依然美麗，緩緩下降到最低鞍。不久，遇到中華汽車的山友，好心之餘，協助我們其中一位隊員下撤，難為好友了，不想拖累大家，只好含淚琵琶別抱了。沒啦！只是依依不捨。在此要謝謝中華汽車振動噪音課的楊先生及朋友了，還幫我們下撤的隊員背裝備呢！不久，有個乾涸的沼澤地，地衣的翠綠吸引目光，長滿青苔的倒木從中劃過，樹梢的松蘿低垂，偶而林鳥展翅，有種入化的神韻！再下來的路徑，惡名因他而起。倒木、箭竹橫陳密布，不過真的還好，不是非常難走。遇到倒木，你根本不用猶豫，一定是從上爬過或是走過，不像奇萊東稜，倒木的高度剛剛好落在胸腰之際，到底是鑽呢！還是爬跨呢！總是困擾山客。而此地的箭竹也蠻友善的，不會攀親拉故、牽扯不清，算是好走的百岳行程。繞過彎彎小路後，開始漸漸上升。但這段上升路真的美，柔軟的地、過了時的楓、除了些許冷風微微，靜謐的小徑，你可以聽見與自己的對話。前面的阿書不知溜到哪去了？怡芳小鮑緊追不捨。我則慢條斯理的盪啊盪！胡蘿蔔、平文紹文緩步亦趨，只有獅子和 Hido 安步當車。

11:30 林中避難營地午餐。不管了，反正今天輕鬆好混，早到營地頂著風寒，不如在此好好享受人間。路旁的林下營地寬敞避風，可以搭個四頂四人帳沒有問題，可惜沒有水源。後來有八人隊伍就是紮營於此，嚮導還上到司宴池取水呢！乾燥的松針地毯是我們的床，眾人或坐或臥，真是寫意極了。

12:30 GO。最後這段陡上路正是考驗意志力的時候。繞過一段芒草小鞍後，拉繩陡上。穿越杜鵑叢、飛奔箭竹中。上到緩稜後，是一大片的芒草開闊地，斜斜向左緩緩前進，見到枯樹迎風招展，就知道已經到了司宴池營地了。

13:00 H2910，司宴池營地。不小的腹地，住個 50-60 人沒有問題，只是非常不避風。尤其夕陽西下後，溫度驟降、寒風冷冽。明日要挑戰極峰，今夜也就早早入帳安眠去也。夜裡，溫度下降到 0℃左右。

2007/12/31（日）陰、晴

04:00 GO。三點起床料理民生後，4點準時依計畫出發。夜幕低垂、冷風颼颼，一樣的一列頭燈投射在寒漠高原，壯士們鬥志高昂、意氣風發。才不呢！每個人心中都在問：到底是誰提議來此跨年？#@$%……一群瘋子，真是年年圈圈叉叉年年來！經過司宴大小池後，緩緩下降。陪著我們的既無曉風更無殘月！只有冰點的冷和箭竹偶而拂過人面。好了，陡上了。白姑東南峰，看似不遠不陡，走來也會滿頭大汗，藉著箭竹之力，使龐大的身軀一寸一寸的上，山行者的苦，我想便是如此吧？少穿一件，太冷！多穿一件，太熱！

04:50 H3035 白姑東南峰。算是寬廣的山頭，這不是今天的目的地，再走。巨木林下的箭竹叢生，好在路徑明顯不難走，緩降一段後，接著是急陡下的倒木群。下吧！回程便知利害。

05:30 H2810 吉他營地。4*2，1.2℃。箭竹中的小小空地，不知為何曰之吉他？沒有水聲，只有絲竹裊裊。再繼續下降到最低鞍，經過小小泥濘地後開始攀升。倒木、箭竹，是此行程標準配備，但真的不難走。有時，巨木參天，生機盎然。有時，朽木化作塵土，孵化同類生向更高的天空，捨我助群體。這樣的群落生態，正是人類該思索的方向吧！

06:35 H3000 山頭。終於上到山頭了。山嵐氤氳、晨光熙熙，透出迷樣般的森林。沿瘦稜緩降，遇到岩壁稜線後，乾脆改從腰繞路上升去也。

07:00 H3050。10米岩壁舊路。接上稜線了，藍色的扁帶，告訴我們舊路要從天而降，現在好走多了。好，不用客氣，繼續陡上。腳下松針軟軟、兩旁箭竹叢叢、頭上巨木鼎鼎。

07:20 H3120 山頭。接下來的幾個山頭，像極了南三段的無雙，只是小好幾號而已。但是岩壁上的二葉松，姿態撩人不輸無雙及黃山，露岩插天展翅也是力拔山河之態，彼此爭妍鬥奇，不遑多讓！

07:45 H3185 山頭。2.5℃。

07:50 H3200 草清池前最後山頭。小小的三上三下，無啥困擾。見到草清池的開闊芒草鞍部了。下降吧！

08:00 H3150 草清池。避風的小空地，帆布集的小小水源，已經結冰。此時飢腸轆轆，趕緊煮水補充。

08:45 GO。大家都到了，可以前進囉！緩上開闊地，穿過小小山頭，再緩降到巨石陣。殘雪落在石縫中，像是珍珠般的美！

08:50 H3120 大石區陡上。準備陡上了。沿著巨石陡升，與池有山、火石山登山口有異曲同工之妙。路跡不是很明顯，只要沿著頭頂上的稜線目標前進，大致不會錯。

09:10 H3325 上稜。攀過小小岩壁，踏上箭竹，嘴裡哼著小調，自然就會抵達大山。

09:15 ▲H3342 白姑大山。一等三角點。展望不好，大家都期待一等三角點的魅力。可惜老天只給了我們 80 分：沒下雨下雪，卻也沒啥看頭。但是，大雪山、中雪山、小雪山、頭鷹、火石也還是偶而露露臉向我們打招呼呢！讓我想起了民初章伯鈞的名句來：雲山幾盤、江流幾彎，天涯極目空斷腸！一群人玩起飛越巔峰的美姿，跳來跳去，自以為是英雄好漢，結果有相片為證：不像英雄，倒是與海盜強盜有幾分神似！尤其是那頭獅子！

10:00 GO。下山。玩夠了吧，該走了唄！怎麼來就怎麼去。

10:30—11:15 大石區午餐。林下的大石區，正是大啖美食的好地方。酒足飯飽……走人。

11:20 草清池。

11:30 H3200 山頭。

12:00 H3050 十米岩壁舊路。

12:20 H3000 山頭。

13:00 H2810 吉他營地。

14:00—14:30 H3035 白姑東南峰。阿書、怡芳、小鮑在此煮茶迎接後到的人，真是貼心！

15:00 司宴池營地。天空雖然湛藍、星光雖然燦爛，但是不敵寒流強風彪悍。本約好大家都得熬到倒數跨年，但是一鍋燒酒雞下肚後，個個搖搖欲墜，甚麼小酒點心醇酒美人、甚麼慶祝登頂，都沒有那溫暖的睡袋吸引人！況且，才晚上七點多，溫度已下降到零下 2.5℃。所以，跨年＝殘念！就交給守候在 101 大樓的人群吧！

2008/1/1（二）陰、晴

08:10 GO。說好睡到自然醒，誰的鬧鐘、手機要是在六點前吵的話，下午的慶功宴的費用，嘿嘿，非他莫屬。這招果然好用，大夥兒直睡到六點才姍姍起床打理裝備。

09:10—09:20 三錐山前最低鞍沼澤地。美美的境地，當然要補照片囉！

09:30—09:45 H2570 三錐山。

11:00 登山口。

11:20 上車。

12:00 紅香溫泉溫泉浴。簡陋的溫泉，卻能洗滌旅人的疲憊。雖然不是很清潔的樣子，尤其看見浮油到處流竄，實在有點給他噁。但絕對比我們的身體乾淨啦！哈哈。山上冷了三天，此刻火熱的陽光加上炙熱的泉水，此生足矣！大家都說昨夜應該到此跨年的。通常，這種馬後砲我最行了，從第一次登山到現在，哪次不是說要封山啦！改成打混行程啦！撿軟的吃啦！到頭來，還是年年上山受罪去了！這群人，打從第一天要從農家出發時，就說要下山轉戰合歡北，結果ㄋ?還不是用左腳攪攪的，就給他完成了?!

14:00 埔里慶功宴。第一次慶功宴還在KFC，還真是有趣呢！

後記：

一、其實，登白姑並沒想像中困難。箭竹雖多，但是不太擾人，倒木橫陳，但是行走其上，也算好走。期間雖有上下，但除了白姑東南峰，其他的上下都是一小段而已。

白姑跨年札記 1

比起百岳其他行程，算是OK的啦！據說有人從登山口輕裝來回白姑只要12小時而已，可以想見難度真的不是那麼高。當然囉！行前的體能訓練還是必要哦！

二、司宴池的水雖然有點顏色，但還OK啦！若要從最後農家背水上來，可是有點難度喔！

三、杉林中的路徑小小凌亂，記得多抬頭看看布條，且避免獨行。

迷航鶯子嶺

Aug 27 Wed 2008

已經走了 1 個小時了，我們居然還在稜線上穿越重重芒草！

印象中，從鶯子嶺山頭下來只要 20 分鐘左右就會到往礁水坑山的鞍部，再 10 分鐘就到了草原溪邊的水美之鄉。早上 6:00 進完早餐後，披荊斬棘、越過無數芒海、刺藤，原本在 14:30 鶯子嶺的時候與大家約好到了溪邊再好好煮麵泡茶聊天，到現在已經下午 15:30 了，我們還在跟著嶄新的路條一路殺奔過去。

來到山頭了，居然標示的是『坪溪山』標高 703 公尺，這真是天大的錯誤！攤開地圖一看，才知從鶯子嶺下錯稜線了，正確的路應該是東南方向，而我們大意順著別人的路條，從東北方向下稜，結果是來到了不可預知的境界。有條步道往坪溪灣潭，那可是深山林內啊！我仔細核對地圖後，發現在東南方向大約 500 公尺、落差 100 公尺左右有條步道來會，最後會接到石坑山的正確方向。

我當下盤算，若往灣潭走，路途遙遠且要再搭車出來到外澳取車，勢必花費更多時間。若採取直線下切，估計 30 分鐘內可以接回正路。今天參加踏查的選手，縱不是出國比賽，但在國內也是歷經重重考驗通過的嚮導，差別在有三位美眉同行，但他們也是身經百戰、南征北討的不讓鬚眉者也。所以，我立刻修正方向朝 160 度方位角直線陡下切。

陡下的路況就慘不忍睹了，土質疏鬆、刺藤似蜘蛛網般的天羅地網，不是踢落巨石滾滾，便是眾人被刺藤所傷而哀嚎遍野。我的心在暗暗叫苦！

30 分鐘過了，高度也從 703 公尺降到 550 公尺了，溪谷也到了，就是沒接到步道！心中整節都涼了！

阿貴取出 GPS 定位，我仔細研讀地圖，怎麼看都不對，GPS 顯示的座標與地圖相差將近 1 公里因為我們從 703 山頭下來不可能走到偏右的區域去，於是我斷定是 GPS 沒校正與經建 4 版地圖有誤差。但是，就地圖而言，我們剛剛走過的地形，卻在地圖上找不到，這點我實在想不透。

順溪下降一小段後，右邊有條溪來會，溪變大了意味著會有深潭、瀑布、峽谷的困難地形出現。我讓眾人休息一下，我和阿貴到朝南的小稜上去探路，發現有獵徑，重新定位 160 度再衝上稜線。可以看出大夥兒疲態盡出，但此刻也只能咬著牙陡上。約莫 300 公尺後獵徑不見了，我們只能繼續陡上山頭，希望在天黑前上去定位。

這個山頭體積龐大，我們花了許多時間與蔓藤、刺藤作戰。我想，這麼大的山應該有步道通過，不然就是在山腰。沒想到上去後居然芒草叢生，完全不是列名的山頭，但是山頂倒是寬稜處處。此刻晚風蕭蕭、細雨飄飄，讓我們七人更顯得淒涼而無語。已經 17:30 了，而我腦中依然沒有頭緒，這是我這些年來第一次遇到的窘境。

現在的高度又回到 650 公尺了，四周雲霧瀰漫，完全找不到參考點，GPS 的座標又不對，A4 大小的 1/25000 地圖根本派不上用場，我心中真的急了，這次真的讓我束手無策！但身為領隊的我只能安慰著大家（不啦！就三位美眉啦！因為另外三位嚮導根本沒感覺，反正最壞的情況就是明天出去囉！）

再次定位，希望山腰或是溪谷會有步道通過。於是，繼續的 160 度，改由龍昇、小鮑前導衝鋒，阿貴押後，我在中間定位。18:00 下到溪谷，依然沒有任何路條的影子。我的心比溪水還冰！

夜漸漸深了，星星出來了。讓我想起『因為黑暗，所以星星明亮！』。我們順著溪谷下降，大家小心翼翼，如果再有人落水或是受傷，那問題就更複雜了。19:30 了，我們還在漆黑的溪谷溯行。遇到困難地形了，請小鮑、阿貴、龍昇整理出供七人可以休息的小小平台，讓大家坐下來喘口氣。阿貴龍昇幫大家煮了熱騰騰的茶水，原預計 15:00 溪邊的午餐，到此時還尚未進食呢！

我讓頭腦冷靜，想要從地圖中的等高線與現地交錯的小稜小谷中，理出一點頭緒！

現在的高度是 420 公尺，地圖中顯示，大約在 300-360 公尺的溪谷會有步道通過，我決定再搏一次！

此時，其中一位美眉非常擔心安危，希望可以對外求援，我掙扎了一下。其實，我們沒有立即的危險、人員平安只是勞累、飲水食物保暖都 OK，就算要緊急宿營也是非常安全的。天人交戰的結果，只好同意了，可惜無線電與手機都無法通聯。於是，我把我的想法告訴大家：

『現在對外無法聯絡，研判如果再下降到 300 公尺處，或許可以遇到步道，若是還是不行，我們就在山上過一夜，明早再重新找路。』眾人無計可施，只能點頭充硬漢了。

20:30 我們重新出發，溪谷唯美、溪蝦肥沃，要不是這般情景，這該是天堂樂園了，大家說好脫險後，再來此地露營戲水。可惜眾人行色匆匆，只想盡快脫離此地。

不久，右邊又有小溪來會了，溪谷變寬溪流變緩了，這種地形再不久肯定會有瀑布深潭。我們走了 30 分鐘，高度完全沒降，要到 300 公尺那真是難上加難。果真，地形越來越陡峭了，眼看溪谷無法再行，我們往左側竹林上切，遇到竹林眾人歡叫，表示離人家不遠，況且有人到此地挖過竹筍，我看看土坑土質的情形，挖筍應該是年代久遠的事了。不久，竹林沒了、溪谷更難行。於是，改由右側高繞，但山勢越來越陡，似乎走到進退維谷的地步。現在，下溪谷應該不可能了，上山頭卻如此峻陡，刺藤更是滿山遍野，況且大家都累了怎有力氣上攀？

我猶豫了很久，後來美眉建議上山頭。於是，眾人繼續往上攻，不久遇到成片的人工杉林，更感覺到人煙的味道已近，大家士氣大振，卯足勁往上衝。此刻，電話響了，原來是萬坤兄來電詢問一位曾經與我們去合歡的山友的電話，因為周日直潭山大縱走，他擔心那位山友是否下來了？沒想到我卻向他通報山難。我繼續連絡獅子、幫幫忙師傅請求支援。

22:30 我們再度站上山頭，請嚮導們先整理出營地後，我趕緊定位。標高 540 公尺，地圖上我找了附近符合的山頭，再根據剛剛走過的地形，發現我們似乎在『蛇子頭』的山頂，這真有趣了，怎會走到此地？再度核對 GPS，居然完全相符，請龍昇算出山頭緩稜的走向也是正確的。這下我終於有把握了，若沿著 180 度走大約 500 公尺，一定會遇到傳統正確的步道。我的心此刻稍稍放鬆，從下午 15:30 到現在的 22:30，我的心全部揪結在一起。

我請幫幫忙師傅協助校正位置、獅子來電告知若今晚出不去，明早他就落人進來搜救。師父也交代今晚不要出去了，找個安全的地方過夜。我請龍昇阿貴把營地整理好並且搭建外帳，我和小鮑去踏查確認路徑是否正確。

180 度南向的路徑，雖在寬緩稜上，但是仍佈滿刺藤。我和小鮑去砍了 30 分鐘的路，雖然尚未接到步道，但已經可以非常確認了。23:30 返回緊急營地，大家居然決定連夜下撤！好吧！反正大家狀況 Ok，就下山吧！向幫幫忙師傅通報後，我們立即收拾裝備，根據剛剛做的記號往下衝。

23:50 我們終於接上傳統步道！

此刻，心中巨石終於放下了。大家欣喜若狂，從 15:30 到現在的 23:50，歷經了 8 個多小時的迷航之旅，真是應驗了鴨子師父說的：

『錯錯錯錯錯錯對！』

只要最後一次對，就好了。

從沒覺得傳統的山徑是如此的美味！

那掛滿樹梢的布條在晚風中搖曳，是如此的妖豔動人！

01:20 我們終於下到慶天宮。接駁、等車、送人，回到楊梅已是周一上午的 08:30 了。

後記：

原來，

一、我們從鶯子嶺下切時，下錯了稜線，我們順著新開的路條下去，才會走到坪溪山。務必要定位，雖然路條路跡明顯，但大家的目的地不一定相同。

二、坪溪山的鐵牌位置與地圖上的不一樣。現地的坪溪山標示著703公尺，但上河出版的『礁溪、烘爐地』地圖中，坪溪山標示在684公尺的山頭。也就是703山頭再往前約500公尺的位置。因為這一差500公尺，難怪我整個下午的定位都不對，也否定了GPS的準確度，其實，GPS從一開始就沒錯，因為實際上坪溪山標錯位置，以至於從頭錯到尾。

三、雖是郊山，但裝備還是要帶齊，1/25000全張地圖不可免，山刀外帳鋸子不可少。

四、感謝小鮑、阿貴、龍昇一路相挺，真是太優秀了。

五、對於三位美眉的擔心受怕，在此也表示我最深的歉意，希望你們能夠諒解。

六、謝謝幫幫忙師傅、獅子、萬坤兄的協助支持，讓我們可以順利脫困。

迷航鶯子嶺 -- 準備迫降

漫漫長路南一段

Nov 30 Sun 2008

楔子

這是個留在人間廝混的日子，亦或是到仙境享樂去？

出發前的氣象預報，寒流來襲！

出發前的一天，我罹患上呼吸道感染（來點專有名詞，搞醫療這行這麼久了，總得賣弄一下唄！原來是感冒啦！）

95年期的三位嚮導們看來神采奕奕，我曾經忝為他們的教練，豈可在進涇橋前打了退堂鼓！我想我當年不致於招人怨，上了山這些個高手該會挺我吧？

成員：小勇哥、小昭、Ben和我共四人。

11/20（四）陰晴不定

08:20 進涇橋 H2380 溫度 9.7℃。升火待發，從此處起登到山屋需要 1.8k 的距離。走過七彩湖的 4,700 階天梯後，來此該是輕而易舉吧！沿途只有幾處需攀附樹根，其餘皆是木梯路延伸至半空，這種天氣無日無雨的日子，想必是登高望遠的好時光，林中薄霧瀰漫的靜謐，和著些許鳥語，自己的大氣不接小氣，看來有番苦戰了。

08:55-09:10 第一個休息處。H2655。幾個獨立的木樁，剛好是我們的休息椅。換個檔補充養分，再戰個 300 公尺吧！路徑仍然死命的陡上，只見林木越來越粗壯，四處可見的神木級巨木，環繞身旁。

09:40-10:00 第二個休息站。H2830 0.6k To 山屋 7.8℃。

10:30 3026 山屋。

11:15 出發單攻庫哈諾辛山。單程約 1.7k。

11:25 抵達最低鞍。H2915。開始在淺草箭竹中緩慢上升，上了稜後的瘦稜有幾處驚險的路徑以繩索確保，幾番上下後，終於抵達目的地。

12:00-12:15 ▲ H3115 庫哈諾辛山。雲霧緊隨，沒有展望。

12:45 最低鞍。

13:10 3026 山屋。補眠是也。

11/21（五）晴

04:30 出發。-1℃。從此處到關山頂，需要3.8k的路程。拂曉前霧重濕寒，幾盞頭燈在星夜中搖晃。木階路先是緩下，過最低鞍後，木梯沒了，開始變回傳統登山步道：箭竹時高時低、樹根盤纏、巨石阻路。

05:10 3k TO 關山。

06:20 2k TO 關山。

06:40 叉路口 H3390。從此接上中央山脈主稜，此去關山還需要1.8k。

06:50 第一次拉繩陡上。

06:55 上稜。天氣很好，四周高山已沐浴在晨曦之中。

08:10 0.5k TO 關山。隨即第二次拉繩陡上，在幾乎是垂直的岩壁上攀爬，好在繩索及樹根交錯，但也耗掉了許多氣力。再次上稜後，在淺草原中腰繞緩上。

08:30-09:15 ▲H3668 關山。南台首嶽非同小可，當在北方遠望關山時，那尖聳磅薄之勢，實難預料山頂是如此平緩。向陽、新康與布拉克的稜線下，雲海翻騰。玉山山系與南二段稜脈亦是清晰可循。南向的未來路更是明確鋪陳眼前，看似輕鬆路卻是艱苦途！愉快的合影後，隨即開始漫長的陡下路。

10:30-11:00 到了 H3100 真的下降到腳軟。路旁的緊急避難營地成了午餐最好的歇腳處。也好，裹著陽光和薰風下肚。餐後，繼續下降。先是矮箭竹，沒多久進入林下高密箭竹更是很狠的陡降。2950 鞍的營地早早見到，只是不管怎麼下降都還遠著呢！

11:30-12:10 終於降到 2950 鞍了。營地不是很大，大約只能容納 4*3 吧！我們在猶豫是否要賭下午看天池的水，小昭便自告奮勇下去取水了。樂得我們三人打盹的、看圖的、拍照的，悠閒的很。小昭腳程倒是很快，取十升的水來回不過 25 分鐘。大家體恤我狀況不好，但我還是硬是搶了一升水來揹，聊表心意，小勇哥揹了五升，其餘的就讓小昭、Ben 分擔了。

13:05 繞過 2 個有水的看天池後。風大無比，我們暫下背包補充養分。

13:20 H2885。關山與海諾南山最低鞍。路徑彎繞上下，此刻風大蔽日，有種荒漠的感覺，人卻孤寂的與刺柏、杜鵑、灌叢拉扯，想不到看來溫柔婉約的草原路，竟是如此難纏！開始垂直陡升。這種路徑最是凶險，看似平淡無奇，沒有岩瀉地、沒有斷崖奇石，完全就是箭竹草原組成的垂直路，但只要有個不小心，依然可以衰落個 200-300 公尺深，大家小心翼翼地陡上。

13:55 最後一段進入林下箭竹攀升，上稜後竟是林中汙濁的看天池營地，大約有 4*2 大小。穿出林子，又是平緩的大草原了，沒多久就登上了此行第三顆百岳：海諾南山。

14:00-14:10 ▲ H3175 海諾南山。平緩廣袤的山頭，當然容得下我們的呼喊嬉戲。接著，附近幾個看天池全乾了，心中慶幸還有十升的水救命。陡降再陡降、穿過林下箭竹、草原。

15:10 H2975。我們降到小關北峰前的最低鞍，路旁與路下方皆有營地可用，不是很大約 4*2，但足夠我們打尖，我們選擇路下方約 20 公尺的小小空地，稍做整理，既可 4*1+1*1 還有外帳搭起的炊事空間，也彌足珍惜了。稍下方的樹林緊密，似乎有水，Ben 說他自願下去看看，帶好無線電後，隨即消失在密林中。20 分鐘後呼叫他放棄，果不出所料下去容易上來難，花了他不少時間且方位難辨，好在無線電發揮功效，指引他上岸！夕陽的迴照，驅使我爬上了高點去捕捉有名的「關山夕照」。傲立的關山披上了紅紗，腰間飄渺的雲霧顯得婀娜，此刻的山與人的對話終止，一片與世無爭的世界。餐後，小小營火照亮了每個人，簡短聊天後，我已不支，只得躲進溫暖睡袋夢遊仙境去也！

11/22（六）晴，午後風雲大。

06:30 艷陽高照，該是踏青的好日子。路徑仍然小幅腰繞上上下下，刺柏灌叢依舊難耐，行來倍增辛苦。最後，之字陡上小關北峰前營地，把我的速度硬是拉了下來，氣喘吁吁地上了長條型營地。

07:50-08:05 H2995。小關山北峰前營地。約 4*5 大小，附近均無水源。小休後，隨即鑽入綿密的高大箭竹林，一會兒瘦稜、一會兒密林，才陡上到最高點，已經快接近小關山的高度了，卻來個狠狠陡下，真是折煞人也！

08:20 △ H3299 小關山北峰。出森林了。那可愛的小關山連綿的稜線橫亙眼前，卻見到還要幾個上下，頓時涼了半截！剛才升上去的力氣全白費了，又得重來！讓我想起王金榮同學的話語，2003 那年我上向陽山，苦思山路開拓者為何如此捉弄人，非得上上下下不可？金榮同學說的好：「山字怎麼寫？」。此後，當我沒力陡上時，便想起同學金言，只得咬牙苦撐上去！

09:00 在一片哀嚎聲的箭竹林中陡下後，來到小關前最低鞍了。準備仰攻素有「小關難纏」美名的山間路了。超密箭竹林中陡上。

09:15 上稜。再上下個小山頭後，再繼續下降。

09:50 小關前的草原。接著鑽入高密箭竹林中游泳。

10:00 H2955。最低鞍。開始要垂直攀升了。

10:15-11:30 ▲ H3248 小關山。缺水的日子總是幻想特別多，想著山下的可樂、沙士、熱茶等等。來到小關三角點後，發現基點旁對空標誌的帆布裡積了少許的水，立刻請小勇哥、小昭取水，小勇哥原本還猶豫是否該喝旁邊還有鳥糞的積水，在我催促下，算是取了二升的緊急用水，大家終於解了燃眉之急，可以快意暢飲了。「無明池的水飲過後，就沒有甚麼水是不能喝的。」這是我說過的，那種水只要是泡茶泡咖啡都行，就是不要泡清水！我和 Ben 行進緩慢，於是分成兩隊前進，由小勇哥和小昭先行探索營地和水源，我則和 Ben 慢條斯理的打混緩慢陡降。接下來的路徑依舊難行，陡下、箭竹、刺柏、灌叢、倒木是標準配備，我們仍被整得七暈八素。

12:15-12:25 降到林中松針舖地的空地，真是美美的地方，可以做為緊急避難營地約 4*6，可惜無水。小休片刻後再戰箭竹海。

12:40 轉接到向南的主稜，開始爬升，地形依然混亂難行。

13:20-13:55 △ H3013 雲水山。雲水池有水！我和 Ben 立刻用力給他泡下去。前隊小勇哥小昭早在 13:00 經過，雖有美美池水，卻心繫任務，兼程趕路，著實令人感動！茶水溫飽之餘，繼續上路吧！草原些微的起伏上下，但視野開闊，未來路一目瞭然，好像是前程似錦一般，在不缺水不缺食物下，走來倒是有幾分優閒。

14:20 小勇哥無線電中告知，不用下雲馬最低鞍取水了，路旁的看天池水美草豐，就近取用了 28 升，留下 16 升讓我們倆揹到營地。心情更輕鬆了，就慢慢跟著小路彎彎上上下下囉！

14:40 前隊已到雲馬最低鞍營地，回報有個單人帳搭著，剩下的空地似乎不好處理，單人帳內無人，又不好移動，猜想是某單攻南一來回的醫師的帳篷（的確是厲害，第一次聽到南一段用 6 天時間來回，幾天前去警察小隊繳入山證時，小隊警察還直說那個人的登山計畫根本是胡寫，沒想到居然是真的！而現在我料定他是從雲馬最低鞍開始漫長單攻卑南主山再行折返，我在想他怎麼可能在一天之內從此地來回卑南主？！）。

15:00 我發現最低鞍前上方五分鐘路程有個看天池（池水過髒無法取用），有點腹地，勉強可以讓我們 4 人安居，於是決定稍做整理使用，不去干擾單攻的醫師（也擔心他半夜回來吵到我們啦！）。原以為風會大，沒想到完全無風，真是安靜的一夜！

11/23（日）無日、無風、無雨

06:15 出發。

06:20 雲馬最低鞍去關心一下鄰居，沒想到帳篷內無人，可能和前一隊三人縱走的隊伍一起避難了。又是林下高密箭竹中陡上，我們咬牙奮戰！

07:00 開闊地中二個的看天池，由於霧氣瀰漫，池水盈盈下，像是虛幻空濛的境界。沒多久，再度進入綿綿密密的箭竹林中。上稜後，開始跳躍倒木、巨石堆，路徑不明，必須小心辨認。

07:25 △ H3020 馬希巴秀山。鑽出箭竹後，小小空地已是基點峰所在。

07:45-08:00 H3000 石洞營地，營地倒是不大約 4*2。這裡曾為抗日勇士拉馬達星星遺址。四周環境清幽，佈滿巨石累累和咬人貓，算是易守難攻的區域了，難怪被據為守地從事抗爭。接下來，南一段模式重現：箭竹、斷崖邊上下、刺柏、灌叢，真的難纏至極！

10:20-11:30 H3228 稜線上開闊處。天氣還不錯，但雲霧快速飄移，利用機會曬曬裝備順便午餐。今日的午餐豐盛至極，煮了八包泡麵＋高麗菜，仍被一掃而空。續行，仍是斷崖邊坡草原上下，時而穿行箭竹，時而與刺柏奮戰。

13:00 來到 H3228 前巨大岩壁了。左側腰繞後開始垂直拉繩攀爬，剛才吃的午餐能量全給使上了。

13:10-13:30 頂上林中緊急避難營地，舒服的地方，忍不住下重裝休息一下。再走，出森林後又是一片片草原山頭，原來這才是 H3228 山頭，我們在下方約 20 公尺處腰繞。路況仍然不好，依舊彎繞上下、依舊灌叢難纏。

14:25 陡斜的腰繞草原樹上掛滿路條，指示下去取水來回約 30 分鐘。

14:30 H3000 三叉峰營地到了。二個黑黑的看天池，讓他們三人異口同聲要去取活水，結果小勇哥和小昭下去取了 20 升水回來。他們太優秀了啦！換是我，一定省事用這咖啡色的池水罷了。

16:10 取水後換成輕裝，出發單攻卑南主山。沿途，偶而雲霧瀰漫，卑南主山偶而破雲而出。通往主山的小徑，極為輕鬆愉快，上個小稜後緩降到鞍部，有二個看天池及營地，不大且不避風。

16:40▲H3295卑南主山，一等三角點。邊走邊照相嬉戲，最後來個直直陡升，終於抵達此行最後一顆百岳。還在抱怨最近幾次上了一等三角點都毫無所獲時，雲霧在夕陽的催化下，演起了田園、英雄與悲愴交響曲，平和與激情亢奮交互上場，一會兒又是烏雲密布，把貝多芬創作的精華，全版演譯，真是精彩！而大地更是時而蔽日、時而晴空、時而流瀑、時而雲海，大自然的幻化，令人嘆為觀止！迴光返照的主稜草原，輝映出璀璨的光華，讓我想起了李商隱的「向晚意不適，驅車登古原，夕陽無限好，只是近黃昏。」真個是夕陽無限好啊！回營地只要20分鐘左右，大家講好今晚晚點開伙，所以我們盡情的捕捉這大地畫布。西南角下不遠處的「人間天堂」，一襲彎彎小河流過的兩岸，在夕陽下熠熠發光，有點遺憾沒下去，只好留待下去再訪了。夜裡，風大如颱。

11/24（一）晴

06:00下山了。可以沿著往主山上稜後，右後轉沿稜上三叉峰下山，也看到直接在營地往後直上三叉峰的路條。悉聽尊便。

06:30過三叉峰後，慢慢上下，林下箭竹漸密，有點游泳的感覺。石山的孤立，如影隨形伴著我們下降，真是奇特的山頭。

07:10上得裸露的稜線後，可以窺見南一段的主稜，半面山的景象表露無遺，東面是和緩的草坡，西面寶來溪上源的侵襲則是一瀉千里的斷崖，造山運動在此留下深刻印象。回望來時路，我們曾在那裏拼戰過，感觸良多！幾段拉繩陡降後，繼續在超密箭竹中游泳前進。

08:20箭竹林營地。在路旁右邊約30公尺，長條型的營地大約4*4，無水源紀錄。看起來很避風。再走，繼續在林下超密超高箭竹游泳，建議大隊伍不宜拉長，免得後人找路浪費時間或迷路了。

09:00終於接上林道了。超級箭竹、茅草混生的陡下路段，只得緊緊抓著它們慢慢下去。接上林道並不代表解脫，茅草的密度也是數一數二，與東稜的沿海林道不相上下。

10:30 H2300。二段捷徑下切後，高大檜林下的蕨類植披，景況變得極為安詳，我們四人默默行進，深怕擾了山中精靈。

11:00石山工作站。建築設備齊全，四個廳房、廚房浴室廁所均有，但已不敵歲用刻痕了，顯見造林伐林年代的興衰。目前住個20人應該沒問題。水源在工作站的左右側均有，但左側是步道所經，人們不相信自己走過會有純淨水，所以都到右側約50公尺的滑瀑取水。屋前的咬人貓密佈，倒也一奇！從北到南好幾個人們休息的區域，總是有咬人貓，大概是大自然深怕人類無止境的破壞，所演化出的法則吧！哈哈…

11:35 飯飽之餘，再走。林道廢棄的機車很新，零件拆解應該有不錯的價錢吧！後面幾個崩塌地都不難通過，在此不多贅言。

12:30 第一個水塔。告示牌告知是「藤枝供水管線」，但沿途多已遭崩塌或落石損毀。

13:20 第二個水塔。

13:50 來到民國 66 年（1979）所造的檜木林區，在 22 公頃的區域內造了 8.06 公頃的檜木，真是美美的境界。

14:00 林道叉路口。右上往石山秀湖，算是下次的計畫，我們直走。

14:05 苗圃。很大很美的區域。這段林道，您下回來一定要細細品嚐慢慢體會，不要急著衝出去，這種仙境不多、光陰更少！

15:00 9K 大崩壁行車終點。崩壁寬大約 5-600 公尺吧！其中有一小段大約 1 公尺需要注意，其他都 OK，通過都沒問題。小勇哥朋友阿華早已等候多時，簡單換裝上車享福去也！

15:30 森濤餐飲民宿。老闆娘超好，每個人給個大套房洗澡，舒服極了！再來個豐盛晚餐，此行總算完美落幕！

後記：

一、綁腿最好帶著，不然鞋帶總是被拉扯鬆動。

二、沿途營地很多，但水源是依據，規劃不好會有缺水問題。

三、高密箭竹難纏，眾所皆知。但腰際間的箭竹，完全蔽路，看不到腳下路徑，須小心防小樹枝暗箭傷腳。

四、再次感謝95嚮導小勇哥、小昭、Ben全程協助支持，才使此行順利完成囉！

龍與鳳。

漫漫長路南一段 -- 龍與鳳

漫漫長路南一段

2009台灣山野樂活協會成立文

各位大大

新的山會成立了！

現正在募集創始會員喔！歡迎瀏覽 www.taiwan-mountain.com 先期網站架構（學了一個月的功夫，所以先請見諒！容後改版。）

我們山會本著樂活人生的概念，只要是熱愛戶外運動，對於生態、知性、環保的活動內容有興趣的大大們，我們永遠開著大門歡迎大家加入喔！

在這裡，我們深信『尊重人性』『人性本善』的理念，更以『信任越多，管理越少』為出發點，建立一個多元化無界限的樂活嬉戲平台，讓大家可以自由自在的悠遊享樂人間，只要您是熱愛生命的人，在這裡，永遠可以找到一群偕子同行的好伙伴！

我們更是軟性的社團，所以歡迎各大山會的嚮導們一起來耕耘屬於自己的社群。所以不論是打混摸魚的玩樂行程、高山百岳的縱走、溯溪攀岩的探勘、單車樂活的嬉戲，海外的登山行程，您都可以發現，原來，世界與人是如此寬廣！人與人之間是如此契合。

各位大大們，2009年，可以參與一個新社團的成立，還有那麼一大票伙伴投入，這種機會真的不多，一生可能只有一次！

何不把您的第一次和我們的第一次結合起來，共同打造我們的夢想！

當然，我們沒有規則可循，也沒有龐大會員基礎，

但是憑藉大家的熱情，我相信必能擦撞出永恆的火花！台灣山界必能留下各位精彩的足跡！

在此，百力誠摯的邀約您的加入，帶著您的創意、理想、熱情，和我們一起試試看吧！

我們更需要大大們踴躍捐輸，桌椅也好、生活用品也好、家電也好，不論是新舊，我們都非常感謝您的捐出喔！

玉山

Jul 14 Tue 2009

日照金玉山　紅光道道閃　雲淡風輕處　青天媲水藍

那天，玉山北峰寒風冷冽，期盼日出的剎那，有著千百道光芒，可以直射玉山主峰！

風和光競速，人在天地為伍；白和黑鬥奇，花在叢中綻開。

當旭日緩緩從南三段升起後，即迅速佈滿無雲的萬里。

他，主宰了黑暗，主宰了天地，主宰了人類，主宰了我們宇宙的一切⋯

玉山 -- 上主峰前的之字形碎石坡

玉山 -- 日出

玉山 -- 冰雪交加的小風口

玉山 -- 眺望主峰與東峰

再造98新嚮強者

Apr 27 M○n 2009

我想，一定是我當年得罪了95新嚮的人了。

去年，97新嚮結訓測驗，我被排到西南組，花了十三個小時，才殺很大殺到露門山的營地。今年，98新嚮結訓測驗，我更被排到西北組，這下可好，粉早粉早就要上稜，粉早粉早就要在稜線衝鋒陷陣，總共花了十五小時，才殺更大殺到營地。

兩天的雨，一直未曾停過。全身好像被泡了兩天的水，好在，大夥兒的熱情始終對抗著風雨、寒流！

在僅有六度的風雨中悽悽捲縮在無垠的漫漫長夜裡，熬不到天明。我和國書、敏華緊緊相依相偎，彼此因為冷而顫抖，三個人傳來又傳過去，全部抖成一團。

當年，92嚮訓結束後，就發誓上山睡覺一定要用睡袋。結果呢！95嚮訓全部重頭來過，97、98每年都來一次，我發現自己雖然不是國寶，至少也是三朝元老了。

98新嚮的成員，觀察所得，在體能上有比較大的懸殊，但是那股毅力，卻是人人不減，這點倒是值得讚許！

全部的人都殺到營地，沒人迫降。

我想，這種經驗以後不會再有了吧！恭喜98的新嚮，好好回味吧！

慢慢你們會發現，不用趕著周一三晚上上課、不用再對著那麼大張的地圖發呆、不用在周六的早晨殺到登山口，然後殺很大的跑步、披荊斬棘的殺上山、不用搭外帳了、不用再跟寒冷對抗了、再也不用聽到教官們的吆喝聲了……

你就會慢慢發現，原來，平常的日子過得多麼空虛！

你會珍惜時間了吧？你會知道你空出了多少空間了吧！

生命會被你重新審視、生活會被你重新定義！

這難道不是收穫嗎？

不管前塵往事、不論過程好壞，總算都過去了。

加油吧！

給98的新新勇者！

再談登山倫理

我經常往來大陸各地和台灣。有次，上海的同事問我一件事，他說：「台灣除了日月潭、阿里山、夜市，還有什麼有趣的活動或地方？」我只簡單說：「在台灣，不論你住在什麼地方，只要把車開出門，二個小時以內，你可以下到海邊、也可以上到高山，壯闊的美景就在你眼前。然後，你可以作你想要做的事。」也就因為這樣，台灣從事戶外活動人口比例可以說是名列前茅。近年，有越來越多的人投入這些行列。舉凡潛水、獨木舟、溯溪、單車、登山等等，然而就投入難易度、所需費用來說，登山可以說是最容易親近的運動了。只要背個小包包，攜帶個飲料、點心，處處可以開始登山健行，也隨意可以結束行程。畢竟台灣是如此的多山環境呀！

人多了，就會需要一些規範來約束大家，就像車多了，要有交通規則。但是，並不是所有的規則可以滿足所有的行為，更多的是大家共通的認知，也就是不成文的約束。登山，當然也形成了自己的一套遵行法則。沒有明文規定，也沒有警察隨時出沒。靠的是彼此的信賴和合作，存在你我間所運行不悖的禮節或是潛規則。

首先，我要說就是時間觀念。登山行進中，每個人的體能都會因人而異，我相信帶隊的嚮導或是領隊，都不會強人所難地要求所有隊員行進的速度分毫不差！就算火車也沒那麼準時呀！所以，大家只要盡力而為，不必像競賽般的趕路，讓自己痛苦萬分，無暇欣賞沿途的風光美色。但是，重點是「準時啟動」。不論行程前的集合、起床、開飯、收拾裝備、出發、中途休息的再出發，請務必和大家一致。走得慢沒人會責怪，但是動作慢，又走得慢，可會討人嫌喔！

其次，行進間的禮讓。有的人喜歡走前面，有的人卻喜歡在後面蘑菇，這都無所謂。重點是，如果後面的人緊緊跟著你，那表示他想要超車了，我們就應該在適當的地方停下來，禮讓後人先行。詢問一下後人是否要超車？剛開始對方可能不好意思，但是後來發現前面的人實在走太慢了，想超車卻不好再開口，所以，隔段時間我們一定要再問第二次、甚至三次。而在後面的人，也要提起道德勇氣，勇敢跟前面的人說：「對不起，可以讓我先行嗎？」而不是緊緊跟在後面，讓前面的人感受壓力。

第三，為他人著想。這個議題有很多面向。我們先說吃飯這件事，山上的晚餐通常是開公伙，飯菜難免或剩或不夠，有些人很會替別人設想，發現菜量不是很夠時，便會節制自己少取點菜，以便讓大家都有飯菜吃，我每每看到這樣的人，心中升起無限的敬意。畢竟大家輪流取菜，排後面的人就有可能沒菜吃，所以我們不妨估量人數和菜量，取大約用量就好。當然，也有些團體採用人民公社模式，統一配給，就像2006年元旦我參加的能安縱走，大家一律採取分配方式，如果第一輪還有剩菜，就可以確保飯量大的人吃第二碗飯時，還有菜可以取用。這個方式還挺不錯的，得到所有山友支持，大家不用搶，一定有飯菜，也許可以參考。

再來說的是人的「排遺」，許多人不是污染水源，便是任意在步道旁，造成後來者非常困擾。最明顯的例子就是在新的雲稜山莊，2004那年去的時候，前一天我們幾位山友共同整理所有的環境後，想不到第二天一早，「排遺」到處都是，甚至山徑上也不例外，以致有人踩到時，那種叫罵聲可以回盪整個南湖山區。領隊或嚮導應該明確規範區域、方式（挖洞掩埋），山友們更應該確實遵行。或許，天黑的山林使人心生畏懼，大家只好將就「方便」，建議白天可以先認清環境，夜裡就可以減少恐懼感了。

其次就是營地。先到的人當然先選營地位置或床位，但是我看到許多山友很會替別人著想，會把床位保留並讓給狀況比較差的後來者，會把空地儘可能密集利用，以便大家都有地方可以搭帳棚，這樣的山友實在可愛極了。如果與這樣的人同行，你會發現，除了享受山林的喜悅之外，還會有溫馨、人情味這意外的樂趣和收穫呢！尤其是營地或床位有限，又有多個團體行進時，你會看到那種莫名的競爭：為了床位或營地！當然，也會看到一些先到營地的團體，儘可能擠在一起，以便其他團體共同使用，而不是霸佔整個山屋或營地。這種體現的人文素養，實在值得尊敬與推崇！

還有一個特別要為別人設想的就是早上起床或是晚上就寢。多個團體共用山屋或營地時，隔天出發的時間不一，或早或晚，我們常常看到早起的山友們，動作輕盈，輕聲細語，甚至默默整理自己的裝備，讓旁邊的山友可以多睡一會兒！我看到這樣的團體，都會去跟領隊表示謝意。當然，也有許多山友以為自己起床了，便是全世界都醒了，忘情的交談與收拾細軟，只好所有人統統起床囉！

我想，有住過排雲山莊的人一定有過類似的經驗吧！而有的隊伍單攻回程很晚才回到山屋，其他團體早就入眠了，此時如果不特別交代，隊員們七嘴八舌的弄宵夜、整理裝備，肯定整個山屋的人都不用睡了。記得 2004 那年住雲稜山莊時，有一隊就是輕裝單攻南湖大山，回到雲稜時，已經凌晨二點多，隊員們都已經禁聲慢行了，而其他隊伍還是全部醒來，無法想像若沒有約制，那肯定屋頂都會掀掉！

登山活動那麼有趣，那麼大眾化，其實還有一個原因，那就是沒有所謂的第一名，更沒有最後一名。能夠登頂，能夠走完全程，能夠背著包包出門，就算勝利成功了。不需要跟別人比，只要克服自己的障礙就行。然而，除了壯闊的高山、波瀾的流水之外，「人」是不是更應該融入這樣無邪的環境中呢？「人與山林」，「人與動物」，甚至「人與人」之間是不是都應該有個「禮」的潛規則呢？

也許大家忘了，讓我們有個美好的登山回憶，除了天氣、體能，我想，人與人的互動，最是關鍵因素，同樣的山光水色，為什麼一再吸引人不斷投入？有人因為喜歡這個嚮導、有人因為跟那個人一起走會很有趣、有人喜歡某個人做的菜，所以樂此不疲！

雖說兄弟登山各自努力，走的快慢與否與別人無關，對於美景的感受各自承受，但是登山卻也是一種十足的團體活動。請大家記住，我們是別人的「人」，所以如果我們做好登山「人」的角色時，你很快會發現，原來，山上的酸甜苦辣，都有個「知心的人」陪伴在我們左右。想想看，當我們爬得氣喘吁吁，就在山徑轉彎處，有個人在那裡等你，那種感動非一般人體會得到的！

所以，找群好友，背起行囊，讓我們在接受大自然的考驗時，身旁聚滿了志同道合的夥伴吧！

新康布拉克下瓦拉米

Apr 21 Tue 2009

2009/4/16 D0 4/8（三）晴

19:00 台北車站東三門準時出發。

20:30 至石碇休息站與世峰、至寧會合。

00:00 花蓮夜市宵夜。

D1 4/9（四）晴、陰、風大（本日行程：向陽遊樂區—嘉明湖避難山屋，共 6 時 30 分）

04:30 車抵南橫向陽森林遊樂區，車上補眠。12.3℃。

06:30 整裝完畢出發。循松風步道之字坡上行，這段路比較遠，建議山友可以過此步道口約三分鐘，再行左上，約可省 10-15 分鐘。

07:15-07:30 H2480 涼亭休息。風大但天氣很好。

08:00-08:10登山口。

08:55-09:30向陽山屋。因是平日，遊人不多，偌大的山屋顯得非常清幽。此時陽光普照，我在地板上邊曬著暖陽、邊進入夢鄉，實在好眠。休息換檔後，直直陡上，想起當年體力不堪負荷，我賴在陡峭的山徑上丟銅板決定撤退與否，幸好同學王金榮勸我先上再說，才算勉強完成南二段。雖已事隔7年，但仍歷歷在目。

10:10-10:30好好池營地。營地就在路旁右手邊，非常清靜的森林區，約可容納20人沒問題，往前一點透空處就是個美美的看天池，似乎終年不涸。小鮑和怡芳一探美景，黑人也一如以往，第一天的路程總是他的罩門，坐在路旁極端疲憊樣。但往後數天卻判若兩人，始終如飛毛腿般的衝第一名，破了一堆別人的行程時間紀錄。世峰與至寧倒是與世無爭，慢條斯理地晃上來，彷彿登山就是那麼件輕鬆事。獅子今天可好，他只準備到避難山屋就要回頭開車到南安接我們，超級輕鬆打混墮落的山徑之旅，也幸虧有他，不然我們可得拼著命來回新康囉！

11:00-11:10上稜。10.5℃。天空時晴時陰，向風處，冷冽如寒冬。新康與布拉克桑的稜線遠掛邊際、向陽似乎高不可攀，每人憑著自己的節奏，緩緩上行。

12:00-12:30向陽山登山口。8.1℃。背風處、既無風雨也無晴，我望著小鮑、怡芳上攀向陽的背影越來越小，後頭的伙伴都還沒上來，索性獨自發起呆來。新康啊新康！我在2006年起就計畫了五次，無奈不是颱風敗興、便是雨雪交加，始終無法成行，等我陸續完成南一、南三、奇萊東稜、北三、甘卓萬了，新康依然與我無緣。去年篤定非完成不可，因為已經大肆宣揚要完成百岳，有那種：頭已經理了非洗不可的豪氣！拖了小勇哥、獅子、胡蘿蔔、阿美硬是陪我攻頂。可惜！依然讓風雪阻路，在最後關頭、幾經掙扎，還是放棄了。有了這幾次的經驗後，對於新康是否順利，實在沒有把握。那種情境讓我想起了我第一次縱走的經驗，非一個「慘」字可以形容！現在，寒風蕭蕭、雲海飄飄！複雜的心境有如天上風雲，幻化莫測！不久，獅子到了，打斷了我的思緒，二話不說，背起重裝共同打拼。

12:50 嘉明湖山屋。重遊舊地總是舊情綿綿，但首要民生用水要先搞定。好在，蓄水塔在眾人合力之下，擠出的水足夠我們度過今晚。至寧的負重令人咂舌，原來背包裡全是水果蔬菜啊！由於昨夜難枕，今日大家決議見好就收，明早一早再行。這樣也好，大夥兒補眠、泡茶聊天，一付盛世太平之狀，明日苦難何須今日擔憂？

D2 4/10（五）晴、陰、風大（本日行程：嘉明湖山屋—布新營地（輕裝往返）—▲布拉克桑山—布新營地，共 11 時 30 分）

02:00 起床。

03:00 用完早餐後隨即出發。我們在夜黑風高的寒氣中與獅子話別，獅子說他會多等一天，若有人要撤退可以回頭和他一起下山。他這樣說，對我們不知是吉或凶？

03:35 向陽北峰下解說牌。霧非常濃、風非常大，能見度大約 2m 而已，我把大家盡可能集中走在一起。

04:20 三叉路口。左前直上三叉山、右前為腰繞至嘉明湖叉路。月黑風高，我們全部走腰繞路。

04:40 四叉路口。指示牌顯示到新康還要 13.3km，溫度只有 2.5℃。嘉明湖不是我們的目標，再直走往新康方向。依然是傳統草原路，並不難走。

05:00 南二段叉路口到了。在這烏漆嘛黑的凌晨，要不是有這指示牌，我想多半找不到路吧！

05:15 順著小徑起伏，來到 12.6k 到新康的路牌。此後，小徑開始緩降。

05:40 路牌 11.6k 到新康。偌大的草原在晨曦中慢慢顯現，有種空濛的異象空間感。

06:00 在斜斜腰繞中，穿過刺柏、灌叢、馬醉木與碎石坡，終於來到布新營地的叉路口。此刻高度約在 H3215，3.6℃。繼續下降，寄望中的看天池，全部槓龜乾涸。

06:10 布新營地。空曠的草原沒有任何一滴水。搭完營，男生負責下切取水。向右手邊西方向綁有路條即為取水路，好在下降約五分鐘，即見一泓小水池，水質很好，無須過濾。雖下降不深，但揹了水的陡上，仍讓壯漢們吃不消。上到營地趕緊補充養分，準備漫長的挑戰。

07:30 出發囉！踏著柔美的草原舒緩前進，像極了小學生的郊遊。世峰回去拿登頂牌，我則信步隨意慢行等他。前段路是緩緩下降的短草原或是林下低矮箭竹林的愉快路，景色優美。有些早熟的杜鵑已耐不住寒冬，垂涎欲滴地露出鮮豔的花蕾。成串的馬醉木則四處恣意奔放，整個平緩廣袤的稜線上，顯得安逸恬靜，有如與世無爭的聖地。

08:00 路左有片空曠的乾水池可以為營。依舊風大、雲飛、薄日交替出場。

08:10 繼續在森林邊緣緩降，有些山頭不上也好。來到超大草原乾涸的看天池，視野極目荒闊。下回應該從布新營地背水來此，待回程時可以好好歇歇腿泡個茶。這個地方實在是返回營地的中繼站，可以把美好的時光浪費在這片草原上。

08:40 上個小稜鞍部後，繼續下降，即來到另個偌大的草原看天池，也是非常美的境地。我與世峰腳下不曾怠慢，就是追不到前隊，也許不流汗，大家就不自覺地直往前行。

09:30 陡下的茅草區接上緩稜的茅草區，處處是路，但正路卻只有一條。留意布條及前人痕跡即可循路攻頂。通過最低鞍後，接上瘦稜後終於與大隊人馬會合。現在，要開始陡升 200m 了。

10:20 ▲ H3025 布拉克桑山。想不到我們那麼快就到，真是出乎意料，不到三個小時呢！此刻陽光烈日一同為我們慶祝，大夥兒只好躲在樹蔭下享受期待中的午餐。新康獨霸東台，這是大家知道的事，但從此地遠望，更顯孤絕遺世。舞樂山與布拉克桑山遙遙相對，似乎是兩頭巨獸，在這條漫無止境的稜線尾端，翩翩起舞。

11:10 該回去了，營地甜美的水在等著我們。現在，原先的緩下變成陡上，強弩之末的腳力，雖看不到路徑起伏，但每個上升它都帶著一絲疲憊，都感受到大地的反饋，在在抵銷我們的意志力。

12:35-12:50 回到第二個看天池草原營地。坐下來吹吹風打打盹，是不錯的選擇。樹下涼蔭處正是春風起。

13:35-13:50 回到第一個看天池草原營地。此刻，黑人已衝到不知去向，小鮑怡芳世峰至寧還在後面。我漫步到草原邊緣，四處晃晃。後悔沒背水過來享用。

14:30 回程真的體力不濟，總覺得上坡無窮無盡。終於回到營地了，黑人正熱心地燒著開水，陽光偶而從雲洞灑下，寒風自四處竄入，今天就此結束。稍後，黑人再次下去取水上來。是夜，狂風大作，外帳因而頹廢。

D3 4/11（六）晴（本日行程：布新營地—連理西峰—桃源營地（取水背水）—連理山—新仙山營地，共 11 小時）

03:00 起床。

04:30 出發。

04:45 先上至叉路口。風大無比，眾人默默跟著黑人緩緩上攀。

5:00 上到主稜高地了，新康背後的旭日蠢蠢欲動，光芒即將脫雲而出。此地高度約 H3290。隨即，開始沿著斷崖邊緣下降，右手邊的崩壁危岩纏繞、壁立千仞，左手邊則是緩緩草坡，又是標準的半面山的地形，小心走安全無虞。

05:30 路牌到新康 9.6K，天氣非常好。

05:40-05:50 來到連理西峰前前山頭下的小斜空地，約有 4*1 大小，我們在此補充養分。

06:00 H3090 山頭。陽光普照，青色山脈漸漸甦醒。整個南二、玉山、馬博等稜脈依序展開。

06:20 路牌到新康 8.6K。H3000，準備上連理西峰。

6:40-07:00 右側有片小營地約 4*1，H3080，溫度 6.8℃。北方視野很好，我們順便停留照相。

07:10 陡上腰繞後，來到連理西峰前營地，有 1 人獨攀但撤退回此宿營，閒聊幾句後繼續趕路。

07:20 翻過啞口後，循左北側腰繞連理西峰，路徑攀著樹根箭竹有些上下。

07:25 路牌到新康 7.6K。可以望見連理、新仙、新康等稜線，繼續在林下箭竹叢中上升。

08:00-08:20 路牌到新康 6.6K。林下空地是個休息喘息的好地方，約 4*2 大小，均無水源。此刻與獅子通聯，他已經下到向陽名樹。

08:50 H2840 飛機殘骸，分散兩處只剩小小機械遺跡，再往前一點有塊小空地，即是所謂營地，約 4*1 大小，也有塊小殘骸。望見這些殘骸，令我想起二戰剛結束後，美軍機載了許多在南洋被日軍俘虜的高階軍官，準備接回美國，想不到在台灣上空遇到最大的颱風而墜毀於此，日本警察立即組成搜救隊，召集了布農、阿美、泰雅、客家等族人上山，想不到反而造成另一次更重大的傷亡！憑弔這些歷史遺址，令人不勝唏噓。沒多久，經過 5.6K 路牌到新康，隨即超級陡下。

09:20 H2865，降到低鞍後，開始陡上。下降一小段後，來到大名鼎鼎的桃源營地。

09:40 桃源營地。很好的中途站，自布新營地到新康之路，僅有此地擁有水源，不論是由此單攻來回，抑或縱走下瓦拉米，這裡都是極為重要的水源地。沿著取水路條下降約 70m，見到溪谷小小二個水池，大約只有 30cm 直徑，水量真小，但夠我們六人使用了。男生都背了 6-8 升的水回到營地，個個上氣不接下氣。用完午餐，不敢多停留，立刻重裝上肩，硬攻連理山。

11:15 出發囉！多了水有如千軍壓境，比牛步還牛步。上連理，是每個人的心頭陰影，這是今天最精彩的戲了，背水重裝連上 400m，還夾雜著各種困難地形，在在考驗我們的意志力。第一段路是林下箭竹，不算陡的路，剛好可以熱身。

11:25 上第一段稜線後，來到路牌 4.6k 到新康。出森林線，邁入大石塊區，跨距大小不一，水袋在背包裡四處晃動，烈日當空下，又開始犯滴咕了。望見上頭的大石壁，黑人在那裏鑽進鑽出，就知道等下有苦頭吃了。這第二段的路況，幾乎都在石塊區陡升，並且曝曬在豔陽下，沒有喘息的機會。

11:40 H2855 大石壁，下方可以避暑和喘息。再走，不能混太兇了。第三段路況又回到箭竹中攀升。

11:55 H2920 更大的石壁，怎會有如此陡之路?再上。

12:15 H2960 高大斜斜的岩壁。

12:30 H3030 小小鞍部，很舒服的地方，可以停下來吹吹風。還要再上升。

12:40 H3050 山頭。再上吧!連理山應該不遠了。

13:05 終於來到連理山。H3136 的小小山頭，往右前一點可以在樹下避暑小睡，我可是輕易的就睡了 10 分鐘了呢!

13:30 萬般無奈，上重裝再走。開始緩下林間箭竹，疏疏密密的箭竹布在巨木群中，顯得綠意盎然。古木參天、枯木夾道，走來清爽多了。

14:25 路牌 2.6k 到新康，高度為 H3000 左右。

14:30 新仙山前最低鞍，約 H2945。

14:50 開始上攀新仙山，H3050，至此上下不完的山頭鞍部，山徑與背包的重量不斷在折損我們的意志力與耐心。

15:15-15:30 終於出森林了，約在 H3085，空曠的短草坡，即是新仙山的標準圖騰。營地很美，這兒還不是今晚的宿營地，只能坐下來吹吹風。

15:45 再攀升，上了箭竹稜線路，新康越來越近，轉個彎即到新仙山營地了。路牌來到 1.6k 到新康，新康山與天宮堡壘近在咫尺，碩大的山影，想不見到都難，紀錄卻說來回新康要 4 小時以上，看來前途多艱險了。好了，那是明日的煩惱，今日到此算是解脫了。黑人仍在熱心地為大家煮茶水，我則攤在告示牌下喘息，等待世峰把帳篷背來。營地不是很大，剛好夠 1 頂 6 人帳 +2 人帳，勉強的話可以再容納 1 頂 2 人帳。由於缺水又勞累，大家不約而同想將晚餐改成鹹稀飯，一拍即合，再看看今晚的公糧是啥？哈哈，天衣無縫：鹹豬肉，拿來煮鹹稀飯恰到好處。夜裡，無風無雨，睡袋加露宿袋，顯得過熱了。眼未闔上，黃鼠狼已來敲敲打打啦！

D4 4/12（日）晴（本日行程：新仙山營地—輕裝來回新康山—天宮堡壘—下八通關古道—抱崖山屋，共 10 小時）

03:00 起床，曉月一輪、頭燈一隊。

03:40 出發。1 分鐘上新仙山後隨即陡下，兩下兩上後來到 H3095 山頭。

04:10 H3075，陡下拉繩處，大約高 20 公尺的垂直岩壁，腳點清楚、繩索穩固、安全無虞。此刻明月伴我行、清風拂塵衣。

04:40 終於來到最低鞍了。新康與新仙稜脈並不相同，新康乃自成一系巖稜，故攀登上需由新仙四下四上才能接上新康腳下起登，雖是夜涼如水，這一折騰卻也滿身大汗了。陡上新康並沒有之前的難走，林下的箭竹剛好是扶手處，路徑也明顯開朗，安步當車在此清晨，不急不徐確是恰到七分處。

八通關古道之抱崖山屋

04:50 路牌 0.6K 到新康。路徑依舊陡上，但不難走。

05:30 ▲新康山 H3331。新康啊新康！我終於來到你的懷抱了，過去這些年來的期待與失望，此刻正如東方的旭日初昇，黑夜即將過去，一切的一切都將放下。心中沒有特別的喜悅，我驚訝於我如此平靜，我在想，99 岳了，那百岳美好的一役趨近於完成，是否應該投入那未有人蹤的山域或古道或原住民族群文化領域？

06:00 時間尚早，我們前往天宮堡壘一探幽境。下降一小段後，即見堡壘身影，不可一世地矗立眼前，光是到此就值回票價了，請各位山友務必造訪，至少到此一遊，只要三分鐘即達。我們再往前，繼續下降到兩稜間的谷地，美美的境域、淺短的草坡、盛開的杜鵑與馬醉木，構成脫俗的仙境。此地石塊偌大，各顯奇異，其形有如巨狗、一線天、太極等狀，自是取景的好地方。攀爬至堡壘半途，再上去有腳點卻沒有抓點，擔心下來會危險，為了安全我們便到此拍照紀念了，不再上去。此刻旭日正是東昇，新康山壯碩的山影投在新仙山上，顯得波瀾壯闊。當年在南三段櫧山望日出，櫧山的剪影遠在無雙與馬博山列，看見自己的影子不足為奇，能看見大山的影子，可要費盡多少心力啊！

06:45 回到新康山，補充養分。

07:00 下山囉！天亮了才發現剛才上新康的路是如此陡峭，好在摸早黑夜幕低垂，眼不見為淨。

07:20 H3160，路牌 1.6K 到新康。再降。

07:30 最低鞍，約 H2980。接著，四上四下加上一段 20M 垂直岩壁攀爬，又回到新仙山囉！

08:25 新仙山營地。黑人再幫大家煮鹹稀飯，其餘的人開始打包，收拾行囊，準備衝下抱崖山屋。

09:40 離開美好的營地，開始下撤。先是巨木群下的稀疏箭竹，路徑非常明顯，有些倒木甚至鋸開成路了，完全不需跨越，顯見有心人整理得非常好，整段路算是清爽好走，緩坡中的下降，極為舒暢。

10:20 小小山頭，約是 H2827。芒草四處散落，幾處可以為營地的區域倒是很平坦，可惜無水源。回望新仙山，高矗入雲。接著，進入森林下的松針地毯路，更是愉快極了。

10:45-10:50 H2636 山頭，即往抱崖叉路口。有兩個木牌指標，四周濤聲澎湃不絕於耳，我放慢腳步，在此聽濤，有點入化的感覺。接下來的路，就比較陡了，但仍然好走，寬暢易行，有著中級山慣有的寧靜恬適與巨木參天的視野，真的很棒！

11:55-12:05 下降到 H2060 的工寮，一個很大的平台，起先以為是駐在所遺址呢！原來只是原住民的中繼站。

12:25-12:30 古道叉路口，約 H1840。左轉 400M 到停機坪，右轉 2.2K 到抱崖山屋。終於來到平坦的大道了，剛才後段雖是之字坡緩降，但走久了仍然受不了，來到期盼中的古道，當然是解脫了。往前轉個彎過棧橋，黑人已經煮好熱騰騰的豆漿等著我們，嘴裡鮮美心裡感恩。

13:00 喝足了再上路吧！

13:10 櫻山洞與櫻橋。窄小的山洞僅容一人通過，過後隨即過吊橋，真像舊山線鐵路過完隧道過橋樑。此後，路徑緩緩攀升，不陡，但腳下絕對感覺到陡。

13:40 抱崖吊橋。過後即是抱崖山屋。望見肥碩的山羌在溪邊飲水，大家驚豔連連。

13:45 美美的山屋座落在廣大的平坦草原上，這是今晚最美的別墅了。廚房與山屋獨立，四周都用木板或鐵板遮掩，以防黑熊入侵，山屋不大，約可住宿 20 人左右。外頭還有一處簡易工寮，可以生火烤肉取暖之用，我們剛好在此消磨整個下午的時光。咖啡、茶、受過新康加持的蘋果西打、點心，所有家私盡出，因為明天就要下山了。四周青翠山脈時而雲霧繚繞，時而如雨後清新，野鳥與蟲鳴合奏，這個下午茶極盡奢華、簡樸，難得新康橫斷，有此美好暫停的時光！大夥兒恣意享受這山中最後一日。傍晚，世峰驚覺被八腳怪所傷，一隻約 0.5 公分大小的小怪物，正在肚皮一側快樂的吸食，我二話不說立即採取行動，各位看倌，猜猜我第一個拿甚麼？哈哈，沒錯，相機！這千載難逢的機會怎可錯過，當然要拍照留念囉！可憐世峰哀嚎遍野我卻無動於衷。紀錄完畢，我才拿了山屋裡的蚊香，把八腳怪就地正法。對付八腳怪的最好方法，便是火攻，若沒有香菸、蚊香，單單把打火機燒熱了，用打火機上的鐵片去觸碰八腳怪也能緊急處理的喔！

D5 4/13（一）**晴**（本日行程：抱崖山屋—瓦拉米山屋—山風登山口（上車）—安通溫泉—光復糖廠—花蓮慶功宴—台北，共步行約9小時）

04:30 起床整裝，要回家了，大家心情顯然不同。

05:30 出發。踏著晨曦露水上征途、遙想當年事、古來爭戰無人回、埋骨深處是雲霧！這條八通關古道，訴說著布農族與日警的拉鋸戰，在你來我往的爭戰中，雙方無不損失慘重，寫下的血淚斑痕，讓後人的衣襟乾了又濕。我刻意放慢腳步，感受山林的枝葉，向我陳訴百年前此地發生的大小戰役，那些大部分是遠離日本九州原鄉的警察，或為了生計或為了探索，來到台灣這深山林內布農的故鄉。一方是為了上級撫番的命令，一方是為了永續生存的土地，雙方遭遇到最大的震撼！不是馘首異域，便是番族村寨遭受焚毀！現在，輕風徐徐、流水栖栖，陽光在樹梢間灑下，斑斑點點，彷彿一群舞者，為了這些英雄們而演奏的英雄交響曲起舞。歷史終將成為歷史，我們也將成為歷史的一部分，古道已為多少人走過！只是古道依舊在、人已年華逝。古道上處處是日警殉職紀念碑，也許，政府也該出點力，不只保留日警的也要加上布農族的，讓歷史還原在古道上。

06:50-07:20 十里駐在所，約H1690。小徑上上下下，來到這偌大的區域平台，這裡距玉里大約10日里（約39.27K），所以稱之。腹地很大，環境優美，遺留許多遺跡。我們在此利用舊酒瓶與器物練習拍照技術。該走了，路還很遠，從這裡到步道口還要22K多，我們不敢懈怠。

08:05 不小的獵寮，原以為到了多土袞呢！再走。

08:15 山陰駐在所遺址。腹地小多了。

08:30-08:40 多土袞駐在所遺址，布農語意為松林。遺址在小徑上方一點，我們特地繞上去看看，很大的上下多層平台地，駁坎工事做得很好，顯見當年的繁華。

09:15 還有 2.4K 到瓦拉米山屋。有個紀念碑，記載大正 8 年 10 月 10 日日警殉職處。

09:50-11:00 瓦拉米山屋，布農語意為蕨，這裡距離步道口還有 13.4K。舊地重遊，憶起當年在山屋前採果子的歡笑聲，歷歷在目。這是個很大很美的地方，來過的人終生難忘。黑人照例煮了咖啡，我則繼續泡茶，大家忘情的補充水分、四處照相。再走，像飛快車一般，只見公里數慢慢減少，我們則快快回到人間。

11:25 瓦拉米吊橋。

11:50 黃麻二號橋。

11:55 黃麻一號橋。

12:10 喀西帕南事件紀念碑。這個容以後專題報導。

12:30 黃麻駐在所遺址。沒停，天氣變熱了，再走。

13:15 佳心駐在所遺址。很大很美的宿營地區，備有乾淨的廁所與淋浴設備。我停下來，以便讓我的心思可以追上來與我同行。此後，落葉與油桐花鋪成的地毯，讓人流連忘返。

14:05 山風二號橋。

14:15 山風一號橋。

14:30 步道口。終於完成新康橫斷了，內心的喜悅無以形容，大家都順利完成了。只有黑人的那雙登山鞋底，幾乎是皮連肉不連了。獅子為我們準備了西瓜、汽水、沙士、玉米，真是人間美味啊！

後記：

一、我們接著到安通玉溫泉享受溫泉浴、光復糖廠冰淇淋，為了讓阿美表現一下，特地放棄滿妹豬腳，直接殺很大到花蓮。有賴阿美的姊姊熱心安排吃了餐有史以來登山慶功宴最美最豐盛的饗宴，還讓阿美及其姊招待呢！特此感恩致謝。

二、感謝胡蘿蔔的公糧，雖是一菜一湯，加上黑人的米飯，沒有廚餘，美味又可口。不論是改變成稀飯或麵條，其公糧全部恰到好處搭配得宜。

三、黑人的付出我們心領了，雖然沒有太多言語的表示，我想大家滿足的表情已經說明一切了。

四、獅子願意折返接送，甚至在花東流浪三天等我們，真是情義相挺啊！

五、小鮑和怡芳的耐力無以倫比，儼然已是一方將才了。

六、世峰的負重能力，令眾人刮目相看，不虧是92優秀嚮訓高手。

七、至於至寧，佩服得五體投地，負重比我還重，耐力比我還強，看似柔弱女子，卻是剛毅的強者。

八、謝謝大家陪我五天，讓我得以有勇氣挑戰這艱難缺水的行程，感謝你們的日夜相隨！

瓦拉米山屋

春到合歡覓花影

Jun 17 Wed 2009

春到合歡覓花影
風迴石門遊人映
化外桃源在高台
雨澤華潤箭竹青

那天，合歡山區盡管風雨飄搖，雲霧繚繞，氣溫只有3.7度。

但四面八方熱鬧的人們，完全不理會這樣的季節！從埔里上來不過二小時車程，就讓我們體驗四季不同的氣候，從很熱很熱到非常冷非常冷！

來自國家公園和政府單位的慶祝，慶祝松雪樓重生。那麼多年了的建築，才見現在的驗收！

原住民熱情的舞蹈、彩繪的台灣藍鵲在喜悅者的臉上、身上！
顯示這裡真該有值得慶祝的大事，
當然，光是這樣的場景，肯定還不夠熱鬧！

一旁，還有一票抗議的人群嘶吼中夾雜著憤怒，為何國家公園可以自己營利？卻不讓當地人生存！

但光這樣就算熱鬧了嗎？哦…當然不！

更有一個瘋子，選在這種鳥天氣要到石門山完成百岳！
不過，光是他一個瘋，也還不算熱鬧啦！
還要有一群所謂的親友團，在旁敲鑼打鼓、加油添醋，
那才真熱鬧！
好啦！

慶祝大樓開張的…
抗議大樓開張的…
瘋子完成百岳的…

全在這兒匯集了…
終於可以說是：熱鬧非凡了。
這個日子，正好就是2009/06/13 星期六上午11:00。

巧合吧！也未必…

松雪樓要開張，少說等了三年
抗議無法謀生的，可至少持續了十年
要完成百岳的，乖乖，可也走了七年

才在今天這個良辰吉日，全給碰上了！
好說好說，好日子一個！

石門山完成百岳

白石傳說：千古寒傳奇

Feb 09 Tue 2010

2010/2/4（四）----2010/2/7（日）3天3夜

領隊：姥姥

嚮導：幫幫忙師傅

隊員：博真、QQ、小邱、立品、百力

D0（2010/2/4 四）

20:00 板橋會館出發。

23:30 花蓮公正包子宵夜。

D1（2010/2/5 五 陰午後轉雨）

00:30 兆豐農場門前之全家便利店門廊補眠。

05:00 起床。到 200 公尺遠處之 7-11 早餐。

06:30 出發。從西林村進入。西林村為一傳統阿美族部落。沿著恰堪溪邊前行，來到直行往二子溫泉、右下過溪往清昌溪。我們右下過兩次溪，今天水位稍降，水勢也較緩，我們輕易開車過溪。過第二次溪後大約 200 公尺，注意左後有條產道直上退輔會東部礦場辦公室。上回初探錯過了此路，沿著乾河床快樂前進，最後才發現是新礦區開發的道路，多花了許多時間。從河床進入產道的前半段路，崎嶇不平，非常難行。這段到起登點的產道全長約 4.4km，行車時間大約 20 分鐘。但這次到了大約 3.6km 的第二處崩落區，已有許多大石擋路，姥姥決定棄車步行。

07:30 H620 下車整裝。雖然上回初探，姥姥在樂活 1 號營地藏了 13 公升的水，但每人還是多揹了 5 升的水，背包的重量立即上攀。

08:00 正式出發囉！陰涼的空氣中，夾雜著雄心壯志，有種勢必要完成的意念。今年元旦初探時，一樣排了三天的時間，想要一舉攻下千古寒。無奈整條山徑路跡難尋，大家拼著汗水，在幾近垂直的山坡上，與刺藤、蕨類搏命，更與雜木、朽木、倒木拼的汗水如雨下。攻擊手揮刀硬上，後方壯丁輪流傳遞背包，才在約H1100的小小緩稜處，建立了（樂活1號營），勉強擠下6人分了上下鋪3層的營地。這次，非得畢其功於一役。

08:20 H680礦場辦公室（我們稱之總部）。由於有了前次的經驗後，對於這次探勘的成功率，姥姥早已胸有成竹了，大夥兒也在這樣的氣氛下感染成輕鬆愉快的行程。於是，談笑間已來到辦公室區域了。

08:30 未多做停留。輕鬆雖輕鬆，但長路漫漫，且後段路況仍是未卜，還是趕緊上路。起登點在辦公室右後方駁崁直直陡上密林中。這段路奇陡無比，腳下多是芒萁的蕨類植披，手既無抓點、腳且多纏綿，在重裝壓力下，行來可說是四肢併用、連滾帶爬，亦不為過啊！

10:00 H960。稜上小小空地。姥姥體恤我昨夜開夜車，要大夥兒暫停腳步，煮茶是也。涼風徐徐、茶水溫溫，飲來自是暖暖入心。

10:50 再走。山徑更陡了，可以想見年初開路的辛苦。

10:55 H980。獵寮遺址，腹地很小。話說安來山這條稜，實在沒有寬廣的緩稜，不只獵寮，就連（樂活1號營）都狹隘如鳥居。

11:20 H1100樂活1號營。姥姥的水袋依舊在，大家歡心午餐，閒話家常。立品和QQ纏著姥姥已經在計劃下一條探勘路線了。

12:00 上路。路徑還是陡陡陡。靠著許多雜木抓點硬是把沉重的軀殼，一寸寸往上移。

13:00 H1434 ▲安來山叉路口（三等三角點）。左行 1 分鐘到基點。上次初探已經把四周芒草除去，但仍沒展望。小邱在叉路口旁小石寫下路標，深怕後來者，輕易錯過安來山基點。

13:30 繼續出發。現在開始在緩稜寬稜中彎彎上上下下，路徑有時彎繞沿著主稜邊邊，省去上下山路。但是啊！蔓藤與倒木卻是此起彼落，纏繞著旅人的背包、外衣，可說是另一種折磨。尤其是倒木，倒的那麼剛剛好，橫跨眼前，要鑽過嫌太低、要跨過嫌太高，總是要遲疑要抉擇，結果不是趴著滿身泥過，便是爬上去當馬騎。而且倒木之多之難纏，實在不輸奇萊東稜。

15:00 H1500 上次午餐折返點。小小寬稜處，卻是上回下決心撤回的地方。這次，我們決定再往前推進。沿途，實在沒有好營地。

16:30 H1550 來到稍微下降的小稜上，姥姥決定就地安營。在幫幫忙師傅巧手下，營地分成上下 2 層，小雖小，盡是大家的巧思與傑作。才剛剛搭好外帳，雨就跟上了，直到午夜才歇。外頭的風雨，讓我們無限水之苦，四周變得潮濕泥濘，我們的心也飛向了明日的千古寒。

D2（2010/2/6 六 晴午後轉陰轉雨）

07:30 出發囉！林下依舊是蕨類天下，刺藤仍惱人，但變成輕裝的我們，已然勢不可擋！在姥姥

QQ的前導、小邱和我的快刀、立品的小鋸、博真的路條、師傅的長鋸，輪番攻堅下，一條嶄新的大道已被我們開成，望著自己辛勤的成果，滿是歡喜。但卻也換來眾人傷痕累累、無一完整。

08:10 獵寮。帆布支架未盡倒，獵具處處。寬廣的腹地，實在是獵人很好的中繼站。

08:30 雜木上許多整齊的咬痕，最高到達一人身高，研判是水鹿所為。路徑轉為西北向，瘦稜上老樹林列、苔痕斑斑，總得彎彎繞繞。

10:10 來到大約 H1700，開始要陡上千古寒主稜了。透空處，大家斜坐芒草，動刀動槍的幾無縛雞之力，一開始的壯志啊！雄心啊！快被用完了，倒有點像落草為寇的莽漢了，哈哈。山頭已在窮碧間，哪死心？掄起大刀，更加咬牙奮戰。

11:30 翻上主稜，只聽得姥姥聲聲提醒，小心腳下斷崖。原來，又是一標準的單面斜面山體。右側在雲霧擾擾下，深不見底，靠著矮灌叢、茅草的支點，大夥兒小心翼翼緩進。

11:45 ▲ H1978 千古寒山、二等三角點。可惜雲霧漫天飛舞，沒有展望，只能想像大檜、榛山、二子山的模樣了。上回的登頂紀錄是 1995（民國 84 年）由東港博岳完成。這十幾年來，幾乎無人造訪，冷落了這白石傳說中最後的稜脈的千古寒傳奇啊！我們動手把四周芒草除開，變成我們快樂午餐的營地。尤其是姥姥辛苦揹上來的每人一罐海尼根，啜上那一飲香甜微苦的啤酒、在口中四處奔放爆裂的汽化中，緩緩從喉頭涼到肚裡，千萬個重裝、苦力、汗水、傷痕，瞬間你才頓悟，這一切都值得了！

13:00 該走了，山頭還是需要孤寂的，否則就沒有曲高和寡的千古長嘆了。順著我們剛剛開墾的路徑，狠狠的陡下，想不起來剛剛是如何掄著刀上來的。真陡！不過，路徑變清爽好爬多了。

13:40 回到獵寮，師傅解說陷阱夾具的操作與解脫。

14:00 要回營打混囉！

14:30 回到（樂活二號營）。沒多久，雨又來了。泡完老茶泡咖啡、泡完咖啡泡奶茶，所有能泡的能喝的，全用上了，水還是立刻就接滿。怎一個爽字了得？！大家或坐或臥，難得蠻荒山中、拋諸紅塵事，靜靜聽雨，人生能有多少個暫停？！這個山雨的午後，我們過得極其寫意！夜裡，狂風大作，立品午夜夢迴睡不著，索性起來玩火，興致高昂直至凌晨4點，要不是師傅心愛的扇子被玩壞了，這小子肯定要玩到天亮。

D3（2010/2/7 日 晴陰轉雨

天氣皎好，好個睡到自然醒。立品心有遺憾，應該今日登頂，姥姥鼓吹放行下，這位交大登山社長，獨自賞景去了。其餘的人，有的四處走走、有人向師傅討教絕活，完全不像是登山隊伍。姥姥說，艱苦的行程，就要輕鬆走，才會有樂趣。身體都已經那麼苦了，心靈上可一定要放慢腳步。我喜歡這樣的哲學、更喜歡這樣的走法。偶像不虧是偶像啊！難怪樂此不疲。

08:30 立品回來了，帶了許多美美的相片，把附近的水系、山脈全入了鏡，與姥姥認真地討論起來。

09:30 拔營完畢，打道回府囉！

11:00 安來山鞍部叉路口。陡下的山徑，架了兩次繩，我可愛的 10M 扁帶也上了戰場。

11:20 陡下至（樂活 1 號營），午餐。大家盡把私糧全數使出，互相品嘗一番。

12:00 再走。實在陡的不像話，真懷疑前天背水重裝是如何拼上來的！

12:40 獵寮遺址。未停，腳下煞不住，太陡了。

12:45 稜上空地。前天煮茶處，如今人去林空。接下來的路，應該叫做溜滑梯才名符其實。

13:40 終於回到總部了。簡單歇歇腿後，踢著輕鬆的產道去也。

14:00 別了，礦場辦公室。若此地無人使用，實在是宿營的好地方，水源由清昌溪車子載上來，可以過著悠閒的歲月。

14:15 回到停車處，上車直奔清昌溪淨身。

後記：

一、由總部單程直上 ---3K--- 樂活 1 號營 ---3K--- 安來山基點 ---3K--- 樂活二號營 ---3K--- 千古寒山。來回千古寒約 24K，健腳者約需 12-15 小時。

二、沿途均無水源，須攜帶足夠用水。

三、安來山至千古寒主稜前之寬稜，請注意隨新路條前進，若 2-3 分鐘內無發現路條表示迷航囉！

屏風山高嚮結訓補測紀事

2012/12/29-31

這些日子以來的高山行程，幾乎已經忘了與陽光同行是什麼樣的滋味了！每次出行，總是風雨交加，每次都是錐心冷冽顫抖的收場。

雖然，小邱的氣象報告仍是個大雨天且有極低的溫度，但雨中行卻又像是我們這群準高嚮（高山嚮導）的宿命！

這次，有9位山友參加，既有老戰友亦有新面孔，連同受測的同學總共24人浩浩蕩蕩直奔大禹嶺。

我記得年輕的時候看過張曉風的「夜行貨車」，那種月夜長程的旅途中，喚起旅人許多的記憶。不論是感人的場景或難過的時刻也總是讓眼眶紅潤。那麼多年的夜行之後，歷歷往事卻眨眼間流逝。

畢祿羊頭要走埔里過，白姑亦是，奇萊連峰，奇萊東稜，屏風，能高越嶺，奇萊南華，能高安東軍，干卓萬群峰，合歡群峰，通通打從這裡經過！要是中橫宜蘭支線不通的話，那麼加上雪山群峰，大小劍，聖O，志佳陽，雪山西稜，武陵四秀，南湖群峰，北二段……這些記憶中揮之不去的夢魘也好，歡笑也好，隨著窗外夜景快速退去，卻又反覆出現！

成立台灣山野樂活協會，這一年最讓我喪志。先是水龍長官突然病倒，然後天候不佳，協會賴以維生的所有收費行程幾乎全部停擺，租的會館房子要改建…當年創會的夥伴們紛紛轉忙（我創的新名詞，轉而忙碌他事），這些林林總總，實在令我難以承擔！

去年二期的新嚮（新進嚮導，或稱郊山嚮導）終於投入帶隊的行列，所獲得的好評越來越多，今年三期的訓練也算順利，有了這些生力軍，讓我燃起當年的豪情壯志，尤其是高嚮的訓練，這真是我全部希望的所在！

上次的大小劍測驗，令人難過。現在的再一次透過屏風山來重新考驗這十三人，我不知是否可以再次期待？

記憶尚未回神，我們已達大禹嶺，寒夜中的空氣又讓我想起這些年在這裡的時光。

文華的小車先一步回報，樂活的基地營依然可用，在這些新人老鳥嚮導的協助下，我們隨即就地安置。

早晨的陽光，與我們的微笑，好似一道彩虹。林下的松針綿延數里，直至塔次基里溪，直至鐵線吊橋，直至松林營地。偶有危險地形，也在嚮導們的耳提面命中，安然渡過。

下午的無所事事，寫下了此行最輕鬆寫意的高山記錄。大家隨意坐臥，地毯般的松針成了我們最好的坐墊或床席。大家的臉上都是璀璨的笑容。阿如照例玩她擅長的強項，配合元城金龍四處替她尋覓材料。黃醫師在實驗他的高山雨季的理論：帳篷上方加掛外帳。在這樣悠閒的下午茶，我可以好好看看這群準高嚮。

看到一駿的行事風格就會讓我將他與兩元連在一起，他們是那種默默做大家受益的事，不會把情緒放在臉上，但「肯定」的眼神卻是最好的定心丸。義鑫，則是關懷細心無微不至，隨時可以讓人開懷放心。威治，看似大辣辣的壯漢，其實心思細密，你不會看到他說不字，也總是補別人不足之處。小奎，把SA的精神搬來這裡，在客戶的需求與工程師間扮演最好的橋樑，有她協調指揮的地方總是順暢無比。Joe應該是最面惡心善吧！但這樣的人往往一句關心的話語，卻也最溫暖人心。老王的笑，代表著一切安心無事，他用「笑」來處理與回答所有的事情，看到他有如陽光重現。敏男的穩重，贏得同學們對他的信賴，把最複雜最恐怖最難搞的「錢」交給他，然後，你就會看到精確的會計帳。這裡面，登山經驗的豐富性該屬元城了，一個大男孩，總是帶著靦腆的笑容，體力超好，熱心超好，耐性超好，當然贏得許多隊員的信賴。金龍則是老頑童，可以與幼幼班的小小孩同學打成一片，當然是他的包容性很強，話雖如此，可也有他的自主性。黃醫師，習慣於書本的規則與現場的印證，負重性比最高，是好事也是難事。文華，沈穩內斂的性格，一如他的事業，偶與同學鬥嘴練腦力，是個舉一反十的好漢，而公益之事總是第一優先，體能也是極致之優，由他壓隊，該是嚮導們最放心的了。阿如，這位與我打拼多年的老戰友，還來忍受我的折騰，還能放棄這些年登山經驗所得，重新來過，光是這點，足以讓我對她肅然起敬！

這樣的組合，我可以期待嗎？我的心可以再次燃起希望嗎？

林間灑下的光影，與風對話，搖曳生輝的二葉松香，把我的心思帶到遠方，想起95那期的許多學生，最是我登山的支柱。而現在我再度把希望寄託在高嚮二期身上。

夜裡的狂風大作後，即是驟雨而至。隔天，我們決定撤回大禹嶺，沒有怨言沒有疑惑，我們深知大自然的運作，更知登頂與我們無關了。

許多同學擔心測驗是否過關了？

登頂不代表強悍，回撤不代表懦弱！

測驗的結果若是用登頂來計算，那麼全台灣到處都是高山嚮導了。這當然不是我考驗他們的唯一標準！

回去大禹嶺，這是登屏風山最令人作嘔的路段了。要從1900多公尺回到近2600公尺，這是山行者的恐懼之路，更是嚮導的戒慎之路，尤其是風雨低溫的考驗。

這個過程，準嚮導們的用心付出，隊員體會得到，我更深深感受到，他們已經長大了，他們已經可以接受山友生命相許的託付了，他們已經不再需要我了。

孩子們，該是單飛的時刻了！

在台灣山岳的每條山徑上，期望你們的付出，可以帶領更多的人平安快樂地完成他們的心願！

獻上我最深最誠摯的祝福！

此刻 2013 元旦，仍是風雨交加的雨夜，讓我想起與你們共度的每個山上風雨的夜晚，是那麼溫馨，是那麼永恆深刻難忘！

紅白香菇湯記

Jan 28 Mon 2013

乍看這個主題，也許讓大家摸不著頭緒，香菇應該不是用顏色來區別吧？倒像是一道極為美味的湯品，看來的確也是如此！

若是把這幾個字重新組合一下，您就會發現原來是台灣山界頗有名氣的「白姑大山與紅香溫泉」，這道百岳名菜，可也是威名遠播！

依然的「夜行貨車」，一樣的月光！今夜，有阿如美眉的操刀奔駕，我們很快來到埔里。在老店7-11補給後，我提到，不如乘夜色迷濛，我們來個林彪最有名的戰術：「奔襲」。各位看倌可能知道，要當上五星上將，除了當過盟軍統帥的條件外，還必須發明成功的獨特戰法，而中共當年的教頭林彪，就發明了赫赫有名的戰術：「奔襲戰法」。他的軍隊可以在一夜之間相隔200里兩地作戰，讓敵人來不及部署應變，每每獲致奇蹟。今夜，就在今夜，除了一位幹部（此刻她堅稱是山友！），有點ORZ之外，其餘受測同學一致贊成，於是，主意打定，我們向更深的林處出發！

力行產業道路，向來惡名昭彰，Carol 建議從翠峰下紅香，但我路況不熟，又值此深夜，不敢冒進。依然走力行，而 7K 處的崩塌已經無法用柔腸寸斷來形容了，可能用天崩地裂磐古開天都不足表現！一般的低底盤車是無法通行的，我們在劇烈顛簸中的回報，就是撿到一顆由菜車滾下來的大白菜。

靜謐的部落，連聲的狗吠，兀自盛開的櫻花，幾條錯雜的農路，讓我迷失在深夜的紅香！自信有餘，實力不足。這就是我此次的寫照。上回來已是 6 年前的往事且是由別人開車，由何處上切實在找不到，最後終於迷路，多花了 1 個小時，才來到最後農家，此刻 02:00，離我們預計出發的時間只剩 2 小時。

04:00 陸續起身打理，把大背包換裝成輕裝，花了不少時間。05:00 上車再拼，卻在林道泥濘中打滾，我們耗盡了一絲絲力氣，才讓我的四傳車脫離苦海！此刻天色微亮，我再度徵詢大家是否改回雙日攻?畢竟若由 06:00 單攻，回程怕已是明月高懸了。除了那位「假山友」不具作用的呻吟，表達一點抗議外，大家一致拚了。

起先的陡上三椎山，把大家的意志有點阻絕到，行進的速度居然與重裝不相上下！我走在後頭默默地看著這群可愛的同學，昨夜我的迷路耽誤大家睡眠，今早的駕駛不當，又害大家虛耗體力時間，這個罪過必須由我承當。

08:30終於來到三椎山。我當即宣佈，可以不攻白姑，大家自由選擇。珈銅，後來據說是搭車搭到頭昏，當下一副要上白姑的雄心壯志，那樣的豪情，我想任何人都攔不住。於是我同意讓他獨攻，重新打理後，珈銅一股腦兒衝出去，生怕我會後悔似的！剩下的人，Carol，千驊，Kevin，麗華決定上司宴池，阿如腿部舊疾復發，留在原地玩火，至於我，想是老了，折騰一夜的志氣，竟也吹灰煙滅，隨即學原住民睡火堆的模樣捕起眠來。

待大夥兒都走了後，一下子熱鬧的山頭，變得寂靜。

風蕭蕭兮，雲彩飛舞間，火影影兮，落葉繽紛紛。

不一會兒，居然人聲響起，原來是去司宴池的同學繞回來了山頭。這下，麗華不走了。我呢！繼續補……

其實，這次補測的四位同學，實力都很高。Carol跟著走高山已經快10年了，每次出門總是哇哇叫，什麼百岳不是目標，嚮訓不是目標，如今百岳經驗是這期24位同學中最多的，又準備接手四期初嚮總教官的艱巨任務，難能可貴！千驊，老成幹練的好手，做起事來算是主動積極的，而對於重量，能少100g就絕不多揹，很適合擔任高山嚮導。珈銅，誠懇厚實的青年，任勞任怨默默做事，不論你給他多少東東，二話不說就是放進背包。雖是獨攻回來，對於做菜洗鍋仍不落人後，尤其可貴的是，雖登頂白姑，卻是一副後悔莫及的樣子，說自己一定是頭昏了，以後絕不單攻，算是幫同學留了很多面子！Kevin，熱心任事，有規劃有進度的完成份內的工作，你可以把一連串複雜的任務輸入，然後輸出一份有條不紊的結果來。對於會務熱心投入情形，不遑多讓！如今，也接下四期初嚮的副總教官。

15:00 去司宴池的同學回來了，大家都是好人，都在安慰沒去的麗華說，幸好沒去，實在有點小累！

無線電不時傳來珈銅與同學們的對話，到了司宴池，到了白姑東南峰，到了吉他營地……，大家幫他算算何時可以回到三榫山回到最後農家。於是，決定放補給在三榫山。同學就是這樣，不在預期中卻出現的美好事物，總是令人驚喜！

回程，大家拆了許多重覆的路條，重新打量位置，深怕摸黑的同學繞冤枉路，就這樣 1 個多小時的下山路，足足走了二個多小時才回到農路。現在，要重新面臨那段泥沼路，大家都有了定見，不到 10 分鐘佈置妥當，我一鼓作氣在大家驚慌緊張中衝過，換成鼓掌歡呼落幕！

回到農家，只剩下山上的珈銅讓大家懸念著。

21:00 男士們重新出發去接珈銅，果如預測，好友依約出現在暗夜農道，我們才放下心來。

於是，沒去的同學都變成「事後諸葛」，紛紛遺憾天氣這麼好，應該要雙攻的，在司宴池住一晚，就一定可以順利攻頂！

我只淡淡回了一句：三椎山已經離我們很遠了，居然還沒放下！

午夜，下起傾盆下雨，直到次日中午！

各位一定知道，這些「事後諸葛」的同學們，就見風轉舵了……什麼老大英明啦！珈銅單攻是對的啦……不需要這麼拼命啦……若是雙攻還是會在司宴池緊急撤退啦……

雨後的櫻花梅花，小雨滴留在花瓣的嬌模樣，惹人愛憐。遠處的雲霧抹去可怕的峻嶺，唱合著的紅色屋瓦與綠油油的茶園，空濛的感覺，令人置身仙境。索性，慢慢步行，慢慢磨渡。

紅香溫泉在當地泰雅族人重整後，變得非常可親，我們享受了無價的溫泉浴，才慢條斯理地離開紅香。

原來，最驚奇的旅程，往往不在計劃裡，最美麗的風景，往往不在相機裡！

人生的苦旅，反倒是甜美而甘潤，也讓我想起白居易的長恨歌，原來的原來，長恨啊是反敘，是長愛啊！

我還是要感謝這些認真又努力的同學們，再度陪我在記憶中游走……謝謝你們！

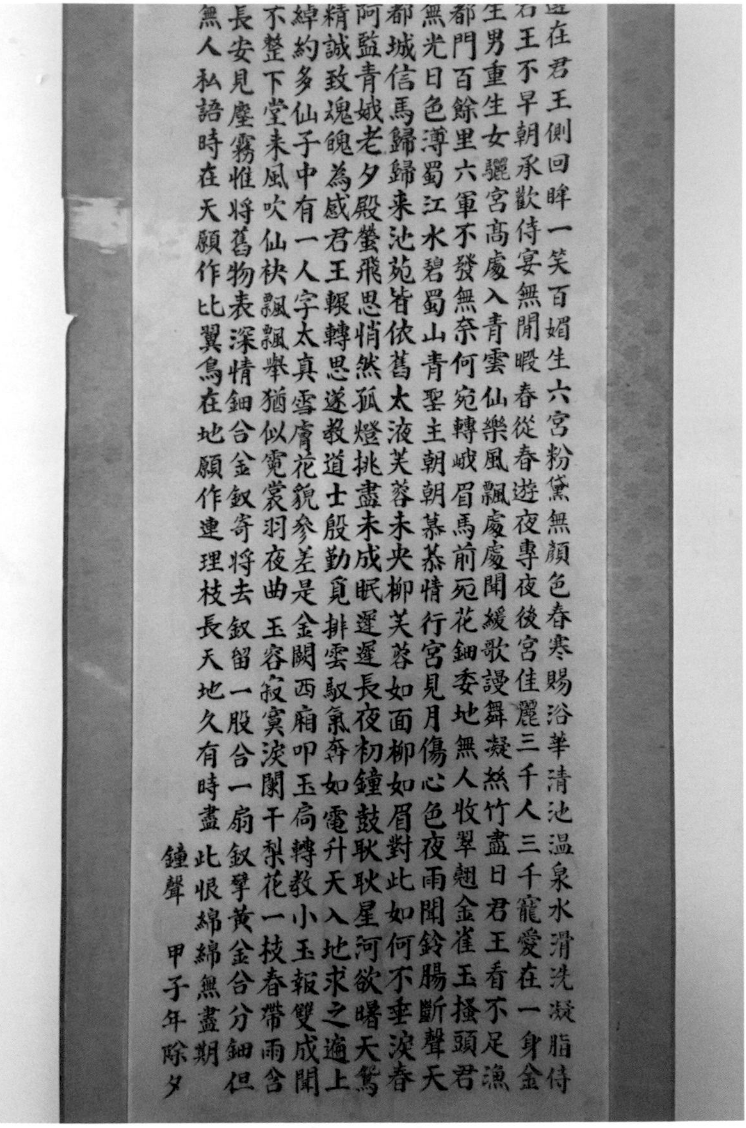
選在君王側回眸一笑百媚生六宮粉黛無顏色春寒賜浴華清池溫泉水滑洗凝脂侍
君王不早朝承歡侍宴無閒暇春從春遊夜專夜後宮佳麗三千人三千寵愛在一身金
生男重生女驪宮高處入青雲仙樂風飄處處聞緩歌謾舞凝絲竹盡日君王看不足漁
都門百餘里六軍不發無奈何宛轉蛾眉馬前死花鈿委地無人收翠翹金雀玉搔頭君
無光日色薄蜀江水碧蜀山青聖主朝朝暮暮情行宮見月傷心色夜雨聞鈴腸斷聲天
都城信馬歸歸来池苑皆依舊太液芙蓉未央柳芙蓉如面柳如眉對此如何不垂淚春
阿監青娥老夕殿螢飛思悄然孤燈挑盡未成眠遲遲長夜初鐘鼓耿耿星河欲曙天鴛
精誠致魂魄為感君王輾轉思遂教道士殷勤覓排雲馭氣奔如電升天入地求之遍上
綽約多仙子中有一人字太真雪膚花貌參差是金闕西廂叩玉扃轉教小玉報雙成聞
不整下堂来風吹仙袂飄飄舉猶似霓裳羽衣曲玉容寂寞淚闌干梨花一枝春帶雨含
長安見塵霧惟将舊物表深情鈿合金釵寄将去釵留一股合一扇釵擘黃金合分鈿但
無人私語時在天願作比翼鳥在地願作連理枝長天地久有時盡此恨綿綿無盡期
鐘聲 甲子年除夕

作者的毛筆字長恨歌

靈魂的所在

May 09 Thu 2013

2013台灣山野樂活協會第四期初嚮結訓測驗

下午，公司冗長的例行會議，已經進行了五個小時，枯燥的議題，驅使我的心思飛向十年前的光景……

十年來，我一如常人上下班，歲月的增長於我並沒多大的改變，只是老了些，鬢髮白了些，乍看之下，生活似乎一成不變……！

但是，十年，我經歷了一生中最大的起伏，我的生命已在世界繞了好幾圈。我上山我下海，我重新認識了台灣，我更認識了台灣最美的境域，在那遙遠卻必須用雙腳雙手，流盡所有的汗水淚水，才能抵達的地方。我吃盡了苦頭，嚐盡了天候對我的歷練，也感受到了朋友來去之間的突然。

現在，我安坐在冷氣颼颼台北的辦公室裡，飲著一壺清茶，我彷彿進入時光隧道，去外面的世界走了一回，也彷彿是南柯一夢，讓我想起唐太宗與魏徵下棋的故事來。

由於唐太宗棋藝稍遜於魏徵，棋過中旬，竟打起瞌睡來，夢中唐太宗去遊了地府一番，看過人生在世所作所為，皆於地獄賞罰兌現，於是才有所謂貞觀之治。

瞬間的事，長則十年。瞬間的事，短則數月。

第四期初級嚮導的訓練，對於十八位教官對於二十六位同學，在經歷了那麼多的淬鍊，在衣衫反覆乾了又濕的叢林間，在陡峭如斷崖的密林裡，就像生命的長廊，走也走不完。但是，對於沒走過這一遭的人來說，就只是在一杯茶水之間吧！

現在，我們再度用「路門（露門）山」來考驗同學與教官，來看看瞬間化成永恆的傳奇故事！

嚮訓 4 期結訓測驗

原本不被看好的這期同學，從隨隊測驗官攜帶的裝備就知道，我們都帶了外帳，足夠的飲水糧食，因為我們實在擔心迫降、迷航、受傷、爭執、無法在午夜來臨前抵達指定點……。

出發了，所有同學教官準時在新店捷運站集結，大家井然有序地到了宿營點，沒有吵雜，沒有懷疑，迅速又熟練地安頓了自己。看起來，像是支訓練有素、默契十足的隊伍。

清晨，微光乍現，大家的心情也像是信心十足。一樣的現地對照，地圖判讀，導航方位，技巧真的純熟多了。前一周的下阿玉訓練，讓教官們不斷反思，難道我們訓練的方法有問題，為何同學們似懂非懂？今天，卻展現了完全不一樣的專業來，很快地各組找到了起登點上了稜，義無反顧地往上衝。這真是出乎意料，令人驚豔……

「人在路門，雨在人身」…這幾乎是十年來不變的真理！

我用了離間計以及各種詭計，想辦法來誤導延宕他們的行程，卻是一一被識破，大家的時間都超前，原本的擔心，變得很多餘，好似這群小子們的功力在一夜之間滲透了所有的能力。

現在，換成教官們模糊了……

是甚麼樣的力量讓他們在極短時間內成長？

是甚麼樣的精神讓他們支撐到最後？

是甚麼樣的氛圍讓他們轉換成莫逆之交？
是甚麼樣的承諾讓他們變成死生與共？
是甚麼樣的光陰讓他們瞬間化成永恆？

我想不透轉變的因子，我看不到昇華的化學式！

看到你們全身泥濘，笑靨卻是最璀璨的。
看到你們倦容的臉龐，卻透出是神采的雙眸。
看到你們四肢僵硬的手腳，卻是最敏捷的勇者。
看到你們飢腸轆轆的疲態，卻顯出是最堅強的堡壘！

大棟山

2020/05/16

樹林連峰到山佳，
魚列上梯好整暇；
大同大棟青龍嶺，
和風送爽迎彩霞。

週六首發，見證假日登山的人潮，
當然也遇到多時未見的朋友。
氣象預報 12:00 下雨，為我們這群打混者延到 14:00 一頃而下，
霎時雷電交加暴雨狂撒，
幸運若我，全部安全上車躲煞！

感謝眾山友的配合，也感謝孝湘大哥情意相挺，跳巢帶隊！
fb彈出往年此刻，
冰島的一個小時的氣候變化：
晴天、烏雲蔽日、狂風暴雨、大雪⋯
然後又回到晴空萬里。
這一切都在一個小時內完成！
真是令人稱奇！
台灣真是好地方，
歡迎週三跟我去爬山！

瓦拉米古道

2020/09/21

那年
小小番石榴樹下的嬉鬧，
如今已如巨人，結實纍纍！
古道上的生態依舊複雜多樣，
旅人相見，交晃的時光，互道加油！
卻猛然送來可人兒，
美麗動人的照照，
風華如同初見八年前，
哦！應該說更加青春了吧！
山徑狹隘遇故人，

照照美顏依舊深；
去日歡笑腦海現，
好友相逢自有緣

山屋接待了十年來的山客，
靜靜地守候在拉庫拉庫溪，

雲見
霧現
陽光綠葉間，
溪水轟轟跳岸，
吊橋晃晃驚戰；
遊人走走歡賞，
蟲鳥嗚嗚呼喚。

阿里山眠月線鐵道

2020/09/17

再一次的旅行，就是會有不同的心境！
期待不一樣的天氣！
期待不一樣的人群，是否有不一樣的傳奇？
步履投入密林的深處，
迎來輕盈的薄紗，
向晚的彩霞，映出火紅的燒雲，
那落日似落還昇，
如同我們欲去還留！
鐵軌
一直是許多年輕夢想的開始！

延展到未知的未來，
一個嶄新的世界等著我們前往，
一個脫離現實苦楚的機會。
於是
旅人走向遠方，穿越隧道似若時空，
踏上棧橋猶如騰雲，一段美麗的故事，
在永不相聚的平行線，擦出了完美的火花！
因為有你，
因為有我！
來回約十六公里
六個小時
二個明隧道
十二個隧道
二十四座棧橋……
無數紅檜扁柏，無數柳杉…

玉山主東北、南玉山也露臉了！
遊人如織、草木如新，散發著濃濃的魅力！
全隊達陣，順利完成鐵道步行之旅！

阿里山眠月線鐵道

阿朗壹古道

20200926-28

好久沒有環島囉！
而且是三天，
而且是真正環島，因為這一段沒有公路的海岸，我們是用腳走出來的，還有人甚至是差點用生命走出來的！哈哈
我們吃喝玩樂、恣意妄為……
我們聊天聊地、忘了已經到了忘年！
我們走上山徑，也下到海邊！
在泳池無盡地泡著，也在湖畔猛力地跳躍！

童年雖已遠，心境留當初，
身軀縱亦老，青春仍永駐！

阿朗壹

雨中的富士坪

2020/05/27

久未經人煙雜沓，古道回復了原本的樣貌，行走其上如履薄冰。
牛隻少了，芒草多了，草原漸漸不見了！
雨後，頭前溪瀑布如千軍萬馬的衝鋒陷陣，奔流入海！

靜靜地看著這股巨流，
是否帶走淡淡的憂愁！

這療癒之水，真的安定人心吧！
可惜全身濕透了，無法參透其中玄機！
只有舉起相機，才能讓我們的微笑展現！

美麗的仙境，從來沒有不勞而獲的！
這道理都懂，只是需要這麼拼嗎？

雨中的富士坪

雨，塔曼、巴福越嶺古道

2020/10/13

時而氣勢磅薄，斗大如細卵，叮叮噹噹，落在我們四周，濺起的水花，宛如芭蕾女伶，曼妙的舞姿，陪著我們一路向前。

時而悠揚飄逸，細小如鵝雪，輕輕盈盈，隨風漫舞在髮際，一口氣似乎可以吹上樹梢。

整天，瀰瀰漫漫，如影隨形，既擋擋不住，要驅驅不離。雖是夢幻，卻換來濕透了的旅程。

心境雖輕鬆，表情卻無奈，不能怪我們。

樹葉也低垂、鳥兒已不見、蟲子更沉寂。

萬物只剩路牌有些許的生命在招喚！

13-12-11-10-9……一步步換來少許的更佚，一公里一公里的推進，竟也踏破了紀錄：早上08:00出發，待回首已是午夜23:00。

計程車殺出重圍，左轉右拐，在子夜來臨前，終於趕上最後一班收班捷運……

好久好久沒這番際遇了啊！
想起了西坑林道的十年，年年雨年年去！
不知這雨落在西坑，是否同往年一樣淒淒慘慘？
詩人喜雨，旅人愁雨；

一樣風雨幾樣情？
點點滴滴入心境，
濕濕黏黏滋萬物，
惟我行者心驚驚。

苔痕石上綠，
雨水徑中聚；
遊人本無柳，
山靈自成趣！

雨塔曼巴福越嶺

一條連下雨都美的無以形容的古道！

塔塔千層向天伸，
曼曼舞妙枝柳澄；
山山難阻問山客，
行行復行又一村。

遍地樹根盤錯交，
山客行來哇哇叫；
借問塔曼何處尋，
安心慢步總會到！

雨、塔曼、巴福越嶺

草嶺隧道單車行

2020/06/17

酷暑猛日單車行，
隧道清涼好賞景；
海天湛藍同一色，
青春無價隨我與。

把握仲夏前稍稍的藍天，稍稍的涼風，讓青春瀰漫在隧道中！
配合「台灣永續旅行協會」與「福隆商圈發展協會」的自知，推廣鋼製飯盒來取代傳統木片，我們是首發團喔！第一隻實驗白鼠！
反應還不錯，菜色也做了改變，引起其他遊客的目光！值得大家關注喔！
大家很配合，終於來到「台灣五極」之「極東」！

走，我們還要去極北、西、南，最後是「極高」之「玉山」⋯⋯

草嶺隧道單車行

高台島田山

2020/08/19

這次「高台島田」縱走，
大概到目前為止，是美都舉辦活動爬升高度最大的一次吧！
948 公尺…
難怪大家哇哇叫！
好啦！恭喜大家都晉級，準備邁向新高度啊！

高島連稜通雲宵，
林木參天峰峰高；
五體投地四肢攀，
雲霧來去夕陽照。

愛山可人投懷抱，
敢問路遙知多少？
無窮無盡怨自找，
林鳥蟬鳴聲聲笑！

高台島田山

高台島田山

淡蘭古道中段之三水潭越嶺頭城農場

2020/07/05

闊瀨古道、灣潭古道、坪溪古道、石空古道連走！
超級大豐收路線，
涼風、輕瀑、流水、灣潭、老友
艷陽、小徑、浮雲、土地公！

最後，悶雷爆雨！
快樂地轉進藏酒酒莊，
烏石港把酒言歡！

淡蘭古道的最後一哩路，就是草嶺古道！

甚至到了一九一九年，在草嶺隧道未貫通前，從台北搭火車到瑞芳站，就得下車換成馬車或步行，越過草嶺古道才能到宜蘭。

一條歷史悠久的古道，故事當然也不少！

荷蘭古道

2020/05/13

風輕雲淡草木香，
萬紅紫綠遊人嚮；
鳥語燥躁滿翠谷，
醉客笑吟對山崗。

在清風扶疏的樹梢裡，
搖曳著白花嫩葉華八仙，
假花招攬了真心的人，
帶來暖暖的陽光，
撒下片片光點，

鼓動著我們的熱情！
輕輕的水，流過青青的石苔，
啊！曼妙的溪澗聲和著林間的五色鳥⋯
迷霧森林的樂章才剛剛開始，
就已經震撼了心靈，
十足地收伏了萬家念想，
只願輕輕地⋯
輕輕地躺臥在無垠的草原上，
讓藍天，讓白雲
乘著歌聲的翅膀，
慢慢地落在我的身旁！

楊梅福人山步道

2020/02/29 楊梅

有句俗語：近廟欺神。意思是我們家附近的廟，總覺得隨時都可以去拜，就會跟神明說，我先拜遠一點的神。於是所有的神都拜完了，隔壁的廟依然沒去！

楊梅的福人山步道就是這樣，離我家十分鐘機車，當我走遍大小山徑時，卻才發現這條小而美的步道，這裡被維持的非常乾淨俐落，唯一的小危險便是要過一條高球場的排水溝。今天上午小心翼翼通過，沒想到回程時，已經有某個團體舖設全新的鋼橋！

哇，真的要好好用力給他們拍拍手啊！

小徑上到一片大草原，極目四望，遠處大霸尖山若隱若現，低身的小花恣意綻放，風和日麗。再走小一段產道，來到有名客家菜餐廳，人客滿滿，看到我這身重裝打扮，與環境格格不入的不速之客，顯然不知我從何處竄出，露出驚訝的表情。

休息片刻，返身下山，輕鬆愉快的小健行，仍能收穫不少啊！

福人山步道

橫龍山

2020/07/22

一個結局精彩的故事，
一定有個更令人拍案叫絕的開始！
一個美麗午後的陽光山林，
接著就會有個暴雨的中場，
迷霧中的枝椏，伸向瀰漫著微光的無垠空氣！
最後漂亮的轉身，撒下洵麗的光影！
遠方台灣海峽，嗯！就在那裡招手！

因錯就對，讓我們手上的一副爛牌，在眾多親友的加持下，也能豬羊變色，全盤皆贏！
一群車上唬爛高手，讓我們笑得比爬山還興奮還累！

真的，去哪兒、幹什麼、吃什麼、天氣好壞……這些都不重要！
只要人對了，就算小小九人座空間，依然…
歡笑滿行囊！

霞喀羅古道

2020/05/06

霞克羅躍上歷史的時代，就是一個日治理番時代的開始到結束。

一群群泰雅部落，被一條理蕃道連成串串珍珠般，也像極了桎梏，深深地鎖住了這些部落自由自在無拘無束的日子！

部落、駐在所、蕃人、日警……吹灰煙滅
飛雲、輕風、竹林、日光……一如往昔

想了解這些過往嗎？

那麼，帶著崇敬、傷感抒情的心思，來體會那曾經的二十年間，發生了多少可歌可頌的事件吧！

古道上的歷史，透過點點陽光灑落在這瑟瑟清風之中，送來百年的滄桑歲月！

走著走著，那年輕的日警，遠離九州的家鄉，被編派到此深山中，巡查通訊線路是否暢通？
可能一瞬間，泰雅勇士從密林中放出冷槍，自此埋骨異域！
想著想著，泰雅的部落，在沒有預警的情況下，被日人的山砲轟襲，生命中斷在自己的故土上！

一個是奉了上級的命令認真理蕃！
一個是拼了全族的榮耀，維護自己的祖居地！

這裡，沒有俗世的對錯，
也沒有道理的是非！

風，輕輕吹起。
畫眉傳來情意！
清泉自是甘甜。
房舍依舊矗立。

一段百年的歲月，唯有杉木懂得！
一個交錯的時光，讓你我相會！

多少情懷多少詩，
悠悠風情何窮止；
古今征戰無人回，
藍天白雲問歷史。

霞喀羅古道

灣潭古道紀行

2020/09/10

青山綠水旁，
遊人暖心賞；
風和日猶麗，
酸甜苦辣嚐！

感謝大家開疆拓土！
想來皆辛苦，
秘林的羊腸小徑獨孤孤，
感受自然的鼓舞，
過潭掠溪群山豁，

千山萬水我來護！

灣潭古道紀行

鎮西堡／司馬庫斯神木群

2020/08/11

一次收攬無遺！
好天氣、好朋友、好家在、好順利
感謝眾神木、眾山靈、眾好友
給我們全貌的驚奇之旅！

神靈萬木滄茫茫，
日月同光比天長；
向晚雲霧逸滿山，
輕裝便履覓天堂。

司馬庫斯，
一個既能發展觀光又可兼顧自然環境保育的部落，值得很多人效法！
也許有人覺得太過商業化，
但是部落要生存，美景要呈現，二者很難兼得。
比起其他部落，
動輒封路收費、強制僱用導覽。
我倒認為司馬庫斯立下了很好的典範！
部落乾乾淨淨、各項設施井然有序，族人溫文儒雅和善可親。
社會主義在這裡真的實現了馬克思的中心思想：
大家都有很好的飯吃！
在這裡旅行，頗有日本的味道！
感謝新北牙醫悠活健行隊的高素質醫師們的配合，讓李棟山、鎮西堡、司馬庫斯完美完封！

雖雨而行，自是清爽舒活！
山霧重重，不見君何處去？

唯自唯才，愛山水之不綴！
行雲浮生，有幸平生共渡。

東安古橋對映著牛欄河親水公園，
李棟山古堡的滄桑，與朱前莊主的漂泊成了鮮明對比，而今已是蔡老師接續維運，保留歷史，自是重擔！
鎮西堡部落對望著司馬庫斯，更是你親我戚，本是同根同源。
雨停了，心未止！
霧來了，謎更深！
多少泰雅部落與日本人的糾葛！

Mini 高完百紀念

2017/05

奇萊，1998 年 12 月我首次走過……將近二十年了，卻始終歷歷在目。山徑上的每個轉折、崩塌碎石、花草森林…我過目不忘，尤其是人…。那個不知天命的傢伙，糊里糊塗被北岳的幾位超級大老：蔡爸、龍頭、寶哥、小馬、阿德、幫幫忙師傅…開啟了登山之路。二十年了，當年發誓再也不爬山的我，不知又來過幾回，每次總是被感動著，一如當年我的第一次…。今天，看到小帥哥 mini 高完成百岳，衷心感到高興，想想自己也在 2009 年完成這項旅程。回首往事，山徑、花草何曾更佚過？人事卻也回不去了的遙遠，感謝蔡爸隨行，感謝龍頭趕來相聚，還在山徑上遇到恩師阿德（前北岳理事長）讓我重溫舊夢…那真是一段最最美好的時光啊！

奇萊主峰遇到恩師阿德

參、大地謠

2006 松潘黃龍九寨策馬高原行

一個亙古的小城，每天送往迎來，由成都到九寨溝匆匆過往的旅人！

一個從唐朝就已經存在至今的一磚一瓦！仍然在高原上默默地守護這裡的住民！

一個被絕大多數遊客忽略的小鎮，卻是最原始生活的開始！

大家，只是匆匆地過往，來不及捕捉樸實的臉孔，就已經從車窗中消逝！

大唐松州！

還是掩不住她的美。終於，被世界知名的旅遊節目：Lonely Planet 發覺了。於是，一批批國外的遊客，磨肩接踵而來。不為別的，就為騎馬上高原！

你可以輕易嗅到花的香味、可以與座騎單獨對話、可以觸摸高山上的雪水、溪流，更可以策馬入藏寨！這是何等令人嚮往的旅行？

我背了個 55 升的背包，跳上一早 06:30 由成都開往松潘的客車。品質一如以往：吸煙、顛頗、震耳的喇叭聲。還好，早已習慣了。我仍繼續補我的眠！幾個老外倒也老神在在地凝望窗外美景。

350 多公里，在崎嶇不平的山路上，匡噹匡噹地行駛了九個小時，還是安全的把我們送到了。

小城，仍存在著迷人的古樸。這裡多是漢族、藏族的混居區，街上的羊群、馬群，似乎讓我們回到過往的記憶！

次日，當我躍上馬背的那刻，既興奮又緊張。三天的旅程，全要靠自己騎行，嚮導自己騎一匹牽一匹（載運帳棚、補給品）。到世界各地旅行多次，這還是第一次的經驗呢！

望著陡峭的山徑，或者應該稱馬路，這些馬兒不只載著沉重的貨物，也載著旅人，一步一步往上爬。而我卻悠哉地欣賞週遭的美景，這是何等幸福？在台灣登山，我就是那匹馬！

營地的生活一如台灣高山上的宿營，只是物換星移。現在，忙碌的是嚮導們，生火、煮食、架營、舖床、放馬，一刻不得閒！

我，則帶著相機四處尋芳去了。

溪流不受拘束，奔流四溢，
楓葉不受地勢，恣意紅黃；
山頭不受高度，覆滿白髮，
蒼松不受風寒，挺拔矗立！

策馬入藏寨，讓我想起古代馬幫入村莊的豪氣萬千！一群無邪的小藏胞，舉起無數小手與過往旅人熱情招呼。

北風呼呼，馬道揚起的塵土，隨風飄向遠處，讓我想起「西風、古道、瘦馬」的意境來。或許，自古我就是大江南北闖蕩的遊魂吧！

結束三天的騎馬行，驅車轉往黃龍。這個鈣化的長流，始自3500M的高度落到3100M。一早，遊人不多，我信步拾級而上，聽聽風聲、水聲以及各種鳥鳴，也生怕遺漏這天然美景！

這裡的水未加顏料，即成五彩！

這裡的山未曾染色，即成繽紅！

翻越3800M的鞍部，取道九寨溝，我又被送往遙遠的陌生！人說：「黃山歸來不看山、九寨歸來不看水！」

水，流進了藏族世居的九個村寨！

於焉，在長約三十餘公里的谷地，以千姿百態之勢，形成了五顏六色的池水、激流、淺灘、瀑布、灌木叢！更造就了高山的積雪、楓紅槭黃，佈滿整片山林。

人們，只能驚艷於嘆息！
九寨之後的水不是水！
我，只能做如是觀！

九寨溝

我在越南的日子（一）

Mar 20 Fri 2009

越南，一個熟悉卻陌生的國度。這次有機會，終於到越南一探究竟。

越南與台灣時差，比台灣晚1個小時。三月天已溽暑難耐，約30-35度的純熱帶氣候，讓人懶洋洋的只想窩在咖啡館林立的街頭。這裡的咖啡館大約500家，大家不要想有多規模，只是路邊幾張椅子面對著街道排列，

這就是胡志明市的咖啡館了。一杯咖啡大約二十元，大部分是冰咖啡，可以加煉乳（也只能加煉乳，超甜！好像挖到糖礦）。

越南的交通亂到不行，但卻亂中有序。這點，很令人懷疑！機車到處與汽車爭道，雙向機車有如兩軍交鋒，卻無人傷亡，很奇特吧！

晚上，我們大帥哥Alvin生日，找不到85度C咖啡蛋糕，只好買個韓國人的充數（不是不愛國，是不小心買到韓國貨！）

不過，大家還是很盡興！Alvin說，下次生日要回到台灣過了。

現在，到越南一定要吃法國麵包，包火腿、蛋、小黃瓜、內臟醬等等，一份大約16-20元台幣。口感還不錯喔！

這裡的食物，奇奇怪怪的一堆，每餐必有魚露。現在，各位猜猜看，這位婦女同胞用篩子頂在頭上切成一小塊一小塊地在賣甚麼？

猜到了嗎？

是甘蔗啦！有趣吧！因為不敢吃，所以沒問價錢。

再來，一串串的水果又是甚麼？？

枇杷囉！1kg大約台幣60元，我們嫌麻煩沾手，所以也沒買。

我們驅車四個小時從胡志明市來到湄公河岸，準備渡河到對岸的肯特市（西南部最大城，距離胡志明市約160km，因為全越南都沒高速公路，所以需要花四小時。此為直轄市，且為魚米之鄉。據說，這裡是台灣越南新娘的故鄉，因為水質好，所以姑娘都很美，讓我想起台灣的埔里！）

這就是我們即將要上線的醫院---訪梅醫院

在越南，每天的中餐或晚餐，幾乎都是這種東東。一份主餐（可以選棒棒腿、排骨）＋一點小菜。

一份要價約台幣40元，有點貴，尤其是米飯，超小粒的，很像碾碎的米（這種米比較便宜吧！），真像台灣的小米。所以，吃來吃去還是台灣米好吃！

因為，下周一就將移師肯特市，離開繁華的胡志明市，所以晚上帶領大家去打打牙祭囉！熱鬧的啤酒屋，加上波霸的美眉斟酒，暖風燻得遊人醉，一點都沒錯！

不過，說實在的，我真喜歡肯特市，沒擁擠的人群、沒吵雜的喇叭聲，街道上有種慵懶的感覺，尤其是炙熱的午後，來上一杯越南咖啡，更是一種閒情！有點像是花蓮的風情城市！

如何，有興趣來趟越南之旅嗎？由我這個墮落隊打混班的領隊導遊帶領大家一起探險去吧！

我在越南的日子（二）

Mar 24 Tue 2009

法國建造的百年大教堂，至今仍然為徬徨的人，紓解心中的惶恐。

三孔圓拱式樣，在上方各以法文、英文、中文，書寫著建造年代：一八八〇年

五彩繽紛的琉璃，據說在早晨禮拜之時，經過陽光照射，會以極為炫麗的光芒照在祈禱者的臉龐，仿佛我們的心願，上帝都已知悉。

莊嚴隆重的教堂，大家準備迎接主教做禮拜。此刻為周日下午 17:00 左右，人群非常多！

法國殖民時期的郵局，建於 1886 年，完成於 1891 年。現在依然為胡志明市郵局。

郵局內部的裝飾，真是奢華古典。

周日一早，參加了訪梅第六家醫院的破土動工典禮。

許多來賓致詞，嘰嘰刮刮的完全聽不懂，連那個法國佬（負責建造醫院的硬體工程）帶了個翻譯還是用越文，

無解，只好偷偷打瞌睡，可惜坐我旁邊的 Mr. Long，一直用越南腔的英文與我交談，只好虛應幾招。

終於，到了最後，要破土囉！

破土典禮，似乎少不了舞龍舞獅，還蠻有模樣的！

這些都是與訪梅醫院有關的主要幾個 Partner。中間的男性，就是訪梅集團創辦人：Dr. Tong 外科醫學博士。

我呢！則是負責 IT HIS（Hospital Information System）供應商，所以可以恭逢其時。只是粉累，周日一早 07:00 就出發來到會場。

我與一桌子企業名家共餐，有馬來西亞醫療保險集團總裁、吉隆坡最大醫院集團執行長、訪梅幾個醫院的院長，

可以想見那種痛苦！喜歡吃的菜不好多夾、酒更是要來者不拒。

後來，回到住處只好犧牲周日下午美好時光，躺在床上像死豬一條囉！

慶祝餐會上，還有歌舞團載歌載舞熱情表演呢！

大家不要誤會了，男生可都是外科醫師、女性則是護士喔！

在越南流動的小販，到處都是。這裡屬於母系社會，凡是做生意的幾乎青一色女性，

男生只是遊手好閒，騎著機車到處（爬）美眉。

越南女性非常勤儉治家，有時也會以（養男人）而感到自豪。

這是哪們子的母系社會啊！換我是女人，寧願不要這種制度！

街頭巷尾經常可見的白甘蔗汁，這裡的甘蔗汁非常純美，與台灣加水的甘蔗汁比起來，實在過之好喝。

最重要是一杯才台幣約 6-10 元而已。

這個休息站的蓮，正在盛開。只利用自然的光線，沒有修圖潤飾，即能讓人心曠神怡！

蓮花是越南的國花，所以蓮子也就成了家常便飯的零嘴了。

夜景，總是無限遐思！全世界的人們也都樂此不疲。據說，白天可以雇用小舟，帶上清涼啤酒，任著船家四處搖櫓，可以在湄公河上流浪，3-4 小時只要 500-700 元台幣即可。

這個咖啡館頗有文化藝術氣息，上周來過後念念不忘。今晚，逛完湄公河岸後，帶大家一起來此享受一番。

每杯咖啡大約台幣 40 元，不算貴的消費。

越南式咖啡的滴漏法。這個咖啡文化，百年前由法國殖民時引進，現在全世界僅存越南使用，包括法國都已失傳。

這裡的大街小巷全是這樣的咖啡，有如中國成都的茶文化一般。

今天，又有一位壽星在越南過了，那就是匪哥是也！

目前為止，我們已經用了二位壽星，希望這個專案不會把所有的壽星用罄。

這是越南人平常吃的飯，非常簡單，每份大約台幣 40 元，湯及飲料要另外算錢，冰茶一杯大約二—四元。

這個就是大家熟悉的越南河粉，只是我改成米苔目而已，非常可口好吃，一份也是大約 40 元台幣。

配料有豬肝、豬肚、肉片、肝連、豆芽等等

這麼多的行李，從 160km 外的胡志明市運來肯特市，在台灣這樣的移動距離實在不算甚麼，但是在越南，卻是極大工程，因為這裡沒有高速公路，還要搭渡輪，並且是在 35-40 度的高溫下，每人汗流浹背是可以想像的。

我在越南的日子（三）

Mar 25 Wed 2009

今天終於搞定住房了。

我們十個人加上行李，我想二部計程車都不夠用。在等待計程車的時候，我眼尖臨時攔了輛貨車。

問他是否願意載我們，經過討價還價，以大約台幣 200 元成交。

大夥兒興高采烈，全部跳上去，算是一次短暫驚奇的旅行，因為才不到三分鐘。

但是，在將近 40 度的烈陽高溫下，還是滿身大汗了。

幸好金融風暴，許多房東才願意把全新的透天別墅出租，換點銀行利息錢。

這棟房子共有4層樓、4間套房（都有衛浴設備），總共大約100坪吧！

每月租金 400 美金，約合台幣 14,000 元。不用押金，提供冷氣和部分家具，算是不錯了，這樣的房子在胡志明市至少要價 800 美金。

忙完，照例找家咖啡店，喝杯冰咖啡囉！

比手畫腳一番，老闆終於找到一位會說英文的人，幫大家翻譯。

冰咖啡加煉乳台幣 12 元，不加煉乳 8 元。

我要老闆寫下來確認，我們才點餐。

在越南，就算講好價錢，看你是外地人（包含越南的外地人），

吃完東西，價格就要上漲，那是語言不通，不然我一定要跟他們吵架的。

後來學乖了，先寫在紙上確認，付帳就沒問題了。

因為天氣很熱，老闆很好心，一直要我們到樓上有冷氣的地方。

原來，有冷氣的地方，咖啡要加價變成 20 元。

勤儉一如我們當然是坐在路邊就可以了啊！

我到越南已經一個星期多，習慣除了住房有冷氣之外，外面的小店、咖啡店都是沒冷氣的。

因為有風，所以也感覺不那麼熱，除非你站在太陽底下，那可是會把人烤焦的。

如何？這家小店就在我們新房附近一分鐘路程，感覺很浪漫，價格又不貴。

看到大家笑得那麼開心，可知心中苦？

就像我登山的登頂照，每張都笑得璀璨，其實一照完相，那張臉立刻就垮下去囉！哈哈⋯

明天，我將離開肯特市，回到胡志明市去。說真的，我還真喜歡這個小城鎮。人民都很和善，看到我們這群外國人都投以好奇的眼光，當我們報以微笑時，他們也同樣給我們親切的笑容。人種族群實在很奇特，明明我們跟他們長得很像，他們卻一眼認出我們非他們族類，只是在眼神交會的一瞬間！

也許，當我回到台灣，我也能一眼認出越南人吧！

再見囉！我越南小組的成員們，祝福你們順利成功！

再見囉！訪梅醫院一群和氣的員工們曾經在你們的幫助下，使我們的工作那麼順利上手！

再見囉！越南的街坊們！

我在越南的日子（四）

Mar 27 Fri 2009

肯特市訪梅醫院的員工餐廳，算是乾淨明亮了，服務人員非常親切，雖然我們彼此都不懂對方語言，

但是微笑和比手畫腳，總能解決人生食之大事。

這是普通的簡餐，一份主菜，加少許配菜，要價台幣約 20 元，比外面大約便宜一半。越南人吃得非常簡單，

這種料理，有時候他們三餐都如此吃。

當然囉！不只是飯，也有河粉、麵條、冬粉之類的。價格通通一樣。口感還不錯！

今天，2009/3/26（四）我將要離開肯特市，回到

我在越南的日子 -- 新醫院破土動工典禮，筆者於左 3

胡志明市，準備返回台灣。

我和高丁山殺到公車站，看見長途巴士正在促銷，只要 70,000 元越幣 +10% 稅，就可以回到胡志明市。

對了，寫了這麼多心得，忘了告訴大家匯率的換算。其實很簡單，越南盾減去 3 個 0，乘以 2= 台幣。

例如，這個促銷價是 70,000 越南盾，換算台幣就是 140 元，而且可以坐五個多小時，才回到胡志明市，您說，是不是很划得來？！（天啊！我們租小車只要四個小時而已。160km 居然要花那麼久時間。原來，這家獨門巴士公司為了形象，要求司機絕對不能超速，要讓乘客安心舒適，所以才會花那麼長的時間，反正在這裡，光陰似乎享用不盡，大家的腳步都慢慢來。）

另外，有沒有發現，促銷布條寫的是：西貢（SAI GON）-- 肯特（CAN THO）。

為何不是胡志明？越戰前，胡志明市就叫做西貢市。後來越共統一了越南後，就將西貢市改名成胡志明市，來紀念越共頭子胡志明伯伯。但是，西貢人很不爽，除了官方正式說法外，民間企業、私人行號，還是喜歡用西貢來命名。因此，民間都以西貢來稱呼。據說西貢這個名字，還是早期華人移民過來時所取。

這個豪華的巴士，幾乎是全新車，舒適是必然的，冷氣也超冷。在越南形容氣候，沒有冷這個字，只有三級：熱、非常熱、熱死人⋯⋯。想不到在車上，到了最後大家紛紛把冷氣口閉上，熱帶民族還是畏寒！

這輛新車看起來還不錯吧！服務人員還很貼心，放在行李箱的每件行李都貼上標籤，像機場一樣，下車時憑證取件。不知是貼心呢！還是不相信人，擔心被別人ㄎㄧㄤ走？

快到胡志明市時，服務人員還一一詢問下車地點，因為大停車場不在市中心，需要用小巴（9人座）免費接駁到市區。算是很好的服務了。

中間休息站。規模很大，吃的用的水果一應具全。往來行旅人數也龐大，讓大家可以在此歇歇腿，費用還不貴，與外邊的價格差不多。我們總共休息了 40 分鐘。真的是：光陰取用不盡啊！

我請高丁山安排最便宜的住宿，附近環境無所謂。所以囉！我住的樓上是卡拉 OK、舞廳囉！這裡用中文都能溝通，想必，早年台商雲集，如今則是沒落了，偶而收留我這種散客而已。一個晚上只要美金 13 元，含寬頻網路喔！

房間很寬敞，還有二張沙發、電視冰箱俱全。大家一定很奇怪，這些配備不是很正常嗎？錯了，在越南，有這些東西算是高檔囉！而且電視還有 Discovery，雖然說英文，但至少可以聽懂大部分了。

早上，為了去辦中國簽證（在越南辦中國簽證比較便宜，且可以辦一年多次！），我早早起床，高丁山依時來接我，帶我去吃好吃的雞肉。一碗要價56元台幣左右，生意非常好，我們還排隊等了一下子。口味很好，讓我想起上海的振鼎雞，那個味道至今仍是口齒留香！高丁山說雞胸肉更好吃，索性再點一盤雞肉，要價100元左右。

中國駐越南胡志明市領事館的效率還不錯，人員也還親切，不到五分鐘就完成送件了，預計下午就可以取件。

來越南快十天了，深深體會到，人民生活水平與公共建設的落後，不要跟台灣比，就拿同樣是共產黨統治的國家，中國來說吧！越南遠遠落後中國許多，中國的進步世界認同，然而越南依舊處在待開發的國家，縱使人民總所得不低（表面上很少，每月約台幣3,000-5,000元，打工兼職反而賺的多！），尤其是機車，幾乎每家2-3台，各位可知一部機車要價多少？在台灣大約8萬元的機車，在這裡要價美金9,000元，換算台幣約30萬元（因為進口稅非常高），大街小巷幾乎都是這種機車，實在無法想像！

昨天我們搭的計程車被開罰單，司機說給了30萬越幣給交通警察（合台幣600元），這樣就不用開罰單，罰單要價40萬越幣（台幣800元），但要辦許多手續，非常麻煩，所以違規了，都私下給警察了事。越南人笑說，警察機車旁邊的行李箱都是裝錢的。

政治的因素，決定人民生活的水平！

台灣，雖然早年國民黨獨大，某些程度對老百姓還是好的，在那個大家都落後的時代，可以讓人民先安居樂業，也才讓台商走出國門、到達世界每個角落時，都能在當地引起超大旋風，並且很快占有一席之地。過去，我們領先了許多國家，未來是否還能保有這份優勢？凡我如耀聖這種公司者，取決是否依然保有那份拼命的精神吧！

越南婦女頭頂甘蔗販售

疫情開始了—Covid 19

2020/04/03

無法重出江湖，就只好步入廚房！
感念父親的指導，讓這鍋牛肉可以傳下來！
那麼多年過去，始終記著老爸的名言：要做好菜，先把廚房搞乾淨！
美國前總統林肯也說過：
Give me six hours to chop down a tree and I will spend the first four sharpening the axe
若給我六小時砍一棵樹，我會把前四個小時拿來磨利斧頭。

兩者皆是至理！
事前的準備，決定一切！
現在疫情持續，漸漸影響了多數人的生活…

尤其我那第一線的旅行社！
就為來年做準備吧！
是的，一定要準備好。
感謝原定出發的克羅義大利健行和南法的夥伴，都說不急著退回訂金，說是給百力留著應急！
真是令人感動！
朋友，我永遠記得你們！
再套句林肯名言：
My great concern is not whether you have failed, but whether you are content with your failure
最重要的不是你是否失敗過，而是你是否能與失敗共處！

日本浮世繪展

中正紀念堂 2020/03/10

向來，

正史由官宦所寫。無非記載前朝頹敗，今世武勇仁治，這始終片面之詞！野史，庶民官僚記趣橫生，各業百態光明與黑暗並存，世道既好且壞，若任由文字書面，定招來殺身之禍，也必抄沒焚燬。

所幸畫家之筆，圖像之真，在人解釋，一時官府莫可奈何！日本近代史的紀實模樣，透過畫家之手，從山川草木、從職業人物、從民間到武士，無不鉅細靡遺，表露純真！

最後這神來之作，乃 Amy Lin 老師精闢分析，證古論今，完整的資料補充，從德川的江戶到近代的東京，從富士山到神奈川，你既能融入畫裡，沈醉故事其中，又可跳躍時空縱攬全局，這樣功力深厚的導覽講解，實在令人感動。一片片框畫原本無生，如今卻也有如歷史長河，在短暫時光中流曳……

寫了這麼多，還是表達不出 Amy 老師的超強功力啊！

不過，去看看那麼一大群粉絲學生追著 Amy 老師跑，就可略知一二了……

感動感謝啊！

日本浮世繪展

日本浮世繪展

日本浮世繪展

日本東北風情記

2020/07/10

不能現在旅行，那麼就把過往的記憶，拿出來反芻吧！

以下是2019/10去日本東北的旅行，首次在國外開中巴，感覺很棒，我是說我啦！至於乘客是否心驚膽顫的就不得而知囉！哈哈

世界無處不相逢　2019/10/29

這次的旅行，驚喜重重！

先是獅子過來會合相聚2晚，然後與平文帥哥居然飯店相同。

世界之大，無盡無窮；

天地之小，隨處相逢！

漫山遍野草木的繽紛色彩中，

令人沈醉感動。
來自四面八方十六強人的三十二招式全力發功，
得以延續我們的美夢！
縱然上車下雨，但是下車總是天晴；雖然沒有見頃的楓紅，反而見識更多的彩虹！
旅行中，總是有著許多的驚嘆號，我相信你都懂。
就這樣，我們裝扮了我們的笑容！
時光荏苒，歲月匆匆，我們互相填空！
感謝 上蒼，讓我們有恃無恐！
感謝夥伴的志趣相通，
一起走向蒼穹！

圖坦卡門

2020/03/29

一個十九歲少年的墓室，揭開一段三千五百年前的滄桑！十九年對上數千年，可以說是連曇花都比不上。

若沒有這些寶藏，世上沒有人會記得圖坦卡門，甚至埃及的記載都沒有！歷史上比圖坦卡門更有成就的法老，比比皆是。然而一提到埃及古帝王，我想知名度他絕對是第一名！

這種情況中外皆然，中國歷史上比秦始皇更有成就的皇帝不計其數，一旦打開墓室寶藏，地位似乎凌駕一切！

究竟是身前的豐功偉業還是死後的陪葬品來得重要？

埋藏許久的秘密，經由 Amy Lin 大師的深入淺出、精心安排的講解，終於知曉一些些古埃及的圖騰符號、宮廷政治。這些東西，跨越亙古、至今呈現，似乎沒有很大的改變！

有句名言：

Everyone will die but not everyone lives

人人都會死，但並不是每個人都活過！

生命的長度向來只是尊敬！

而生命的寬度，卻是足以歌功頌德永垂不朽！

莫札特、貝多芬、森丑之助、川上龍彌、甚至劉真……

這些人物都讓人不捨，卻又是令人永難忘懷！

圖坦卡門 -- 中間主講者即是大名鼎鼎的飛米林老師

花蓮—台北市立美術館志工隊旅行

2020/09/25

湛藍碧綠水雲天
北美志工美若仙
清風拂面妾身過
盡享歡樂滿人間

一趟難忘的旅行，總是參雜著數不盡的元素。
保有童心，卻是最重要的藥引！
放開自我的束縛，是快樂的鑰匙，
有些朋友只是一杯咖啡、一頓飯，
有些朋友可以直達你心，

有些朋友可以陪你走向天涯！

感謝北美館志工 401 中隊的熱情演出，譜下動聽的樂章！

花蓮 -- 北美館志工隊

南澳之旅

Oct 25 Sun 2009

這一天，天空陰霾到不想出門，氣壓低得令人喘不過氣。好在今日的行程與天候無多大關係，我們的目標是朝陽步道、原生植物園的植物。偶有細細的雨絲飄下，無聲無息地落入髮梢、隱入髮際。

這次的活動，在翁人仰老師、陳進德老師、成華老師的帶領下，到了東澳後，首先轉入東岳冷泉。受到前些日子芭瑪颱風雨水肆虐後，已經變得殘破不堪了，昔日綠油油草坪與活力旺盛的鱒魚，早已不見蹤影，令人唏噓！

進入南澳後，我們當然要享受赫赫有名的包子囉！可惜售罄，改嚐蛋餅和蔥餅也是美味的。等待的同時，和大家說明解釋，在這裡可以腳踏兩條船。因為早年原住民與漢民為了開墾，常起紛爭，於是畫了條界線，靠海的一邊住漢人或凱達格蘭族，祀奉媽祖。靠山的一邊住原住民（泰雅族），信仰天主或基督。羅大春開闢蘇花古道便從中切過，於是形成今日奇怪的現象，公路兩旁分別隸屬蘇澳鎮、南澳鄉，大家興奮異常，紛紛站在路中央橫跨兩鄉鎮留念。

朝陽步道整理得很乾淨，微風輕拂、樹梢輕響，幾位老師熱心指導，同學們認真學習，把陽明山志工受訓的精神都給帶來了。翁老師講解艾氏樹蛙母蛙會再次產下未受精卵，去給已經孵化的幼蟲當成食物，生物界的母性似乎永恆不變。成片的大頭茶純林與林下的九節木一路陪伴我們，偶有大頭茶花灑落林道，讓我們停下腳步，為它的倩影留下美麗的紀錄。

步道上了稜線後，就更好走了。緩緩的起伏，悠悠的慢行，加上知性的深刻體驗，更令人神清氣爽。最高處的觀景台遠望南澳沙灘的海潮，每次進退都留下不同的痕跡，在我看來，這大自然鑄下的幾何圖樣，可不輸畢卡索啊！只不過一個稍縱即逝，一個名垂千古。

下到朝陽漁港後，我和阿德老師爬上堤防步入沙灘，去尋找銅礦開採遺址。許是海砂填補了，幾個洞口顯得異常狹小，岩壁上的小小青銅色岩脈，非常明顯，但卻不具開採價值。

回到朝陽社區活動中心，與居民閒話，得知正在栽培咖啡，也有個小小吧檯，但已近中午，只好下次再來品嘗這南澳咖啡。餐畢，帶大家去參觀泰雅文化館，這個躲在鄉公所後邊的建築，鮮為人知，幾乎無人參觀，相對的展覽品就非常有限了，倒是地下室（其實是一樓）的南澳泰雅各社遷徙過程的紀錄與莎韻之鐘的導覽資料非常完整，值得大家停留一下。

下午就是重頭戲了，南澳原生植物園區是我們的目標。來到園區，商請管理中心簡介一下環境，我們其中一位志工的舅舅可是當年的羅東林管處長，這個園區可是他一手創造的，睹物思人，或許別有一番感觸吧！園區內林木扶疏，廣羅台灣南北主要的喬木灌木，有些南部亞熱帶的樹種，可能不耐北部多雨寒濕的氣候，只留下解說牌而已，好在我們有幾位活字典老師隨行補充說明，可以彌補空缺。由於植物實在太多，加上我根本是外行，於此就不多著墨了，有興趣的朋友，可以上陽明山國家公園或林務局網站查詢，或是下次與我們同行，我再來臭屁一下。

晚餐，極盡奢華，感謝國卿老師的安排，出了三道菜後，後面的菜幾乎是請餐廳直接打包的。那樣的海鮮料理真是超值新鮮美味，大家紛說，若在台北肯定要價萬五以上。下次我再邀請大家去好好品嘗一番，地點就在面對南澳車站的左手邊名曰清風谷餐廳。

星星乍閃燈火初上，該是歸途時分。眾人嘴裡、心裡、腦裡，滿滿幸福。這趟南澳之行，豐收如漢人滿載的漁船、如泰雅勇士的獵獲。於是，尚未到家門，即已計畫下次航程了。

太平山之旅

2020/09/16

太平山上真太平，
晴天霹靂雨又停；
藍天紅葉配綠枝，
好友齊歡樂滿庭。

紀行「台灣設計館」志工隊的年度旅行，一群好友相聚，晴天換雨，但難掩興奮之情。人對、景好，其他都不重要了啊！

圖：太平山見晴步道

太平山見晴步道

銅鑼茶廠

2020/10/03

來當一日採茶妹……

萬里青綠滿地陳，
採茶姑娘若花真；
飄洋過海來尋覓，
原是東方一美人。

龜山島

Jul 17 Thu 2008

上船頭，隨著風浪起伏，你可以體會乘風破浪。
上了龜山島四〇一高地，你知道，海龜即將駛向遠方。

島上來自漳州的原住民，如今安在？
島上供奉的媽祖，如今奉厝何處？

地理可以接近，歷史無法觸摸！

我們從龜山島到對岸的大溪漁港的龜山島社區
終於將歷史聯起，

我們與活生生的住民會心一笑，
我們與媽祖誠心以對。

一趟知性的旅行，把心靈深處的祕密再度湧現，
與自然、歷史、地理、人文擁抱。

驕陽夾雜著汗水，
山勢浮雲依舊，
海風伴月長眠。

舊居遺址的遊人，彷彿讓普陀巖廟口重生。
百年來的風華再現！

終曲

行筆至此，生命已過了六十多載。

在我生身之年，從小患白喉，死裡逃生一次。

稍長，得了腎臟病，每天由媽媽陪著注射針劑，直到手軸內無法再下針了，遂改由小小手背。那時的願望，就是可以吃有鹽味的醬油。算是再次死裡逃生。這些，都是我上小學之前的事了。

到了一九七五年我國中二年級，帶著弟妹、一支皮箱，去恆春、阿里山、日月潭，成了名符其實的流浪三兄妹。這是第一次長途旅行。

大學時期，成立了男女混聲四部合唱團，有了駕照後，開著福特載卡多領著團員四處旅行。四十歲後接觸山林，開始另一個全新的冒險……

因為生活很複雜又曲折離奇，造就我許多獨特的經歷。

這本書就是這些經歷的縮影。沒有編造、沒有美化，全部是我自己生命的累積，所以遣詞用字上不夠洗鍊，通常都是白話口語化，還請讀者將就包涵。

回想過往，總是要到最後絕處了，倏忽出現了貴人，才讓長河峰迴路轉。我這一生，到處都是貴人，不論是交好或交惡的朋友，都是砥礪我的明燈，至此，只有感念！

當然，首要感謝我的夫人張淑娟的放縱，勤儉持家並且把兩個寶貝兒女拉拔成年，得以在我壯年之時，放手闖蕩江湖，留下滿滿的印記！

最後，特別要致謝 白象文化的發行人張輝潭先生、企劃徐錦淳小姐等人鼎力支持協助、鉅細靡遺的關注，得以讓平常口述的軼事變成長篇文字。

寫於二〇二一初秋

國家圖書館出版品預行編目資料

山嵐之鐘／鍾秉睿著. --初版.--臺中市：白象文化事業有限公司，2022.3
面； 公分
ISBN 978-626-7056-19-6（平裝）

863.55　　110016906

山嵐之鐘

作　　者　鍾秉睿
校　　對　鍾秉睿
發 行 人　張輝潭
出版發行　白象文化事業有限公司
412台中市大里區科技路1號8樓之2（台中軟體園區）
出版專線：（04）2496-5995　傳真：（04）2496-9901
401台中市東區和平街228巷44號（經銷部）
購書專線：（04）2220-8589　傳真：（04）2220-8505
專案主編　水邊
出版編印　林榮威、陳逸儒、黃麗穎、水邊、陳媁婷、李婕
設計創意　張禮南、何佳諠
經銷推廣　李莉吟、莊博亞、劉育姍、李如玉
經紀企劃　張輝潭、徐錦淳、廖書湘
行銷宣傳　黃姿虹、沈若瑜
營運管理　林金郎、曾千熏
印　　刷　基盛印刷工場
初版一刷　2022 年 3 月
定　　價　420 元